光文社古典新訳文庫

# 幼年期の終わり

クラーク

池田真紀子訳

kobunsha classics



光文社

目次

まえがき　8
第1部　地球とオーヴァーロードたち　17
第2部　黄金期　127
第3部　最後の世代　267
解説　巽孝之　424
年譜　440
訳者あとがき　449

## おもな登場人物

ストルムグレン　国連事務総長
ピーター・ファン・リーベング　ストルムグレンの補佐官
ピエール・デュヴァル　国連科学局局長
アレクサンダー・ウェインライト　自由連盟《フリーダム・リーグ》会長
ルパート・ボイス　獣医
マイア・ボイス　ルパートの妻
ジャン・ロドリクス　マイアの弟
ジョージ・グレグソン　テレビスタジオの設計者
ジーン・モレル　ジョージの恋人（後に妻となる）
ジェフリー・アンガス・グレグソン　ジョージとジーンの息子
ジェニファー・アン・グレグソン　ジョージとジーンの娘
サリヴァン教授　第一深海研究所所長
モハン・カリーア　火星探査ミッション指揮官
ヘレナ・リャホフ　火星探査ミッション副指揮官

オーヴァーロード（最高君主）　宇宙の統治者

カレラン　地球総督

ラシャヴェラク　心理学者

サンサルテレスコ　監査官

ヴィンダーテン　母星のオーヴァーロード

# 幼年期の終わり

本文中に示された見解は、著者個人のものではない。

# まえがき

『幼年期の終わり』を執筆したのは、一九五二年二月から十二月にかけてのことだった。その後、一九五三年春に大幅に手を入れた。第一部は、ジェームズ・ブリッシュによる編集改稿を経て一九五〇年に雑誌に発表した短篇『守護天使』を下敷きにしている。

あえて執筆時期に触れたのは、この小説を歴史の観点から見ていただきたいからだ。今日の読者の大部分が、一九五三年八月二十四日にバランタイン社から初版が刊行された当時、まだ生まれていなかったに違いない。初の地球衛星が打ち上げられたのはそれから四年後だが、誰より楽観的な天文ファンでも、まさかそれほど早く実現するとは夢にも思っていなかった。二十一世紀を迎えるまでに現実になれば万々歳くらいに考えていたのだ。さらに、その日から十年以内に、〝きみは月に向けて出発する最初の宇宙船を五キロ離れた場所から見守ることになるよ〟と誰かに言われたとしたら、私はまさかそんなと笑い飛ばしたことだろう。

しかし、アームストロングとオールドリンが「静かの海」に降り立ち、アメリカがソ連との宇宙開発競争――『幼年期の終わり』のオリジナルの第一章はこれをモチーフにしていた――に勝利をおさめたとき、この本の刊行からはすでに十六年が経過していた。そこで私は、物語の舞台を次世紀に移すことに決めた。この書き直し作業のさなか、アポロ11号の月面着陸から二十周年を迎えた日に、アメリカの宇宙開発計画のゴールの一つに火星が加えられたという発表があった。物語の設定を補強してくれたことに感謝します、父親のブッシュ大統領。

この本を書いた一九五〇年代、私は一般に超常現象と呼ばれているものの数々の証拠に心酔していた。それをこの物語のメインテーマにもした。しかしそれから四十年が過ぎ、ヨークシャー・テレビに与えられた数百万ドルの予算を使って『ミステリー・ワールド』『超常現象』といった番組の製作に携わったいまでは、ほぼ完全に懐疑派に回っている。果たしていくつの超常現象があっけなく突き崩されたことか。いくつの超能力がトリックにすぎないと暴かれたことか。それは長く、ときには穴があったら入りたくなるような目覚めのプロセスだった。たとえば――。

一九七四年、アーサー・ケスラー、ジョン・テイラー、デヴィッド・ボーム、ジョン・ヘイステッドとともにバークベック・カレッジで過ごしたあわただしい混乱の一日を明快に振り返るのは難しいが、ユリ・ゲラー当人が〝*My Story*〟のなかで悔しいほど的確に要約してくれている。〝このころには、アーサー・クラークは残っていた疑念をすべてかなぐり捨てていた。そしてこんなことを言った。「驚いたな！　まったくそのままだよ！　『幼年期の終わり』で描いたのはまさにこういうことなんだ……。ゲラーをペテン師と呼んでいるマジシャンやジャーナリストは、そろそろ口を閉じたほうが自分たちのためだと思うね。文句があるなら、ここみたいに厳密に管理された環境で、ゲラーがいまやって見せたのと同じことを、トリックを使って再現してみろというんだ」〟。

バークベック・カレッジでのゲラーのデモンストレーションが直前になってばたばたと決まったことを思えば、〝厳密に管理された環境〟というフレーズは噴飯ものではあるが、最後の一文の意味するところは結果的に実現した。彼らは実際に再現してみせたのだから。（事例についてはジェームズ・ランディ〝*The Magic of Uri Geller*〟参照）。

とはいえ、いまもユリにひそかに親愛の情を抱いていることは否定しない。彼は曲がったスプーンとひびの入った名声を行く先々に残してきたとはいえ、先行きの見えない不安な時代が切望していたエンターテインメントを提供したのだ。

『幼年期の終わり』の刊行直後、タイトルページに掲げられた断り書き――〝本文中に示された見解は、著者個人のものではない〟――に、多くの読者が狐につままれたような気分を味わっただろう。だが、かならずしも冗談のつもりでそう表明したわけではなかった。私はその少し前に〝*The Exploration of Space*〟を出版し、人類はやがて宇宙に広く進出するだろうという楽観的な未来像を描いた。ところが今度は〝人類が宇宙を制する日は来ない〟と主張する本を書いたわけで、短期間のうちに前言を翻したとは思われたくなかったのだ。

いま、私はその断り書きのターゲットを、〝超常現象〟の九十九パーセント（すべてがナンセンスであるとは思えない）、ＵＦＯ〝目撃〟談の百パーセントに設定し直したいと考えている。この本が騙《だま》されやすい人々を欺《あざむ》くことにいまなお貢献しているとしたら、ひじょうに残念に思う。皮肉にも今日、あらゆるメディアが彼らを食い物にしている。書店やタブロイド紙売場や放送電波は、ＵＦＯやら超能力やら占星術やらピラミッドの魔法のエネルギーやらチャネリングやら――とにかく考えつくかぎりのでたらめに汚染されている。誰かが世紀末的デカダンスの最後の花火を打ち上げようとしているかのようだ……。

では、そのことは、超常現象と宇宙からの来訪者の両方を扱った『幼年期の終わり』が、もはや読むには不適切なものになったということを意味しているのだろうか。いや、そんなことはないはずだ。だって、これはフィクションなのだから！　現実には一八九八年に火星人が地球にやってきてイギリスの町ウォーキングをバーベキューにするようなことはなかった――ついでに言えば、一九三八年にニュージャージー州に来襲することもなかった――が、それでもウェルズの『宇宙戦争』を読む楽しみが失われたわけではない。加えて、これはもう何度言ったかわからないくらい繰り返してきたことだが、私は宇宙に生命がひしめいていることに疑いをはさむ余地はほとんどないと信じている。ＳＥＴＩ（地球外知的生命体探査）は天文学の一分野として文句なく受け入れられるようになった。それが研究対象のない科学であるという事実は、驚くべきことでも失望すべきことでもない。人類が星々の声を聴くテクノロジーを手に入れたのは、ほんの数十年前のことなのだ。

刊行からまもなく、『幼年期の終わり』の映画化オプション契約が結ばれた。それ以降、権利はさまざまな人びとの手を渡り歩き、数えきれないほどの脚本家がシナリオに起こした。その一人は旧友のハワード・コッホだ。喜ばしいことに、彼は先ごろ、一九三八年にオーソン・ウェルズの依頼で書いた悪名高きラジオドラマ脚本（前段落参照）を六桁の金額で売却したらしい。

ハリウッドから最近伝えられた情報によれば、『幼年期の終わり』の映画化権の現在の提示価格は、私が一九五六年に何の不満もなく受け取った額の二百倍に達しているそうだ。このまま永遠に映画化が実現しないとしても、大人気テレビシリーズ『V（ビジター）』のチャプター２で、『幼年期の終わり』のよくできたバリエーションをすでに数百万人が見ている。

正直に認めよう。もし登場人物たちが会話のなかで私の作品に触れていなかったら、『V』の初回を見るなり私は怒りで爆発していたに違いない。だが、そこで思い出したのだ。シオドア・スタージョンが私より前にそのシーンを書いていたことを。一九四七年に――そう、なんと四七年だ！　――スタージョンは忘れがたいタイトル――と結びの一文――を持つ作品を発表した。『空は船でいっぱい』。

と、脳のなかでまた別の記憶が炸裂した。いまのパラグラフは取り消す。スタージョンの作品よりさらに前に、そっくりな光景を私自身が目撃しているではないか。いや、ご心配なく、ＳＦ小説の書きすぎでついに頭がどうかしてしまったわけではない……。

あれは一九四一年夏の美しい夕暮れ時だった。私はいまは亡き友人ヴァル・クリーヴァーの運転する車でロンドンに向かっていた。ヴァルは私と同じく英国惑星間協会の熱心な会員であり、戦後にはロールスロイス社のロケット開発部門のチーフエンジニアを務めた人物だ。

背後で太陽が沈もうとしていた。ロンドンまではまだ三十数キロを残していた。車は丘の頂きを越えて――その瞬間、目に飛びこんできた光景はあまりにも信じがたいものだった。そう、ヴァルがブレーキを踏んで車を停めずにはいられなかったほど。それは美しくもあり、恐怖を感じさせるものでもあった。未来の世代があれと同じ光景を目にする日が来ないことをひたすら願う。

何十もの――いや、何百もの鈍い輝きを帯びた銀色の防空気球がロンドン上空に浮かんでいた。その寸詰まりの魚雷を思わせる物体は夕陽の最後の光を跳ね返してきらめき、その様はさながらロンドン上空で待機する宇宙船団だった。長い一瞬が過ぎた。その間に、私たちは遠い未来を夢見た。空に鋼鉄のフェンスを設けさせた戦争のことなど、そのときは頭からきれいに消えていた。

ひょっとしたら、『幼年期の終わり』のアイディアはあの瞬間に生まれたのかもしれない。

一九八九年七月二十七日　スリランカのコロンボにて

アーサー・C・クラーク

第1章を書き直したことを除いて、本文にいっさい手は加えていない。第2章から先は一九五三年初版当時の『幼年期の終わり』のままである。

# 第1部　地球とオーヴァーロードたち

# 1

ヘレナ・リャホフは、発射基地に向かう飛行機に乗りこむ前に、いつも同じ儀式をする。そういった習慣を持つ宇宙飛行士はヘレナ一人ではないが、それを話題にする者はあまりいない。

空はすでに闇に覆われていた。管理棟を出て松の木立を抜け、有名な銅像の前で立ち止まる。空は雲一つなく澄み渡り、昇ったばかりの満月が明るく輝いていた。ヘレナの目は反射的に月の「雨の海」を探していた。いまはリトル・マーズという呼称で親しまれているアームストロング基地での、何週間にも及んだ訓練の記憶がふと蘇った。

「ユーリ。私が生まれたとき、あなたはもう亡くなってたわね。冷戦時代、私たちの国がまだスターリンの影に閉ざされていた時代に、この世を去ってしまってた。いま、スター・ヴィレッジではいろんな国のアクセントが飛び交ってる。あなたがいまも生きてたら、何て言うかしら。きっと、それこそあるべき姿だって喜んだでしょう……。

そうよ、いまの宇宙開発の現状を知ったら、心から喜んでくれたでしょうね。もういいおじいちゃんになってるでしょうけど、まだ存命だとしたっておかしくないもの。ほんと、残念だわ！　史上初の宇宙飛行に成功したあなたが、人類が月面を歩くのを見ないまま亡くなってしまったなんて。あなただって火星探査が実現する日を夢に見てたはず……。

でもね、その日がついに来たの。コンスタンティン・ツィオルコフスキーが百年前に思い描いた宇宙新時代がいままさに開かれようとしてるのよ。次にこうして会うときには、あなたに話したいことがたくさんできてると思う」

自分のオフィスに戻ろうとしかけたとき、見学者を満載したバスが定刻より遅れて到着し、がたんと大きく一揺れして停まった。ドアが開き、カメラを手にした乗客が列をなして降りてくる。火星探査ミッション副指揮官であるヘレナとしては、公衆向けの笑みを大急ぎで顔に張りつけないわけにはいかなかった。

と、そのとき、カメラのシャッターが押される暇もなくざわめきが広がって、その場の全員が月を指さし始めた。ヘレナが振り返ると、巨大な影が空を滑るようにして月を覆い隠そうとしていた。この瞬間、生まれて初めて、ヘレナの胸に神への畏れがわきあがった。

ミッション指揮官モハン・カリーアはクレーターの縁《へり》に立ち、凍りついた溶岩の海をたたえたカルデラの向こう岸を見つめていた。距離感を狂わせるほど壮大な景色。満ち引きを繰り返しながら無限に起伏するこの塁壁や段丘を生み出した溶岩の猛威と は、いかばかりのものだったろう。とはいえ、あと一年とたたずに目にすることになるはずの火山は、このすべてがちっぽけに思えるくらいの大きさだ。キラウェア火山は火星のオリンポス山の縮尺模型にすぎず、ここでの訓練は、いざ現実に直面したら、まるきり役に立たないかもしれない。

二〇〇一年の合衆国大統領就任式を思い出す。新大統領は就任演説のなかで、ケネディによる四十年前の〝我々は月に到達しなければならない！〟という有名な一節を模倣するかのように、二十一世紀は〝太陽系の世紀〟になると宣言した。二十二世紀の到来までに、人類は太陽の周囲を回っている主だった天体のすべての探査を終えているだろう、そのうちの少なくとも一つには人類が永住しているだろう――自信に満ちた口ぶりでそう予言した。

曙の光が、溶岩の割れ目から立ちのぼる水蒸気を輝かせている。その光景は、火星の〝夜の迷宮〟を包む朝もやを連想させた。それを眺めていると、六カ国から集まった同僚宇宙飛行士たちと一緒にすでに火星に来ているような錯覚にとらわれた。そう、今回は、未踏の偉業を達成するのは――できるのは――どこか一カ国だけではない。

ヘリに戻ろうとしたとき、何か予感めいたものを感じて――視界の隅を何かがかすめたような気がして、ふと足を止めた。怪訝な思いでクレーターを振り返る。その視線を空に向けようと思いついたのは、しばらくたってからだった。

空を見上げた瞬間、モハン・カリーアは、このときヘレナ・リャホフが遠く離れた場所で悟っていたと同じことを確信した。人類がこれまでたどってきた歴史に終止符が打たれたのだ。想像を絶する高度――雲のはるか向こう――をゆったりと航行する鈍く輝く怪物の群れと比べたら、ラグランジュ点軌道にぽつりぽつりと浮かぶ宇宙船など、丸太をくりぬいたカヌーみたいに原始的な乗り物と思えた。まもなく、巨大な飛行物体の群れが降下を開始した。永遠とも感じられたひととき、カリーアは世界中の人々とともに、その威容を言葉もなく見守った。

生涯を費やした努力が水泡に帰したことを無念とは思わなかった。彼はいつか人類を星々に連れていこうと心血を注いできた。ところがいま、星のほうが——超然として下界に無関心なはずの星のほうが、彼のもとへと降りてきたのだ。

この刹那、歴史は息をひそめ、現在は自らを過去から切り離した。ちょうど氷山が母なる氷河を離れ、ひとり誇らかに海へと漕ぎ出すように。人類が成し遂げてきたすべてが意味を放棄した。そしてカリーアの頭のなかでは、たった一つの思いがこだまのように繰り返し響いていた——。

人類はもはや孤独ではない。

## 2

国連事務総長は大きな窓の前にたたずみ、渋滞する四十三丁目をじっと見下ろしていた。ときどきこんなことを思う。同じ人間が暮らす地上からはるか上空に仕事場があるというのは、果たしてよいことなのだろうか。物事を客観視できると言えば聞こえはいい。だが、それと無関心との境界線は心もとないほど細い。いや、そんなことを考えるのは、ニューヨークに移り住んで二十年が過ぎようというのに、あいかわらず高層ビル群が好きになれない言い訳を探しているからなのかもしれない。

背後でドアが開き、ピーター・ファン・リーベングが入ってくる気配がしたが、彼は振り返らなかった。ピーターの足音がいつものようにほんのつかの間途切れた。サーモスタットの設定温度を確かめてあきれ顔をしているのだろう。事務総長は冷蔵庫で暮らしているというのは、職員の間ではよく知られたジョークだった。ストルムグレンは部下が窓際の隣に来るのを待って、何度見ても見飽きることのない眼下のパノラマから目を上げた。

「まだかな。ウェインライトのやつ、五分の遅刻だ」

「ついさっき警察から連絡がありました。デモ隊がくっついてきているせいで、交通が麻痺状態に陥っているとか。それでも、そろそろ着くという話でした」ファン・リーベングはいったん言葉を切ったものの、とってつけたようにこう尋ねた。「ウェインライトと会うべきだとのご意見に、いまも変わりはないんでしょうか」

「いまさら取り消すこともできないだろう。一度は同意したんだ――きみも知ってのとおり、今回の会談を思いついたのは私ではないにしてもね」

　ストルムグレンはデスクに歩み寄り、有名なウラン製のペーパーウェイトをもてあそんでいた。緊張しているというわけではない。ただ覚悟が極《き》まらないだけだ。ウェインライトの遅刻はありがたかった。おかげで、会談が始まってもいないうちから、ほんのわずかとはいえ、心理的に優位に立つことができた。人と人との関わりにおいて、そういった些事は、論理や道理を尊重する者にとっては、思いもよらないほど大きな力を持つ。

「あ、来ました！」ファン・リーベングが唐突に声をあげた。窓ガラスに額を押しつけんばかりにしている。「通りの先に、ほら、見えてきました――三千人はいそうですね」

　ストルムグレンは手帳を拾い上げて部下の隣に戻った。五百メートルほど向こうから、小さいが確固たる意思の存在を感じさせる集団が国連ビル目指してじりじりと近づいてきている。いくつもの横断幕が掲げられていた。この距離からは何と書いてあるかまでは読み取れないが、彼らの主張ならストルムグレンもよく承知している。まもなく、不吉なリズムを持ったシュプレヒコールが押し寄せてきて、往来の音をかき消した。それとともに、嫌悪感が波のようにストルムグレンの全身を襲った。まったく、デモ隊だの敵意むきだしのスローガンだの、いいかげんにしてもらいたいものだな！

デモ隊はビルの前にずらりと並んで止まった。ストルムグレンが見ていることを知っているのだろう、いくつもの拳《こぶし》が芝居がかった風情で高々と突き上げられている。彼に公然と挑もうという意思表示ではないのだろうが、ストルムグレンの目を意識した行為であることは明らかだった。まるでこびとが巨人を威嚇《いかく》するように、無数の拳は、彼の頭上五十キロの空に――〝最高君主《オーヴァーロード》〟の宇宙艦隊の、銀色に輝く雲に似た旗艦に怒りを投げつけていた。

カレランはおそらくこの一部始終を上空から見守っているのだろうし、大いに満足していることだろう。今回の会談が実現したのは、総督カレランの働きかけがあってのことなのだから。

ストルムグレンが自由連盟《フリーダム・リーグ》の指導者と顔を合わせるのは今回が初めてだった。会うのが賢明なことなのかどうか、頭を悩ませるのはもうやめにした。カレランの考えは高遠で、人間ごときの理解が及ばない場合も少なくない。それに、ウェインライトと会うことで具体的な不都合が生じるとも思えなかった。反対に、会談を拒み続ければ、フリーダム・リーグはその事実をストルムグレンを非難攻撃する材料に利用するだろう。

アレクサンダー・ウェインライトは背が高く、端正な顔立ちをした男だった。年齢は四十代後半といったところだろうか。どこまでも正直な人物であること、それゆえいっそう警戒すべき人物であることをストルムグレンは知っていた。しかし、彼の主義主張について、また彼の信奉者の一部についてどのような見解を抱いていようと、その表裏のない人となりを知ってしまえば、彼を嫌うことはそうそうできないに違いない。

ファン・リーベングの簡潔でいくぶんしゃちほこばった紹介がすむのを待ちかねたように、ストルムグレンは切り出した。「今日いらした目的は、世界連邦化計画に正式に反対を表明するためだ。そうだね？」

ウェインライトは重々しくうなずいた。「ええ、最大の目的はおっしゃるとおりです、事務総長。ご存じのように、我々はこの五年間、人類は危機に直面していると訴え、世間の目を開かせようと努力してきました。しかし、これまでのところ、その成果は上がっていません。大多数の人々は、地球がオーヴァーロードの思いのままに動かされていることに不満を持っていないらしいからです。それでも、世界中の五百万を超える憂国の士が、我々の請願書に同意し署名してくれました」

「地球の人口が二十五億であることを思えば、ささやかな数字と思えるが」

「無視できる数字でもありません。それに、署名はしていなくても、今回の世界連邦化計画が正しいかどうかはもちろん、賢明な選択であるかどうかについて、ひとかたならぬ疑問を抱いている者は大勢います。カレラン総督にどれほどの力があろうと、紙切れ一枚で千年の歴史をなかったことにするのは不可能でしょう」

「カレランにはその力があるのかもしれないぞ」ストルムグレンは切り返した。「私がまだ子どもだったころ、欧州連邦はただの夢だった。だが、成人するころにはその夢は現実になっていた。いいかね、欧州連邦の話は、オーヴァーロードがやってくる前に起きたことだ。カレランは、人類がすでに着手していたことに最後の仕上げを施そうとしているにすぎない」

「ヨーロッパは文化的、地理的にもともと一つの集合体です。しかし、地球はそうではない。条件が大きく違います」

「オーヴァーロードにとって地球など」ストルムグレンは皮肉をこめて切り返した。

「私たちの父の世代にとってのヨーロッパよりはるかにちっぽけなものだろうな。それに彼らの先を見越す力は、人類のそれよりよほど成熟していると思うね」

「世界連邦化を最終目標に掲げることにはかならずしも反対しません。もちろん、私の支持者のなかには意見を異《こと》にする者も多いでしょうが。ただ、世界連邦を実現するなら、内部から行なわれなければ意味がありません——外から押しつけられるのではなく。我々は自らの手で未来を切り開かなければならないのです。人類に対する外部の干渉をこれ以上許すわけにはいかない！」

溜め息が出た。その話ならこれまでにもう百回は聞かされてきた。そのたびにストルムグレンは同じ回答をひたすら繰り返し、フリーダム・リーグはそれをひたすら拒絶してきた。ストルムグレンはカレランを信じている。フリーダム・リーグは信じていない。根本的な相違はそこにある。それについてストルムグレンにできることは何一つない。しかし幸いなことに、フリーダム・リーグのほうにもできることは何一つなかった。

「二つ三つ尋ねたいことがある」ストルムグレンは言った。「オーヴァーロードは地球に安全と平和と繁栄をもたらした。きみはそれを否定するのか」

「いいえ、否定はしません。しかし、人類はそれと引き換えに自由を奪われました。人が生きていくのに必要なのは——」

「——パンだけではない。その点では私も同意見だ。だがね、食料難にあえぐ人間が一人としていない時代など、これが初めてではないか。いずれにせよ、オーヴァーロードが人類史上初めて与えてくれた恩恵に比べて、いったいどれほどの自由が奪われたというのかね」

「神の導きのもと、自律的に生きる自由を奪われました」

やはりそうきたか。要するにそういうことなのだ。どれほどうわべを繕おうとも、この対立の根にあるのは宗教なのだ。ウェインライトは自分が聖職者であることを決して相手に忘れさせない。いまはもう聖職者の白いカラーは着けていないのに、なぜかそれがいまも襟もとに見えているような気にさせる。

「先月、計百名のプロテスタント、カトリック、ユダヤ教の高位聖職者が、総督の方針を支持する共同宣言に署名した」ストルムグレンはそう指摘した。「世界の宗教がきみたちとは反対の立場を取っているわけだね」

ウェインライトは腹立たしげに首を振った。「宗教指導者のほとんどは判断力を失っています。オーヴァーロードにたぶらかされているんです。彼らがようやく危険を認識するころには手遅れでしょう。人類は主権を手放して被支配種族になっているでしょうよ」

しばしの沈黙ののち、ストルムグレンはこう応じた。

「三日後にまた総督と会うことになっている。きみの反対意見は伝えよう。世界の多様な考えを代弁するのが私の使命だからね。しかし、伝えたところで何も変わらないだろう。断言してもいい」

「もう一つ伝えていただきたいことが」ウェインライトは言葉を選ぶような口調で言った。「オーヴァーロードに言いたいことはほかにもたくさんあります。しかし何より、彼らの秘密主義に納得がいかない。カレランとじかに言葉を交わしたことがあるのはあなた一人だけだ。ところが、そのあなたでさえカレランの姿を見たことがないなんて！　何か不埒《ふらち》な企みがあるのではと疑いたくもなります」

「人類にこれだけのものをもたらしてくれたのに？」

「ええ——だからこそ、かもしれませんね。腹立たしいという点ではいずれもいい勝負ですよ――カレランの全能さと秘密主義は。やましいことがないなら、なぜ姿を隠すのです？　今度総督とお会いになったら、なぜなのか、ぜひ尋ねてみていただきたいものですね、事務総長」

ストルムグレンは黙っていた。返す言葉がなかった。何を言ったところで、この男を納得させることはできないだろう。ストルムグレン自身、同じ疑念を抱いたことが一度もないとは言いきれないのだから。

彼らにとってはごく小規模な事業にすぎないのだろうが、地球にとっては経験したことのない大きな出来事だった。いっさいの予兆もないまま、まるで地上に雨が降り注ぐように、宇宙の果てから巨大な宇宙船の群れがやってきたのだ。物語のなかではその日は幾度となく描かれてきたとはいえ、いつかそれが現実になると本気で信じた者はいなかった。ところが、その日はついに訪れた。ありとあらゆる大地の空にきらめきを放ちながら無音で浮かぶ物体は、人類が数百年かけても到達しえない高度な科学を象徴していた。初めの六日間、それらは世界中の都市の上空にただ浮かんでいた――人類の存在を認識している気配をいっさい示さないまま。だが、そのようなそぶりをことさら示す必要はなかった。巨大な船がそれぞれニューヨーク、ロンドン、パリ、モスクワ、ローマ、ケープタウン、東京、キャンベラといった大都市の真上で停まったのが、単なる偶然であるはずがない。

その心臓が凍てつくような六日が過ぎる前に、一部の人々は事実を推察していた。これは地球人について何の知識も持たない種族による最初の試験的な接触などではないと。音一つ立てず、微動だにしないあの船のなかでは、いまごろ腕の立つ心理学者が人類の反応を分析しているに違いない、そして人類の緊張の度合いが頂点に達したとき、初めて行動を起こすのだろうと。

六日め、地球総督カレランはラジオの全周波数をジャックし、世界に向けて自己紹介を行なった。その英語は非の打ちどころがなく、その事実はそれから数十年にわたって世界中で激論が交わされるもとになった。とはいえ、人々を驚愕させたのは、彼が完璧な英語を話したことよりも、その演説の内容だった。誰が聞いても、それは至上の天才の手に成るものだった。人類を隅々まで完全に知り尽くしていることがうかがえた。博識ぶり、巧みな言葉選び、膨大な知識のごく一部を披露するにとどめて相手を焦《じ》らすような話運び。圧倒的な知性を持ち合わせていることを人類に確信させるために、手をかけて練り上げられたものであることは明らかだった。カレランの演説が終わったとき、地球上のあらゆる国家は、情勢次第でいつ倒されるかわからぬまままそれぞれが国を治める時代は過去のものになったことを悟っていた。地域や国の行政府がそれぞれの領土内における政治権力を保持することに変わりはないだろうが、国際問題というもっと広い領域での最終決定権は、もはや人類の手中にはない。議論は——抗議も——するだけ無駄というものだ。

そのような権力の縮小に世界の全国家がおとなしく従うはずがなかった。しかし、積極的な抵抗を試みるにはあまりにも大きなジレンマがあった。オーヴァーロードの宇宙船を破壊すれば——破壊が果たして可能かどうかはまた別の問題として——その下にある都市まで壊滅的な被害をこうむることになる。それでも、ある大国は実際に行動に移した。おそらくは一石二鳥を期待してのことだろう。彼らが狙いを定めたのは、隣接する敵対国の首都の上空に浮かぶ船だった。

秘密の管制室のモニターに巨大宇宙船の拡大画像が映し出されたとき、作戦に加わっていた少数の将校や技術者の胸は、さまざまな感情に引き裂かれていたはずだ。作戦が成功したら、ほかの宇宙船はどんな行動に出るだろう。ほかの宇宙船も同じように破壊すれば、人類はもとどおり我が道を歩むことができるのだろうか。それともカレランは、自分を攻撃した者たちに血の報復を行なうだろうか。

ミサイルが命中して破裂した瞬間、画面がふいに暗くなったかと思うと、何キロも離れた空中カメラの映像に切り替わった。切り替えに要したほんの一秒ほどの間に、もう一つ太陽ができたかのような大きな火の玉が空に出現しているはずだった。

ところが、何も起きていなかった。巨大な宇宙船は無傷のまま空に浮かび、宇宙のかなたからじりじりと照りつける陽射しを跳ね返していた。ミサイルはかすり傷ひとつ負わせなかったらしいというだけではない。ミサイルがいったいどこへ行ってしまったのか、最後までわからないままになった。さらに、カレランは攻撃した者たちに対して何らの制裁も加えず、攻撃されたことに気づいたそぶりさえ示さなかった。まるでせせら笑うかのように攻撃を黙殺したのだ。攻撃した者たちはいつ鉄槌が下るのかとびくびくしながら過ごすことになった。それは罰を与えるよりもかえって士気をくじく効果的な対応だった。攻撃を仕掛けた政府は、責任の所在をめぐる醜い争いの末、その数週間後に崩壊した。

オーヴァーロードの施政方針に対する消極的な抵抗もときおり見られた。そのたびにカレランはただ放置した。協力を拒めば損をするだけだということに当人たちが気づけば、抵抗はそこで終わりになるからだ。カレランが具体的な対応を取らざるをえなかったのは、ある政府が頑固に抵抗を続けた一度だけだった。

南アフリカ共和国は、百年以上の長きにわたって人種闘争の中心地だった。両陣営の心ある指導者が橋を架けようと力を尽くしてはきたものの、これまでのところ実りはなかった――恐怖と偏見が根深く、いっさいの協調を拒絶したからだ。政権は何度も交代したが、狭量さの度合いが異なるだけで本質的な違いはない。国土は憎悪と内戦の余波に蝕《むしば》まれていた。

人種差別をなくすための努力が行なわれそうにないとわかると、カレランは警告を発した。といっても、ただ日付と時刻を通告しただけだった。その日時に何が起きるのかは伝えられなかった。不安が広がったが、恐怖やパニックと呼ぶほどのものではなかった。オーヴァーロードが罪なき者も罪ある者も一緒くたに巻きこむような暴力的あるいは破壊的な行為をするとは、誰も考えなかったからだ。

事実、そのような行為はなされなかった。ケープタウンの子午線を通過した瞬間に太陽が消えた、、、だけだった。空には、熱も光も発しない、淡い紫色をした太陽の亡霊が残った。どういうわけか、宇宙のどこかで太陽光が二つの交差する磁場にぶつかって偏光を起こし、そこから先へ進まなくなったらしい。直径五百キロの正確な真円を描く地域で、同じ現象が確認された。

この示威《じい》行動は三十分で終わった。それだけで充分だった。南アフリカ政府は翌日、マイノリティである白色人種の公民権を全面的に回復させると発表した。

そういった特殊な例を除いて、人類はオーヴァーロードの出現を自然のなりゆきの一部として受け入れた。当初の衝撃は驚くほど短期間で薄らぎ、平凡な日常が戻った。山のなかで眠り続けていたリップ・ヴァン・ウィンクルが二十年ぶりに起き出してきたとしたら、最初に気づくもっとも大きな変化はおそらく、世界がひそやかな期待感に包まれている事実だろう。人類は、オーヴァーロードたちがついに姿を現し、あのほのかに輝く宇宙船から降りてくる瞬間をいまかいまかと待っていた。

あれから五年たったいまも、人類はまだ待ち続けている。ストルムグレンは思う。それこそがすべてのトラブルの元凶なのだ。

ストルムグレンの車が到着したとき、離着陸場はいつものようにカメラをかまえた見学者に囲まれていた。国連事務総長は補佐官と一言二言交わしたあと、ブリーフケースを手に、見学者の輪をかき分けるようにして歩いていった。

カレランがストルムグレンを長く待たせたことは一度もなかった。このときもまた、即座に上空に銀色の泡が一つ現れたかと思うと、驚くようなスピードでふくらみ始め、群衆がどよめいた。五十メートルほど先に小型の宇宙船が降りてくる。強い風が吹きつけてストルムグレンの服をはためかせた。宇宙船は地球に接触すれば汚染されるのではないかと恐れてでもいるかのように、地面から数センチの距離を巧みに保って浮かんでいる。ストルムグレンはそれに近づいた。例によって継ぎ目のない金属質の船体の一部が波打ち、ほどなく入口が開いた。世界最高の頭脳をもってしても、その仕組みはまだ解明できていない。おぼろな光に包まれた空間に足を踏み入れた。次の瞬間、入口はまるで初めから存在しなかったかのように消えて、外の音と景色を遮断した。

五分後、ふたたび入口が開いた。動いている感覚はなかったが、上空五十キロのカレランの船の深部まで運ばれたことをストルムグレンは知っていた。ここはオーヴァーロードたちの世界だ。いま彼は、謎めいた業務にいそしむオーヴァーロードたちに囲まれている。ここまで彼らに接近した人間は、ストルムグレンただ一人だ。といっても、オーヴァーロードたちがいったいどんな姿をしているのかまるで知らないという点では、地上の何百万もの人々と何ら変わりはない。

短い連絡通路のつきあたりのこぢんまりとした会議室は、壁にはめこまれたビジョンスクリーンの前に椅子とテーブルが置かれているだけの殺風景な設《しつら》えだった。おそらくそれが狙いなのだろうが、この部屋を造った生物について知る手がかりはどこにもない。ビジョンスクリーンには、この日もやはり何も映っていなかった。ビジョンスクリーンがふいに瞬《また》いて、全人類を焦らし続けてきた秘密をついに映し出す夢を何度か見たことがある。しかし、夢が現実になることは一度もなかった。その長方形に切り取られた暗闇の向こうには、純然たる謎だけが存在していた。同時に、力と知恵もあった。加えてもう一つ、何にも増して、足もとの惑星を這い回る小さな生き物に対する深い親愛の情、温かく見守るような愛情も、そこにはあるだろう。

どこかに隠されたスピーカーから、ストルムグレンはすっかり聞き慣れているものの、彼以外の人間たちは史上ただ一度しか耳にしたことのない、穏やかで落ち着いた声が聞こえてきた。巨大な物体から発せられているという印象を与えるその低く太い響きは、カレランの身体的特徴を推測するたった一つの手がかりだった。カレランの体は桁外れに大きい。おそらく人間とは段違いに大きいだろう。たった一度だけ録音された声を分析した結果、機械によって合成されたものではないかと示唆した科学者が一部にいたのは事実だ。だが、ストルムグレンにはとてもそうは思えない。

「やあ、リッキー。例の会談のやりとりは聞いた。ミスター・ウェインライトに会った感想は？」

「正直な人物です。信奉者の多くはそうではなさそうですが。これからどうしましょう。フリーダム・リーグ自体は危険な組織ではありません。しかし一部の急進的なメンバーは、暴力に訴えようと公然と呼びかけています。私の自宅を警備させたほうがいいかもしれないと思い始めたところでした。そんな必要がなければ、何よりですが」

カレランは議論を巧みにはぐらかした。カレランはときおりそうやってストルムグレンをいらだたせる。

「世界連邦化計画の詳細を公表して一月《ひとつき》が経過した。事前の調査では、人類の七パーセントが私を認めがたいと答え、十二パーセントは〝わからない〟としていた。その数字に大きな変化はあったか」

「いいえ、いまのところは。しかし、そんなのはどうでもいいことです。私が心配しているのは、世間が——あなたを支持している者たちも含めて——あなたがたはそろそろ秘密主義のベールを取り払うべきだと感じ始めているということです」

カレランは、まるでお手本のような溜め息をついた。だが、それはどこか芝居がかっていた。「そしてきみも同じように感じているんだろう?」

質問の形を取ってはいても、それは質問ではなかった。答える必要があるとは思えない。

「あなたが本当に理解してくださっているのかと思うことがあります」ストルムグレンは熱をこめて先を続けた。「現在の状況が私の仕事をどれだけ困難にしているか、ちゃんと理解してくださっているのだろうかと」

「私の仕事だってやりにくいさ」カレランは我が意を得たりといった口ぶりで答えた。「人々が私を独裁者だと考えるのをやめてくれたらどんなにいいか。私は他人が立案した植民地政策の運営を任された一《いち》公僕にすぎない」

なるほど、ものは言いようだ。だが、果たしてどこまでが真実なのか。「せめて、姿を隠している理由の一部でも教えていただけませんか。理解できないから不愉快になり、不愉快になるから無責任な噂がやまないんです」

いつもの豊かで低い笑い声が聞こえた。人間のものと考えるにはあまりにもよく響く。「いまは私は何だということになっているんだね？　ロボット説がまだ有力か？　ムカデみたいな生物だと思われるくらいなら、電子管の集合体のほうがまだましだ。ああ、そうだ、昨日の『シカゴ・トリビューン』の風刺漫画を見たよ！　ぜひ原画をもらいたいな」

ストルムグレンは唇を引き結んだ。ときどき、カレランはストルムグレンの職務をあまりにも軽く考えているのではないかと疑いたくなることがある。「いいですか、これは真面目な話なんです」とがめるような口調になった。

「親愛なるリッキー」カレランが応酬する。「私がいまもどうにかこうにか気力を維持していられるのは、ひとえに人類を真面目にとらえないようにしているおかげなのだがね」

これを聞いて、頬をゆるめずにはいられなかった。「そんな答えでは私が困ります。私は地上に戻って、同胞に説明しなければならないんですから——あなたがたには姿を見せる気はないらしいが、何かを隠しているわけでもないようだとね。簡単にはいかないでしょう。人間の最大の特質の一つは好奇心です。それを永遠にはねつけるのは不可能ですよ」

「私たちが地球に来て直面したもっとも厄介な問題はそれだった」カレランは打ち明け話でもするように言った。「きみたち地球人は、ほかの点では私たちの知恵を信じてきたね。この件でも同じように信じてくれてもいいはずだろう」

「私は信じていますよ」ストルムグレンは答えた。「しかし、ウェインライトは信じていないし、彼の信奉者にしてもそれは同じだ。あなたがたが姿を見せようとしない事実を悪い意味に解釈しているからといって、彼らを責めることはできません」

沈黙があった。やがてかすかな音（ラジオの雑音に似ていた）が聞こえた。カレランが微妙に姿勢を変えたのかもしれない。

「ウェインライトのような手合いが私を恐れる理由はわかるね」カレランが訊く。その声は打って変わって重々しさを帯びていた。大聖堂に鳴り渡る荘厳なオルガンの音《ね》を思わせる。「世界のどの宗教を見ても、あのような人物はかならず存在する。彼らは、私たちが理性と科学を象徴していることをよくわかっているのだ。そして、それぞれの教義にどれだけ深い信頼を置いていても、私たちが彼らの神をその座から引きずり下ろすのではないかと――計算ずくでとはかぎらないが、いつの間にかそういうことになってしまうかもしれないと、怯えている。教義を論破することによってだけではなく、無視することによって科学が宗教を破綻に追いこむ場合もあるからだ。たとえば、ゼウスやトールが存在しなかったことを立証した人物は私の知るかぎり人類の歴史上一人もいないが、そういった神々を信仰する人々はいまはもうほとんど残っていない。さらに、ウェインライトのような連中は、私たちが彼らの信仰の起源に関する真実を知っているのではないかと恐れてもいる。こんな不安に怯えていることだろう――私たちはいったいいつから人類を観察していたのかとね。マホメットがメッカから逃げるのを見ていたのだろうか、モーセがイスラエル人に律法を与えるのを見ていたのだろうか。彼らが真実としている伝説の間違いをすべて知られているのではないか」

「で、ご存じなわけですか」ストルムグレンは独り言のようにつぶやいた。

「彼らを苦しめている恐怖はそれなんだよ、リッキー。当人たちは決して公には認めようとはしないだろうがね。人類の宗教を端から破滅させたところで、おもしろくも何ともないだろう。しかし、世界の宗教のすべてが正しいなどということは絶対にありえない。彼らもそのことをよくわかっている。人類は遅かれ早かれ真実を知らされなくてはならない。ただ、まだそのときではないのだよ。私たちの秘密主義に関して言えば――それが私たち双方の悩みをいっそう深刻にしているという点では、きみの指摘どおりだ。だが、それについて私にいますぐできることは何もない。このように姿を隠さなくてはならないことについて、私だってきみに負けないくらい残念に思っている。ただ、これにはれっきとした理由があるのだ。とはいえ、きみを納得させ、フリーダム・リーグをも懐柔できるような声明を出してもらえるよう、私の……そう、上司に頼んではみるつもりだ。さて、そろそろ今日の議題に戻ろうか。ここからまた議事録を取ることにしよう」

「で?」ファン・リーベングが期待に満ちた顔つきで尋ねた。「どんな感触でした?」

「まだわからない」ストルムグレンは疲れた声でそう答え、抱えていたファイルをデスクにどさりと下ろすと、椅子に体を沈めた。「上司にお伺いを立てるそうだよ。その上司というのがどこの誰なのか、あるいは何なのかは知らないがね。とにかく、今日は確かな返事はもらえなかった」

「あの」ファン・リーベングがふいに思いついたように言った。「ちょっと考えてたんですが。カレランが別の誰かから指示を受けていると信じる理由はあるんでしょうか。私たちは彼らを〝オーヴァーロード〟と名づけましたが、そのオーヴァーロードたちは、もしかしたら全員揃ってあの宇宙船で地球に来ているんだとしたら？　ほかに行くところがないのに、その事実を私たちから隠しているのかもしれません」

「なかなか独創的な説だね」ストルムグレンは口の端を持ち上げた。「だが、カレランのバックグラウンドについて私がほんのわずかながら知っていること——知っていると信じていること、かもしれないが——と矛盾する」

「どの程度ご存じなんです？」

「そうだな、たとえば、いまの地位は一時的なもので、本来の仕事——数学に類する学問の研究者のようだ——を遂行する邪魔になっているというようなことはたまにほのめかしている な。いつだったか、アクトン卿の〝権力は腐敗する。絶対的権力は絶対的に腐敗する〟という言葉を引き合いに出してみたことがある。カレランがそれにどう反応するか見てみたかったからだ。するとカレランは、いつもの低く轟くような声で笑ってこう言った。〝私には腐敗の危険などない。前半について言えば、ここでの職務が片づきしだい、本来いるべき場所、ここから数十光年も離れた場所に即座に帰ることになっている。後半については、私は決して絶対的権力など持っていない。私はただの——総督だ〟。むろん、私を欺こうとしてそう言ったのかもしれない。真意はわからないよ」

「カレランは不死身なんでしょう」

「私たちの基準で言えばそのとおりだ。ただ、将来自分の身に起きる何かを恐れてはいるようだな。それが何なのかは想像もつかないが。カレランについて私が知っているのはそのくらいだ」

「それだけでは何とも言えませんね。私はこう思います。カレラン率いる宇宙船団は宇宙で道に迷って、新しい落ち着き先を探しているんです。オーヴァーロードの人口は実際には私たちが考えているほど多くないことを、私たちに知られまいとしているんじゃないでしょうか。たぶん、ほかの宇宙船はみんな自動操縦で、乗員は一人もいないんです。全部はったりなんですよ」

「SF小説の読みすぎだな、きみは」ストルムグレンは言った。

ファン・リーベングはいくらかばつが悪そうに微笑んだ。「『宇宙からの侵略』の結末は期待はずれでしたね。でも私の仮説は、カレランが決して姿を見せようとしない理由をちゃんと説明できます。オーヴァーロードは彼一人しかいないことを知られたくないからです」

ストルムグレンは首を振った。興味深い説だが、同意はしかねる。「きみのその仮説は、例によって、事実と考えるにはあまりにも独創的だ。私たちにはその存在を推測することしかできないが、総督の背後には発達した文明があるはずだよ――しかもその文明は、地球の人類をずっと昔から知っている。カレラン自身、何世紀にもわたって人類を観察していたんだろう。たとえば、あの流暢な英語。向こうが私に慣用句の有効な使いかたを教えてくれたりするくらいだ！」

「カレランが知らないことはこれまでに一つもなかったんですか」

「いや、ある。それもかなりの数に上るよ。とはいっても、どれも些末な事項だった。思うに、カレランは完全記憶の持ち主なんだな。ただ、記憶するに値しないと切り捨てた知識もあるということだろう。例を挙げれば、カレランがまったく問題なく理解できる言語は英語だけだ。しかしこの二年ほどで、フィンランド語もかなり覚えた。

私をからかうためだけにね。言っておくが、フィンランド語は一朝一夕で身につくほど簡単な言葉ではないぞ！　なのに、『カレワラ』を滔々《とうとう》と暗誦し始めたりする。恥を忍んで打ち明ければ、私だってあんな古典詩はほんの数行しか知らない。ほかにも、カレランの頭には存命の政治家全員の経歴が入っているようだ。彼がどの資料を参考にして発言しているか、明らかにわかるときもあるよ。それに、歴史と科学の知識は完璧らしい。私たちがこれまでに彼から学んだことだけを見ても、それはわかるだろう。一つずつを見れば、カレランの頭脳が人間のそれをはるかに超えるものだとは思わない。だが、あれだけのことを同時にできる人間は、世界中どこを探したっていないだろう」

「私も似たようなことを考えていました」ファン・リーベングが言った。「カレランに関する議論は尽きませんが、巡りめぐって最後には同じ質問に立ち返ることになります――〝いったいなぜ姿を見せようとしないのか〟。彼が姿を見せるまで、私はSFじみた仮説を立て続けるでしょうし、フリーダム・リーグは声高に非難し続けるでしょう」それからファン・リーベングは、首をかしげ、挑むような目を天井に向けた。

「総督殿。いつか月のない晩に、どこかの記者がカメラを手にロケットでその船に接近して、裏口から忍びこんでくれるんじゃないかと私は期待しています。きっとすごいスクープになるでしょうよ！」

この言葉が聞こえていたのだとしても、カレランからは何の反応もなかった。だが、言うまでもなく、カレランから返事があったことなどただの一度もない。

初めの一年、オーヴァーロードが出現したからといって、人々の日常生活にさほどの変化は起きなかった。そこらじゅうに彼らの影が見え隠れしていたとはいえ、出しゃばってくることはなかったからだ。地球上の大都市のほぼすべての上空に銀色に輝く宇宙船が浮かんでいたが、時間の経過とともに、それらは太陽や月や雲と同じく、あって当たり前のものになっていった。大部分の人々は、生活レベルが着実に向上しているのはオーヴァーロードのおかげであることをおぼろにしか意識していなかっただろう。だが、そのことを熟考した一部――ごくごく一部は、あの静かに空に浮かんでいる宇宙船の存在によって史上初めて世界平和がもたらされたことに気づき、深い感謝の念を抱いていた。

しかし、それは控えめで、決して目を瞠《みは》るような変化ではなく、受け入れられると同時に忘れ去られた。オーヴァーロードたちは超然とした態度のまま、人類から顔を隠し続けた。カレランは尊敬され、称賛された。だが、現在の秘密主義を貫いているかぎり、それ以上のものを得ることはないだろう。国連本部のテレタイプを通じてしか人類に声を発しない、神のごとく無関心な相手に腹を立てるなと言うほうが難しい。カレランとストルムグレンが交わした会話が公表されることはなかった。ストルムグレンでさえ、総督が会合を必要と考えている理由に疑問を感じることがあった。もしかしたら、人間のせめて一人くらいとはじかに接触しておくべきだと感じているだけのことかもしれない。ストルムグレンを支持していることをそのような形で示すことが、ストルムグレンのためになることに気づいているからかもしれない。もしそうだとすれば、ありがたいことだった。フリーダム・リーグから軽蔑を込めて〝カレランの使い走り〟と呼ばれようが、ストルムグレンは気に病んだりはしていなかったが。

オーヴァーロードたちは、個々の国家や政府とはいっさいの関わりを持とうとしなかった。国連を地球の代表と見なし、必要な無線装置の設置を指示し、国連事務総長の口を介して命令を世界に伝えた。ソビエトの国連大使は、ことあるごとに熱弁を振るい、現状は国連憲章に反していると指摘した。それはもっともな意見だった。しかし、カレランは意に介していないらしい。

　空からよこされるメッセージによってこれほど多くの悪習や愚行や憎悪が地上から追放されようとは、実に驚くべきことだった。オーヴァーロードの出現をきっかけに、世界の国々はもはや互いを恐れることはないのだと悟った。そして、別の星へと旅することができる文明に対しては、自分たちが保有している武器など、試してみるまでもなく、まったく歯が立たないに違いないと考えた。全人類の幸福を阻んでいた唯一最大の障害は、こうして取り除かれた。

　オーヴァーロードは、圧政的であったり腐敗していたりしないかぎり、政府の形態にはほとんど関心を示さなかった。地球上にはまだ民主主義、君主制、賢者による独裁、共産主義、資本主義が混在していた。自らの主義が唯一絶対であると固く信じている単純な思考回路の持ち主の多くにとって、オーヴァーロードたちの無関心は大きな驚きだった。ほかの者たちは、カレランは現存するすべての社会形態を一掃するような体制を導入するタイミングを計っているにすぎず、それゆえ小さな政治改革を行なおうとは一度も考えないのだと解釈した。しかし、オーヴァーロードに関するほかのすべての憶測と同様、これもまた当て推量の域を出なかった。オーヴァーロードたちの真の動機を知る者はどこにもいない。彼らが人類をどのような未来へ導こうとしているのかは、誰にもわからなかった。

## 3

このところ眠れない夜が続いていた。不可解な話だった。まもなく責任の重い職務から永遠に解放されようとしているというのに、不眠に悩まされるとは。ストルムグレンは四十年を人類に、五年をその支配者に捧げてきた。彼ほど数多くの夢を実現させてきた者はそういないだろう。ひょっとしたら、問題はそこにあるのかもしれない。退職後の余生がどれだけあるかわからないが、生き甲斐とすべき目標はもう一つも残っていない。マーサが亡くなり、子どもたちがそれぞれ新しい家庭を築いて以来、社会とのつながりがすっかり希薄になってしまったように思える。それもひょっとしたら、無意識のうちにオーヴァーロードたちに自分を重ね合わせた結果、同胞との間に隔たりを感じるようになったということなのかもしれない。

その夜も、脳味噌がまるで制御不能な機械のようにぐるぐると回転し続けて、うまく寝つけずにいた。追えば追うほど眠りは逃げていくと観念し、しかたなくベッドを出た。部屋着を羽織り、質素な共同住宅のルーフガーデンに出る。直属の部下はみなずっと贅沢な部屋に住んでいるが、ストルムグレンはここで充分に満足していた。彼はすでに確固たる地位と名声を得た。財産や勲章など、いまさら必要ない。

暑い夜だった。空気がのしかかってくるように重たい。それでも空は澄みきって、南西の地平線のすぐ上に浮かぶ月はまぶしいほど明るかった。十キロ先のニューヨークの灯は、まるで夜明けの最初の光を凍りつかせたかのように、空と大地の境界線を輝かせている。

ストルムグレンはまどろむ街のはるか上へと視線をすべらせた。同時代の人間のなかでは彼だけが到達したことのある高み。これだけ距離があっても、カレランの宇宙船が月明かりを跳ね返しているのがわかる。総督はいまごろ何をしているだろう。オーヴァーロードたちは、おそらく、眠るという行為をしない。

流れ星が一つ、輝く矢のように天を駆け抜けていき、尻尾のかすかなきらめきが名残惜しげにしばらく夜空にとどまっていた。やがてそれも消えると、あとには満天の星だけが残った。その光景は、冷酷な現実を思い起こさせた。百年が過ぎても、カレランは彼だけが知るゴールに向けて人類を導こうとしていることだろう。だがいまから四カ月後には、国連事務総長は交代する。そのこと自体に未練は感じない。しかし、あの真っ暗なビジョンスクリーンの向こう側にいったい何があるのか知りたいなら、残された時間はもうわずかだということだ。

ほんの数日前までは、自分もオーヴァーロードたちの秘密主義が気になってしかたなくなってきたと認めるなど、考えもよらないことだった。そう、つい最近まで、カレランへの信頼があらゆる疑念を拒絶していた。しかしいまはどうだ――ストルムグレンはそう考えて苦笑を漏らした。フリーダム・リーグの主張はじわじわと彼の思考を冒し始めている。人類は奴隷にされるだろうという彼らのプロパガンダは、単なるプロパガンダ以上の意味を持たない。そんなものをまじめに信じている者、オーヴァーロード出現以前の時代に戻りたいと心の底から望んでいる者など、本当にいるのか疑わしい。人類は、カレランによる目に見えない支配をすっかり受け入れている。その一方で、自分たちを支配しているのが何者なのかさえわからない現状にしびれを切らし始めている。だが、それは当然と言えば当然のことではないか。

カレランに――ひいてはオーヴァーロードに協力する地球人にも――反対する運動

を繰り広げている組織は数多くある。フリーダム・リーグは規模ではほかをはるかにしのぐとはいえ、そういった組織の一つにすぎない。そのような組織の反対の根拠は実にさまざまだ。宗教的観点から反対しているものもあれば、単なる劣等意識を表明しているだけのものもある。後者は——無理もないことだが——英国の統治下に置かれた十九世紀の教養あるインド人と同じことを感じている。侵略者は平和と繁栄を地球にもたらした。しかし、その代償として何が失われることになるのかは誰にもわからない。歴史に答えを求めれば、悲観的になるだけだ。対照的な文化レベルを持つ二つの民族が触れあうとき、初めの対等な関係がやがて後進の社会の抹殺という結果に変容した例には事欠かない。とても太刀打ちできそうにない相手に直面すると戦意を喪失しがちなのは、個人だけではないのだ。国家も同じだ。オーヴァーロードの文明は、いまだベールで覆われたままだとはいえ、地球の人類が過去に立ち向かったなかでもっとも手強い相手だった。

かたりと小さな音がして、ルーフガーデンに面した部屋に置かれたファクス機から、セントラル・ニュースが一時間ごとに配布している速報が吐き出された。ストルムグレンはのんびりと歩いて屋内に戻ると、なかば上の空で速報をめくった。フリーダム・リーグは、地球の反対側で、あまり創造的とは言いがたい見出しのついた記事にネタを提供したらしい。《人類の支配者はモンスター?》記事には次のように書かれていた。〝本日マドラスで開かれた会議において、フリーダム・リーグ東部支部長ドクター・C・V・クリシュナンは、次のように述べた。「オーヴァーロードの行動を説明するのはひじょうに簡単です。彼らの肉体はあまりにも異質で醜いため、人類の前に姿を現す勇気がないのでしょう。これを否定できるのならその証拠を見せてくださいと総督に申し上げたい」〟。

　ストルムグレンは顔をしかめてその一枚を放り出した。その言い分が事実だとしても、それで何が変わるというのだ? モンスター説は繰り返し持ち出されてきた。だが、ストルムグレンはまともに取り合ったことがない。なぜなら、オーヴァーロードが肉体というものを持っているとは考えていないからだ。たとえ肉体があったとして、それがどれほど醜いものであろうと、いつかは見慣れるだろうし、美しいとさえ感じるようになるかもしれない。だが、重要なのは肉体ではない。知性だ。ああ、カレランさえどうにか説得できれば。オーヴァーロードたちも方針を変更しようと考えるかもしれない。そう、オーヴァーロードは、彼らが地球にやってきた当初、新聞が争うように掲載した創意あふれる想像図の半分も醜くないはずだ。

できることならこの問題を解決してから退任したいという思いは、後継者に対する気遣いというだけではなかった。ストルムグレンは正直な男だった。自分の動機を突き詰めていけば、結局は人間らしい純粋な好奇心に行き着くであろうと認めるのにやぶさかではない。カレランの人柄はおおよそ理解した。しかし、彼がどんな姿をした生物なのか、それを知るまでは、その好奇心は決して満たされないだろう。


いつもの時刻になってもストルムグレンが出勤してきていないと知って、ピーター・ファン・リーベングは驚くと同時にかすかないらだちを感じた。事務総長が出勤前にどこかへ立ち寄ることは珍しくなかったが、その場合にはかならずその旨を連絡してくる。ところが今朝は、連絡一つないうえに、急ぎの伝言がいくつもストルムグレンを待っていた。ファン・リーベングはあちこちの部署に電話をかけて事務総長が行っていないか確かめたが、やがてうんざりして受話器を置いた。

正午になると、さすがに心配になり、様子を確かめにストルムグレンの自宅に人を行かせた。十分後、甲高いサイレンの音が聞こえてぎくりとした。警察のパトロールカーがルーズヴェルト・ドライヴを猛スピードでやってくる。そのパトロールカーには、通信社と懇意にしている人物が乗っていたに違いない。というのも、近づいてくるパトロールカーをファン・リーベングが目で追っている間にも、ラジオが早くもこう報じていたからだ――彼はもはや単なる補佐官ではなくなった、国連事務総長代理だと。

これほど多くの面倒を抱えていなかったら、ファン・リーベングは、ストルムグレンの失踪に対するマスコミの反応をおもしろがって眺めていたことだろう。この一月《ひとつき》で、世界の新聞は二つの陣営にきれいに分かれていた。西洋諸国のマスコミは概して、全人類を世界市民にしようというカレランの計画に賛同していた。対して東洋諸国は、国家としてのプライドという激しい痙攣《けいれん》に襲われていた――大部分は見せかけだけのものではあったが。ほんの一世代前に独立を勝ち取ったばかりの一部の国々は、本来得られたはずの利益をかすめ取られたように感じていた。オーヴァーロードへの批判が世界中で噴出した。出だしこそ用心深くなりをひそめていたマスコミは、まもなく、カレランにどれだけ無礼な言葉を浴びせようとしっぺ返しを食らうことはないと見て取ると、暴走を始めた。

そういった非難の多くは、声こそ大きかったが、大衆を代弁するものではなかった。各地の国境線を守る兵は倍増されたものの、彼らはじきに永遠に消えるであろうその線をはさんで、まだ言葉にはできない親愛の情をこめた視線を交わしていた。政治家や軍幹部が何をわめきたてようと、静かになりゆきを見守っている数百万の人々は、歴史の血塗られた長い一章がようやく終わろうとしていることを敏感に察していた。

ストルムグレンの行方は杳《よう》として知れなかった。最初の騒ぎは、オーヴァーロードたちが彼らにしかわからない不可解な理由から地球とのメッセンジャーとして認めていたたった一人の人物を失ったのだという事実を世界が理解したとたん、突如として鎮まった。記者やラジオのコメンテーターまでもが茫然自失となっているかのようだった。その静寂のなか、国連事務総長の失踪に関与していないと熱心に主張するフリーダム・リーグの声だけがあいかわらずうるさく聞こえていた。

暗闇のなか、目が覚めた。あまりにも眠たくて、奇妙だと思う間もなくふたたび睡魔に身を委ねそうになった。次の瞬間、ふいに覚醒して、ストルムグレンはがばと体を起こすと、ベッド脇の電灯のスイッチに手を伸ばした。

その手は闇の奥のむきだしの石の壁にぶつかった。冷えきった感触。ストルムグレンはびくりとして身動きを止めた。予期せぬ事態に衝撃を受け、心も体も麻痺していた。やがて、自分の五感を疑いながらも、ベッドに膝立ちになると、まったく覚えのない壁の表面を指先で探り始めた。

まもなく、ふいに〝かちり〟という音が聞こえたかと思うと、暗闇の一角がすっと横に移動したように見えた。ほのかな明かりを背景に、一人の男のシルエットがつかの間浮かび上がった。ドアはすぐに元どおり閉まり、ふたたび暗闇が訪れた。あっという間の出来事で、自分がいる部屋のほかの部分を見回すゆとりはなかった。

一瞬の間をおいて、突然、強力な懐中電灯の光がストルムグレンを直撃した。光の条《すじ》は彼の顔の上にしばらくじっととどまっていたあと、ふいに下を向いてベッド全体を照らし出した。粗末な枠にマットレスが載っているだけの代物だった。

闇の向こうから低い声が話しかけてきた。流暢な英語だったが、訛《なまり》がある。どこの国の訛か、すぐにはぴんとこなかった。

「事務総長殿、お目覚めのようですね。そろそろお体も回復していればいいのですが」

最後の一言に関心をそそられ、口から出かかっていた怒りのこもった質問が勢いを失った。ストルムグレンは暗闇を見返すと、静かな声で答えた。「私はどのくらい意識を失っていた？」

姿のない声は含み笑いをした。「三、四日といったところでしょうか。副作用はないという話でした。どうやら本当だったようで安心しましたよ」

時間稼ぎのため、そしてついでに体の状態を試すために、ベッドの脇に足を下ろしてみた。自分の寝間着のままだったが、ひどくしわくちゃだったし、塵でずいぶん汚れていた。体を動かすと軽いめまいがした。不快を感じるほどではないにしろ、薬を盛られたのは事実らしい。

光のほうに顔を向けた。「ここはどこだ？」険しい口調で訊く。「ウェインライトはこのことを知っているのか」

「まあまあ、そう興奮なさらないで」影が応じる。「そういった話はとりあえず後回しにしましょう。お腹を空かせていらっしゃるのでは？　着替えをしてください。食事にしましょう」

楕円形の光が部屋を横切った。それで初めてどのくらいの大きさの部屋にいるのか見当がついた。部屋と呼べるような空間ではなかった。壁はざっと平らに削っただけのむきだしの岩だ。ここはどうやら地下、それもどうやら相当な深さの地中らしい。数日眠り続けていたというのが本当なら、その間に地球上のどこへでも移動できたろう。

懐中電灯の光が段ボール箱にかけられた服を照らし出した。「それだけあれば足りるでしょう」暗闇の奥の声が言った。「ここは洗濯には不便な場所でしてね。あなたのスーツを二着とシャツを五、六枚持ってきました」

「お気遣いをどうも」ストルムグレンはにこりともせずに言った。

「あいにく家具や電灯もありません。ここはいろいろと便利な点もあるのですが、快適な住環境という意味ではいくぶん難がありまして」

「便利な点？　たとえば？」ストルムグレンはシャツに袖を通しながら訊き返した。

肌に馴染んだ布地に触れていると、不思議と心が落ち着いた。

「とにかく――便利なんです」声が答えた。「ところで、これからしばらくご一緒することになるでしょうから、どうぞジョーと呼んでください」

「きみがどこの国の出身であれ」ストルムグレンはそう切り返した。「――さてはポーランド人だろう？――きみの本当の名前だってきちんと発音できると思うぞ。フィンランド語の名前に比べたら、たいがいの国の名前は簡単だ」

短い沈黙があって、懐中電灯の光がほんの一瞬、揺らめいた。

「そうですよね」ジョーが降参したように言った。「あなたはいろんな国の人たちと毎日のように会ってらっしゃるんだろうし」

「私のような立場の人間には便利な趣味でね。これは当てずっぽうだが、きみはアメリカ育ちだな。生まれ故郷のポーランドを離れてアメリカに移ったのは……」

「もうけっこう」ジョーは断固たる口調でさえぎった。「このくらいでやめましょう。さて、着替えもすんだようだし――どうぞこちらへ」

ストルムグレンが近づくと、ドアがすっと開いた。この小さな勝利に、ストルムグレンの心はいくらか浮き立った。ジョーが一歩脇によけてストルムグレンを通す。このジョーという人物ははたして武器を持っているのだろうか。まず間違いなく持っているだろう。たとえ持っていなくても、近くに仲間がいることは確かだ。

通路はほのかに明るかった。ところどころにオイルランプが置かれている。初めてジョーの姿がはっきりと見えた。五十歳くらいの大男だった。体重は軽く百キロを超えているだろう。何もかもが特大だ。染みだらけの軍服――似たような制服を採用している軍隊は半ダースはありそうだ――から、左手にはめたびっくりするような大きさの印章付きの指輪に至るまで。これだけの体格をしていたら、武器を持ち歩く必要はないかもしれない。正体を突き止めるのも簡単だろう――ここから無事脱出できたらの話だが。とはいえ、ジョー自身もそのことをよく知っているに違いないと気づいて、ストルムグレンは落胆した。

周囲の壁は、コンクリートで固められた部分もあったが、大方は削りっぱなしの岩だ。どこかの閉鎖された鉱山であることは明らかだった。牢獄にはうってつけの場所ではないか。このとき初めて、誘拐されたという事実に猛烈な不安を感じた。いままでは、何が起きたにしろ、強大な力を持ったオーヴァーロードがまもなく彼を探し出して救出してくれるだろうと楽観的にかまえていた。しかし、その自信は揺らぎ始めていた。彼が失踪して数日が過ぎているらしい。それなのに、いまだオーヴァーロードの手は差し伸べられていない。さすがのカレランにも、力を発揮できる限界というものがあるのだろう。ここが遠く離れたどこかの大陸の地下なのだとしたら、オーヴァーロードの優れた科学をもってしても、彼の行方を追うのは不可能なのかもしれない。

灰暗い殺風景な部屋に入ると、二人の男がテーブルに向かって座っていた。ストルムグレンに気づいて顔を上げる。いずれの顔にも好奇心と、少なからぬ敬意が見て取れた。一人がサンドイッチの包みをストルムグレンのほうに押しやった。ストルムグレンはありがたく受け取った。ひどく空腹ではあったが、どうせならもっとまともな食事をしたいところだ。とはいえ、彼を拉致した者たちも、同じようなものしか食べていないのだろう。

食べながら、彼を取り囲むようにしている三人を素早く観察した。ジョーはひときわ異彩を放っていた。体が大きいせいばかりではない。ほかの二人はジョーの部下と見えた。とりたてて特徴はないが、話すのを聞けば、出身地くらいは推測できるだろう。

あまり清潔そうではないグラスにワインが注がれていた。ストルムグレンはサンドイッチの最後の一口をそれで流しこむようにして食べ終えた。腹が満たされると、どうやら状況を冷静に分析できそうな心地がついて、巨漢のポーランド人に顔を向けた。

「いったいどういうことなのか説明してもらいたいな」ストルムグレンは落ち着いた声で言った。「目的はいったい何だ?」

ジョーは咳払いをした。「一つ申し上げておきたいことが。ウェインライトはこの件にいっさい関わっていません。このことを知ったら、誰より驚くでしょうね」

ジョーがこちらの疑念を自分から認める理由はわからないが、おそらくそんなことだろうとは思っていた。ずっと以前から、フリーダム・リーグの内部に——あるいは末端に——過激な一派が存在しているのではないかとにらんでいたからだ。

「純粋な好奇心から訊くが」ストルムグレンは言った。「どうやって私を誘拐した?」

答えを期待せずにした質問だった。だから、ジョーが勢いこんで——熱意さえこめて——説明を始めたときには、いささか驚いた。

「まるでハリウッドのアクション映画でしたよ」ジョーは楽しげに言った。「カレランがあなたを監視しているかどうかわかりませんでしたから、用心に用心を重ねました。まず、エアコンにガスを仕込んであなたを気絶させた——これは簡単でした。次にあなたを車に運んだ——これも簡単でしたよ。ちなみに、実行したのは私たちの組織の者じゃない。その道のプロを雇いましてね。カレランが彼らを捕まえても——もう捕まえているでしょうが――何も手がかりは得られないはずです。さて、お宅を出た車は、ニューヨークから一キロと離れていないところにある長いトンネルに入りました。然るべき時間が経過して反対側の口から地上に出たとき、その車は薬で眠らされた国連事務総長にそっくりな男を乗せていました。しばらくして、多数のコンテナを積んだ大型トラックが反対車線から元の側の出口を出て、空港に向かいました。コンテナは貨物機に積み替えられました。合法な貨物としてね。コンテナの持ち主は、私たちに利用されたと知ったら、びっくりするでしょう。

一方、実際に拉致に使われた車は、あらかじめ念入りに組み立てられた迂回ルートをたどって、カナダ国境へと向かいました。いまごろはもうカレランに見つかっているでしょうね。確かなことは知りませんし、知りたいとも思いませんが。お察しのとおり――私が嘘をついていないことも察していただけるとありがたい――私たちの計画は、たった一つの推測の上に成り立っていました。カレランは地球の表面で起きていることを見たり聞いたりすることはできる。これは確かです。しかし、科学ではなく魔法が使えるのでないかぎり、地下の様子を見るのは無理でしょう。つまり、トンネルのなかで荷が入れ替えられたことまではわからない――少なくとも、何があったか気づくころにはすでに手遅れになっているはずです。むろん、私たちにとっては賭けでしたよ。とはいえ、詳しい説明は省きますが、予備の計画も一つ二つ用意してありました。今後また使うことがあるかもしれませんから、いまここで手の内を明かすわけにはいきませんが」

ジョーの話しぶりはいかにも楽しげで、ストルムグレンはついつられて口もとをゆるめた。だが、心中は穏やかではなかった。彼らの計画はひじょうに巧妙だった。さすがのカレランもまんまと騙されたかもしれない。カレランが警護の意味で彼を監視していたかどうかさえ定かではなかった。もちろんジョーも知らないらしい。だからこそこれほど率直に話したのかもしれない――ストルムグレンの反応をうかがうために。まあ、内心で何を感じていようと、表向きは自信ありげな態度を崩さないことだ。

「こんなことでオーヴァーロードの目を欺けると本気で思っているんだとしたら」ストルムグレンは蔑むように言った。「きみたちは愚か者の集まりだ。ともかく、私を誘拐したっていいことなど何もないだろう」

ジョーが煙草を差し出したが、ストルムグレンは受け取らなかった。ジョーは煙草に火をつけると、テーブルの端に尻を乗せた。が、ぎいという悲鳴に似た音を聞いて、跳ねるようにしてまた体を起こした。

「私たちの目的は」ジョーが言った。「おわかりでしょう。これ以上の議論は無駄だ。だから、ほかの手段に頼らざるをえなくなっただけのことです。これまでにも反体制的な動きはありました。しかし、全能とされるあのカレランも、今度ばかりは対処に苦慮するでしょうね。私たちは独立を求めて闘い抜く覚悟でいます。ただ、誤解しないでいただきたい。暴力に訴えるつもりはありませんよ。少なくとも当面は。しかし、オーヴァーロードたちには人間のメッセンジャーが必要です。その点で、大いに苦労を味わわせてやるつもりでいます」

　その第一歩がこの私というわけか――ストルムグレンは胸のなかでつぶやいた。いま聞いたことが彼らの計画のすべてとは思えない。こんなギャングみたいなやりかたで、カレランを揺さぶることができると本気で考えているのだろうか。しかし、よく練られた反体制運動が社会に大きな打撃を与えうることは事実だった。その証拠に、ジョーはオーヴァーロードの支配体制の弱点を見事に突いていた。オーヴァーロードたちは命令を実行するのにかならず人間の仲介者を必要とする。もしその仲介者が脅されてオーヴァーロードの指示に従わなくなったら、いまの体制は根底から崩壊するかもしれない。だが、そのおそれは無視していいほど小さなものだろう。カレランはじきに何らかの解決策を見つけてこのトラブルを解決するはずだ。

「で、私をどうするつもりだ?」長い沈黙のあと、ストルムグレンは訊いた。「私は人質というわけか、え?」

「心配はいりません――快適に過ごしていただけるように配慮しますから。数日後に客が来ます。それまで、退屈はさせません」

ジョーは自国の言葉で何か言った。するとほかの一人が新品と思しきトランプを一組取り出した。

「あなたのために特別に用意しました」ジョーが説明した。「先日、『タイムズ』で読みましてね。あなたはポーカーがお得意だとか」急に重々しい口ぶりに変えて続けた。「財布に充分な現金をお持ちだといいんですが」その口調は気遣わしげだった。「確かめておけばよかったな。言っておきますが、小切手は受け取りませんから」

ストルムグレンはあっけにとられて三人を見つめた。次の瞬間、この状況の滑稽さが心に染み入って、両肩にのしかかっていた職務上の心配事や悩みがふいに取り払われたような気がした。いまはもうファン・リーベングがショーを仕切っているのだ。何があろうと、ストルムグレンにはどうすることもできない——それに、目の前に並んだ風変わりな三人の誘拐犯は、彼とポーカーを始めたくてうずうずしている。

ストルムグレンはだしぬけに頭をのけぞらせると、笑いだした。こんなふうに腹の底から笑ったのは、いったい何年ぶりだろう。

ウェインライトは嘘をついていない、ファン・リーベングとしてはそう納得するしかなかった。心当たりくらいはあるかも知れないが、ウェインライトはストルムグレンを誘拐した犯人を知らない。誘拐計画にゴーサインを出してもいない。ファン・リーベングはしばらく前から、フリーダム・リーグ内の過激なグループがもっと積極的な方針を採用するようウェインライトに圧力をかけているのではないかと疑っていた。どうやらそのグループがついに勝手な行動を始めたということらしい。

今回の誘拐は入念な計画のもと実行された。それは間違いない。ストルムグレンはすでに地球の果てに連れ去られているのかもしれず、行方を突き止めるのはほぼ絶望的と思われた。それでも何か手を打たなくてはならない。しかもいますぐ。しじゅう冗談の種にしているとはいえ、ファン・リーベングは心の底ではカレランに深い畏敬の念を抱いていた。総督とじかに言葉を交わすことを考えただけで緊張から卒倒しそうだ。だが、そうするよりほかにない。

通信部は巨大なビルの最上階を占めていた。ファクス機がずらりと並んでいる。黙りこくっているもの、忙しそうにかたかたと音を立てているもの。機械から延びたケーブルはかなたのどこかへ消えていた。そのケーブルを伝わって、さまざまな統計値が延々と送られてくる。生産高、国勢調査の結果、世界経済を動かすありとあらゆる会計数値。上空のカレランの船のどこかにも、この大きな部屋に似たものがあるに違いない。地球からオーヴァーロードに宛てて送られた情報をどんな姿をした生物が集めて回っているのかと想像すると、背筋がぞくぞくした。

しかし今日はファクス機にも、機械が処理しているルーティンワークにも、用はない。ファン・リーベングはストルムグレンだけが入室を許されている小さな部屋に向かった。あらかじめ指示しておいたとおり、錠前は開けられており、通信部長がドアの前で待っていた。

「ふつうのテレタイプです──キーボードは標準的なタイプライターと同じ配列のも

のです」部長が報告した。「写真や図表などを送られるなら、ファクスもあります。しかし、その必要はないとのお話でしたので」

ファン・リーベングは気もそぞろにうなずいた。「ああ、ファクスはいらない。ありがとう。すぐに終わるはずだ。すんだらまた錠をかけて、鍵を全部私に預けてくれ」

通信部長が立ち去ったのを確かめてから、テレタイプの前に座った。これが使われることはめったにないことを知っていた。カレランとストルムグレンは、週ごとの会合でほぼすべての連絡をすませていたからだ。しかし、これは緊急事態だ。返事はすぐに来るだろう。

一瞬ためらったのち、慣れない手つきでキーボードを叩いてメッセージを綴った。機械が猫が喉を鳴らすようなかすかな音を立て始めた。彼が打ちこんだ言葉は、暗い画面の上でほんの一瞬光を放ってすぐに闇に吸いこまれた。ファン・リーベングは身を乗り出して返信を待った。

一分とたたないうち、機械がまたかすかな音を立て始めた。ファン・リーベングは、これまでにも何度か抱いた疑問をこのときもまた抱いた——総督は眠るということをしないのだろうか。

返信は短く、また何の助けにもならなかった。

〝情報なし。いっさいを貴殿に一任する。以上〟

ファン・リーベングは、たったいまどれだけの重責が己の双肩にどさりと載せられたかを悟って、ただただ弱りきった。得意な気持ちなど、ひとかけらも感じなかった。


ストルムグレンはこの三日で三人の誘拐犯を徹底的に観察した。その結果、相手にすべきはジョー一人だけだとわかった。ほかの二人は無視していい。黙っていても犯罪行為のほうから寄ってくるような下等な人間だ。フリーダム・リーグが掲げる理想など、この二人には何の意味も持っていない。彼らの頭にあるのは、いかに楽して金を儲けるか、それだけだ。

対照的に、ジョーははるかに奥行きのある人物だった——しばしば大きくなった赤ん坊といった印象を与えはしたが。いつ終わるとも知れないポーカーの合間に、政治問題を巡って激しい議論を交わした。まもなく、このポーランド人の大男には、自分がどんな大義名分のもとに闘っているのか、熟考してみた経験が一度もないらしいことがわかった。感情と極端な保守主義が彼の判断力を曇らせているらしい。母国の長い独立紛争の時代に育ったせいか、いまだに過去に生きている。秩序ある社会を食わず嫌いしているような輩の一人、旧時代を象徴するような人物だった。こういった人種がこの世から消える日が来たら世界はより安全な場所にはなるだろうが、面白みもなくなるに違いない。

ストルムグレンに関するかぎり、カレランが彼の行方を見失ったらしいことはほぼ確実だった。はったりをかけてみたりもしたものの、誘拐犯たちは本気にしなかった。そして、これまでのところ何の反応もないのを見て、カレランの反応を見るためだろう。そしてストルムグレンをここに監禁しているのは、カレランの反応を見るためだろう。

そう確信していたから、数日後、今日は来客があるとジョーに告げられたときも、さして意外には思わなかった。少し前から三人組はそわそわし始めていた。それを見たストルムグレンは、この計画の首謀者が危険はないと見て取って、ついに彼を連れ出しにくるのだろうと推測した。

ジョーに丁重に招じ入れられたラウンジには、すでに客ががたの来たテーブルを囲んで待っていた。いわば看守役を演じているジョーが、いままでは身につけていたことのない大きな拳銃をこれみよがしにぶら下げているのに気づいて、ストルムグレンは苦笑した。ほかの二人の姿は消えていた。ジョーもどことなく緊張した様子でいる。客はよほど上層の幹部なのだろう。彼らがずらりと並んだ光景は、いつか見たことのある、ロシア革命初期のレーニンと同志たちの写真を連想させた。目の前の六人にも、彼らと同じ圧倒的な知性、鋼鉄の意志、それに冷酷非情さがあった。ジョーやそのお仲間など、勝負にもならない。この六人こそ、フリーダム・リーグの真の頭脳なのだ。

そっけなくうなずき、落ち着き払った表情を装うと、ストルムグレンは一つだけ空いている椅子に歩み寄った。腰を下ろそうとしたとき、テーブルの反対側から老齢のずんぐりした男が身を乗り出して、射貫くような灰色の目でストルムグレンをじっと見据えた。居心地が悪くなって、気づくと自分から先に口を開いていた――本当はそんなつもりはなかったのだが。

「解放の条件を話し合いにいらしたんでしょう。私の身代金はいくらです？」

言いながら気づいた。部屋のどこかで誰かが速記で彼の発言を書き留めている。まるで裁判か何かのようではないか。

リーダーと思《おぼ》しき男は、ウェールズ語風の歌うようなアクセントで応じた。「まあ、身代金とも言えるかもしれんな、事務総長殿。ただ、我々が欲しいのは情報でね。金ではなく」

　なるほど、そういうことか。彼は人質というより戦争の捕虜なのだ。そしてこれは、捕虜に対する尋問なのだ。

「我々の動機は察しがついていることだろう」静かに歌うような調子で老人は続けた。「レジスタンスと呼びたいならそう呼ぶがいい。地球人は遅かれ早かれ独立を求めて戦わざるをえなくなる、我々はそう考えている。とはいえ、抵抗の手段は、サボタージュや不服従といった間接的なものしかない。今回きみを誘拐したのは、我々は本気であり、結束も固いということをカレランにわからせるためもちろんあるが、オーヴァーロードたちについてわずかなりとも情報を持っているのがきみ一人であるという理由のほうが大きいのだよ。きみは話のわかる男だと聞いている。協力してくれれば、ストルムグレン君、引き換えに自由を与えよう」

「具体的には何を知りたいんです？」ストルムグレンは用心深く尋ねた。

　非凡な力を備え持った目は、彼の心の底を探っているかに見えた。こんな目をした人物にはこれまで会ったことがない。やがて歌うような声はこう答えた。「オーヴァーロードとはいったい何者なのか――何なのか、きみは知っているかね」

ストルムグレンは思わずにやりとしそうになった。「私もそれをぜひ知りたいと思っていますよ。ええ、あなたがたに負けないくらい強く」

「では、我々の質問に答えてくれるね」

「約束はできません。しかし、とにかくその質問とやらをうかがってみましょうか」

ジョーが安心したように息を吐き出した。室内の全員が期待するようにわずかに身を乗り出す。

「きみがカレランと面会するときの様子は大雑把に把握しているが」年配の男が続けた。「いま一度詳しく話してくれないか。大事なことは何一つ省かないように頼む」

そのくらいなら害はないだろうとストルムグレンは判断した。これまでにもいろんなところで何度も話していることだし、協力しているように見かけを繕うのにも好都合だ。それに、ここには優れた頭脳が揃っている。ひょっとしたら、新しい発見があるかもしれない。ストルムグレン自身もこれまで気づかなかったことに気づいてもらえれば、こちらも大いにありがたい――彼にもその情報が渡されるなら、だが。それに、たとえ何か見つかったとしても、カレランに害が及ぶことはとりあえずなさそうだ。

ストルムグレンはポケットを手探りし、鉛筆と古い封筒を取り出した。手早くスケッチをしながら、話を始める。「見たところ推進装置のいっさいついていない小型の飛行物体が定期的に私を迎えにきてカレランの船に連れていくことは、当然ご存じですね。その飛行物体は船体に吸いこまれる――その瞬間を望遠レンズでとらえたビデオももちろんご覧になったことがあるでしょう。船内に入って、飛行物体のドアが――あれがドアと呼べるならですが――ふたたび開くと、そこは小さな部屋になっています。テーブルが一卓、椅子が一脚、ビジョンスクリーンが一台。配置はこんな具合です」

見取り図を老ウェールズ人のほうに押しやった。だがあの不思議な目は一瞬たりともそちらに動かなかった。あいかわらずストルムグレンの顔にひたと向けられている。その目の奥のほうで何か変化があったように見えた。部屋は静まり返っていた。背後でジョーが息を呑む気配がした。

困惑といらだちを感じて、ストルムグレンは老人の目を見つめ返した。まもなく、事実がじわりと彼の心に染みこんだ。どうしていいかわからず、ストルムグレンは封筒を丸めて床に落とすと、靴の先で踏みつけた。

あの灰色の目に見られていると奇妙に心がざわつく理由がようやくわかった。この老人は、盲目なのだ。

ファン・リーベングは、あれ以来、カレランとの連絡を試みていなかった。本来の職務――統計情報を転送したり、各国マスコミの報道内容をまとめたり――は当然のごとく続いていく。パリでは、法律家たちは世界憲法の草案を巡っていまだに論争を繰り広げていたが、いまはその仲裁に入っている暇はなかった。総督が言ってよこした草案の最終稿の提出期限は二週間後に迫っている。期日までに仕上がらなければ、カレランは然るべき行動に出るだろう。

そして、ストルムグレンの行方に関する新情報はやはり何一つない。

ファン・リーベングが録音機を前に口述していると、非常用の電話が鳴りだした。受話器を耳に当てる。驚愕しながら相手の話に聴き入った。やがて受話器を置くと、開けっ放しの窓際へと急いだ。かなたの往来から、驚いたような叫び声が聞こえている。車の流れはいまにも止まりそうなほどゆっくりになっていた。

本当だ。カレランの宇宙船が、オーヴァーロードたちの不変のシンボルが、消えていた。目を凝らして遠くの空を探したが、やはり影も形もない。そのとき、一瞬にして夜の闇が訪れたかのように空が暗くなった。北の方角から、ニューヨークの高層ビル群をかすめるようにして、雷雲のごとき黒い影に覆われた下腹を見せつけながら、巨大宇宙船が近づいてきていた。ファン・リーベングは無意識のうちに、猛スピードで迫り来る怪物から逃れようとするかのように身を縮めていた。オーヴァーロードの宇宙船の大きさはよく知っているが、はるか上空に浮かんでいるのを見るのとこうして悪魔を乗せた雲のようにすぐ頭上を飛んでいるのを見るのとでは、大違いだった。

宇宙船とその怪物じみた影が南へ飛び去るのを、ファン・リーベングは部分食の闇の底で見送った。音はいっさい聞こえなかった。空気を切り裂くかすかな音さえ伝わってこなかった。すぐ近くと見えたものの、実際には少なくとも一キロは上空を飛んでいたのだろう。やがて衝撃波がぶつかって、ビルが一つ大きく震えた。窓が内側に割れたのか、どこかでガラスのかけらが散らばるような軽やかな音がした。

背後では、オフィス中の電話が一斉に鳴りだしていた。だが、ファン・リーベングは動こうとしなかった。窓枠に身を乗り出すようにしたまま、無限の力の存在に圧倒され麻痺したかのように、南の地平線をぼんやりと見つめていた。

話していると、自分の心が二つに分かれて機能しているかのように思えた。半分は彼を捕らえた男たちを拒み通そうとしている。対照的にもう半分は、カレランの秘密を暴く手伝いをしてくれないかと期待している。危険なゲームだった。だが自分でも意外なことに、ストルムグレンはそのゲームを楽しんでいた。

盲目のウェールズ人がほぼ全面的に尋問を取り仕切った。ストルムグレンはいつしか老人のペースに引きこまれていた。明敏な知性が糸口を次々と検討し、ストルムグレンがとうの昔に切り捨てていた仮説を試しては却下していく。やがて老人は溜め息をついて椅子にもたれた。

「こんなことを続けても何にもならん。もっと情報が要る。そのために必要なのは、議論ではなく行動だ」見えない目は、ストルムグレンの考えを探るように彼を見つめている。それからしばらくのあいだ、落ち着かなげに指先でテーブルをリズミカルに叩いていた。老人が自信のなさそうな態度を示したのは、それが初めてだった。やがてこう続けた。「少々意外だと言わざるをえないな、ストルムグレン君。きみがオーヴァーロードについて深く知る努力を一つとしてしてこなかったとは」

「何がおっしゃりたいんです？」ストルムグレンは内心の好奇心を押し隠し、わざと冷ややかに訊き返した。「カレランと会談する部屋の出口は一つしかないことはお話ししたでしょう。その出口からは、まっすぐ地球に帰るしかないんです」

「何らかの装置を作れば」老人は考えこんでいるような表情で言った。「これまでなかった手がかりが得られるかもしれないな。私は科学者ではないが、ちょっと調べてみるとしよう。ところで、もしきみを解放したら、私たちの計画に協力してくれるかね」

「私の見解を改めてはっきりさせておきましょう」ストルムグレンは憤然として言った。「カレランはこの世界を一つに結ぶために力を尽くしているんです。そのカレランの敵に協力するつもりは私にはない。カレランの最終目的が何なのか知らないが、邪悪なものでないことは確かです」

「そのことを裏づける確固たる証拠がどこにある？」

「これまでの行動を見てわかりませんか。彼らの宇宙船団が上空に出現して以来、カレランがしてきたことすべてが証拠でしょう。最終的に人類の利益にならなかった行為が一つでもあるとおっしゃるなら、指摘していただきたいものですね」ストルムグレンはいったん言葉を切ると、ここ数年の記憶をたどった。それから笑みを浮かべた。

「オーヴァーロードの本質が──何と言えばいいかな──善であることを示す証拠を一つ挙げるなら、地球にやってきて一月《ひとつき》後に出した動物虐待禁止令を思い出していただきたい。あの禁止令はカレランが出したほかのどんな命令より私にたくさんの面倒を押しつけましたが、私の場合は、それまでカレランに抱いていた疑念があの禁止令一つできれいに消えました」

決して誇張ではなく──ストルムグレンは内心でそう付け加えた。あの禁止令は特別だった。オーヴァーロードたちが残虐行為を憎悪していることを初めて明らかにしたからだ。残虐行為を憎み、正義と秩序を愛すること、彼らの行動から察するに、それがオーヴァーロードの日常のなかでもっとも強い感情らしい。

そして、カレランが怒りを露《あらわ》にしたのは──怒っているような態度を示したのは、その一度だけだった。「人間同士で殺し合いたいなら、勝手にするがよい」カレランの通達はそう宣言していた。「それは人間と人間が作った法の問題だ。しかし、一つの世界を分かち合っている動物を食料確保や自己防衛以外の目的で殺す者には、罰を与える」

この禁止令の適用範囲はどこまでなのか、カレランがどんな罰を用意しているのかは明示されていなかった。しかし、人類はまもなくそれを知ることになった。

マタドールとアシスタントが闘牛場を一周して挨拶をしたとき、観客席は満員だった。ふだんと違うところはこれといってないように見えた。伝統のコスチュームの上ではまばゆい陽光が戯れていたし、それまでに何百回としてきたように、大観衆はお気に入りのマタドールを見つけては歓声をあげていた。一方で、不安げな眼差しを空に――マドリッド上空五十キロに超然と浮かぶ銀色の物体に向けている者もちらほら見受けられたことも事実だ。

ピカドールたちが位置につき、牛が鼻息も荒く入ってきた。恐怖から鼻腔をふくらませた痩せた馬たちは、敵に近づけようとする騎手に抵抗しながらも、陽射しあふれる闘牛場に待機していた。ほどなく一本めの槍が太陽にきらめき、突き立てられた――その刹那、地球上ではいまだかつて聞かれたことのない音が闘牛場を埋めた。

それは一万の人々が同じ傷の痛みに一斉に発した叫び声だった。のちにショックから立ち直ったとき、体を確かめてみると、傷などどこにもなかった。だが、その日の闘牛はそこで終了となった。いや、闘牛そのものの歴史がそこで終わった。そのニュースは瞬く間にスペイン中に伝えられたからだ。入場券の払い戻しを求めたのは十人に一人だけだったという事実は記録に値するだろう。居合わせた闘牛ファンはそれくらい震え上がっていたのだ。さらに、ロンドンの「デイリーミラー」紙がスペイン国民はクリケットを新しい国技にしたらどうかと混ぜ返して、騒ぎになおいっそう拍車をかけた。

「きみの言うとおりかもしれん」老いたウェールズ人はそう応じた。「オーヴァーロードたちの動機は善なのかもしれん——彼らの基準に従えば。彼らの基準が我々のそれと食い違う場合もままあるからね。しかし、彼らが侵入者である事実に変わりはない。地球に来て我々の世界をひっくり返し、人類が何世代もかけて闘い守り抜いてきた理想を——それに、そう、国家を打ち砕いてくれと頼んだ覚えは我々にはない」

「私は自由を求めて戦わなくてはならなかった小国の出身です」ストルムグレンは応酬した。「それでもカレランに賛成票を投じますよ。彼を怒らせたいならどうぞ。彼が目標を達成するのを遅らせたいなら好きにしてください。しかし、そんなことをしても結局は無駄でしょう。あなたがたが信念に忠実であることはわかります。それに、世界国家が実現すれば、小さな国々の伝統や文化は呑みこまれてしまうのではないかという不安も理解できます。しかし、あなたがたは間違っている。過去にしがみつくのは誤りです。オーヴァーロードたちが地球にやってくる以前から、主権国家はすでに瀕死の状態にありました。オーヴァーロードたちが来たことで、死期が早まっただけのことです。もはや救うことは不可能です――救おうと努力すべきでもない」

反論はなかった。老人は身動きをせず、言葉も発しなかった。口を半開きにしたまま硬直したように座っている。あの灰色の目は、見えないだけでなく、命をも失ったかのようだった。見ると、ほかの者たちも同じように、しゃちほこばった不自然な姿勢のまま凍りついていた。ストルムグレンは純然たる恐怖を感じて息を呑み、立ち上がって、出口のほうへと後ずさりした。と、そのとき、背後から聞こえた声が沈黙を破った。

「見事なスピーチだったよ、リッキー。感動的だった。さて、そろそろ失礼するとしようか」

ストルムグレンは勢いよく向きを変え、廊下の暗がりに目を凝らした。目の高さに小さなつるりとした球体が浮かんでいる。オーヴァーロードが老人たちに及ぼした不思議な力の源はこれに違いない。気のせいかもしれないが、眠気を誘う夏の昼下がりに蜂の巣に近づいたときのような、低いぶうんという音が聞こえていた。

「カレラン！　ああ、助かった！　しかし、彼らにいったい何を――？」

「心配はいらない。体に害はないから。麻痺状態と呼んでもいいが、それよりずっと軽微な現象だ。ふだんより時間が数千倍もゆっくり流れているだけのことさ。私たちがいなくなったあと、何があったのか思い出そうとしても、一つも覚えていないだろう」

「警察が来るまでこのまま放っておくつもりですか」

「いや。もっといい案がある。彼らは逃がす」

なぜかほっとした。最後にもう一度、小さな部屋とそこで凍りついている人々を一瞥した。ジョーは片足で立ち、間抜け面をして空《くう》を見つめている。ストルムグレンはふいに笑いだすと、ポケットを手で探った。

「温かいもてなしに礼を言うよ、ジョー。感謝のしるしに置き土産をしていこう」

紙片をめくって数字を確かめると、そこそこきれいな紙を探し出し、丁寧な文字でこう書きつけた。

マンハッタン銀行御中
ジョーに百三十五ドル五十セントを支払ってください。
R・ストルムグレン

その紙をポーランド人の傍らに置くと、カレランの声が尋ねた。「いったい何の真似だね」

「借りた金は返すというのがストルムグレン家の家訓でしてね。ほかの二人はいかさまをしたが、ジョーだけはしなかった。私の見るかぎりでは、ですが」

心が浮き立っていた。四十歳は若返ったような気分でドアに向かった。金属の球体は脇によけて彼を通した。おそらく一種のロボットなのだろう。カレランが何層も堆積した岩をものともせずに彼を見つけ出せたわけもそれで説明できる。

「まっすぐ百メートル進め」球体からカレランの声が聞こえた。「百メートル先で左に曲がるんだ。次の分かれ道でまた指示する」

急ぐ必要はないとわかってはいても、つい早足になった。球体は通路に浮かんだまま動かない。ストルムグレンを援護しているのだろう。

一分後にさしかかった通路の分かれ道で、二つめの球体が待っていた。

「あと五百メートルだ」球体が告げた。「次の一つが見つかるまで、ひたすら左に行け」

開けた場所に出るまでにさらに六度、球体に行き会った。初めはロボットが手品のように先回りしているのかと思った。やがて、複数のロボットが鉱山の奥底に至る通路のすべてにずらりと並んでいるのに違いないと思い直した。出口に来ると、歩哨の一団が珍妙な彫刻よろしく不自然な格好で凍りついていた。そばにはあの球体が浮かんで監視している。斜面の数メートル先に、カレランの宇宙船に行くのに使うのと同じ小さな飛行物体があった。

日光が目を射た。ストルムグレンは瞬きをしながら、しばらくその場から動かずにいた。目が慣れてくると、放置されて錆びついた掘削機械が見えてきた。その向こうには、使われていない線路が山を下っていた。数キロ先の山裾に鬱蒼とした森が広がっている。はるか彼方に大きな湖の輝く水面が見えた。ここはおそらく南米のどこかだ。何が彼にそう思わせたのかはよくわからないが。

小型の飛行物体に乗りこんだところで、もう一度だけ鉱山の入口とその周囲で凍りついている男たちのほうを振り返った。次の瞬間、飛行物体のドアが閉じた。ストルムグレンは安堵の溜め息をつき、座り慣れたソファに体を沈めた。

呼吸が落ち着くのを待って、たくさんの意味を込めた一言を口にした。「で？」

「救出が遅くなって申し訳ない。しかし、理解してくれるだろう？　幹部の全員がここに揃うのを待つ必要があったのだ」

「それはつまり」ストルムグレンは早口に訊き返した。「私がどこに連れ去られたか、ずっと知っていたということですか。そうとわかっていたら――」

「まあ、そう慌てるな」カレランがさえぎった。「せめて最後まで説明させてくれ」

「いいでしょう」ストルムグレンは不機嫌に答えた。「説明してください」自分は手の込んだ罠の餌に利用されただけなのではないかという気がし始めていた。

「実はしばらく前からきみに――トレーサーとでも呼ぶのがいいだろうか、監視用の標識をつけていた。きみを地下に連れこめば私には行方が追えないだろうと考えたきみの新しい友人たちは間違っていないが、さっきの鉱山に行ったところまではちゃんと追跡できていたのだよ。トンネルのなかで車を入れ替えるというのはなかなか独創的なアイデアだった。しかし一台めの車から信号が返ってこなくなったところで、彼らの計画が読めた。すぐにまたきみを見つけたよ。あとは待つだけでよかった。私がきみの行方を見失ったと確信したら、すぐにでも幹部たちが来るだろう、まとめて罠にかけられるだろうとわかっていたからね」

「でも、彼らを逃がすつもりなんでしょうが!」

「ついさっきまでは、この惑星に住む二十五億の人類のうち誰がフリーダム・リーグの実力者なのかわからずにいた。だが、今回のことで突き止められた。これからは、連中が地球上のどこに行こうと追跡することができる。その気になれば、日々の行動の一つひとつを詳細に監視することも可能だ。連中を牢屋に閉じこめておくよりずっと好都合だよ。連中が動けば、結果的に残りの同志を裏切ることになるわけだからね。組織を無力化したも同然だ。連中もそのことはわかっている。連中にしてみれば、きみの救出のからくりはまるきり謎だろう。目の前で煙のように消えたんだから」いつものあの豊かな笑い声が小さな空間にこだました。「今回の顛末はさながら喜劇のようではあったが、ちゃんとした目的があったというわけだ。私はフリーダム・リーグに属する数十人にばかり気を取られているわけではない。各地に存在するほかの組織の士気に及ぶ影響も考慮しなくてはならないのだよ」

ストルムグレンはすぐには何も答えなかった。完全に納得できたわけではないとはいえ、カレランの視点は理解できた。怒りがほんのわずかに和らいだ。

「任期切れが数週間後に迫ったいまになってそんなことをしても遅いかもしれませんが」長い沈黙のあと、ストルムグレンは言った。「今後は自宅にも警備の者を置くことにしますよ。次はピーターが誘拐されるかもしれないな。ああ、そうだ、ピーターの働きぶりはどうですか」

「この一週間、注意深く見守っていた。わざと手を出さずにね。だいたいのところ上出来と言っていいだろう。だが、きみの後任の器ではないな」

「ふむ、ピーターにとっては幸運だな」怒りのおさまらぬまま、ストルムグレンは言った。「ところで、あなたの上司から返事はありましたか。ほら、姿を見せるかどうかという件で。いまやあなたに抵抗している連中の最大の強みはそれでしょう。耳にたこができるほど聞かされましたよ。〝実際に姿を見るまでは、オーヴァーロードなど信用しない〟」

カレランの溜め息が聞こえた。「まだ連絡はない。だが、何と言われるかはわかりきっている」

ストルムグレンはそれ以上深追いしなかった。以前ならなおも食い下がるところだろう。だがいまは、心の片隅にある計画の輪郭がうっすらと浮かび上がりつつあった。彼を尋問した者たちの言葉が、耳の奥で何度も繰り返し聞こえていた。そう、何らかの装置があれば……。

脅迫のもとでは拒んだことだった。しかし、自分の意思でなら、試してみるのも悪くないかもしれない。

## 4

ほんの数日前まで、自分がそんな計画を本気で検討することになるだろうとは思いもよらなかった。この新たな視野をもたらしたのはおそらく、いま振り返れば三流のテレビドラマとしか思えないほど滑稽で現実離れしたあの誘拐事件だ。会議室での舌戦ではない、現実の暴力を経験したのは今度が初めてだった。それがきっかけで、ウィルスのようなものがストルムグレンの血管に侵入したに違いない。あるいは、予想より早くぼけが始まっただけのことかもしれない。

純粋な好奇心も主たる動機の一つだった。卑怯な企みにぜひとも仕返しをしてやりたいという確たる決意もあった。カレランが彼をおとりに使ったことは、火を見るより明らかだ。たとえちゃんとした目的があってのことだったにしろ、ストルムグレンとしては、総督を簡単に許す気にはなれなかった。

予告なしにオフィスを訪ねても、ピエール・デュヴァルは驚いた顔一つしなかった。古くからの友人だということもあって、ストルムグレンが科学局長のオフィスを直々に訪ねるのはさして異例のことではない。カレランが自ら――あるいは部下の一人に指示して、トレーサーとやらをこのタイミングで作動させていたとしても、とくに怪しまれることはないだろう。

ひとしきり仕事の話や政界の噂話をした。それからストルムグレンは、いくらか口ごもりながら本題に入った。老フランス人科学者は背もたれに体重を預けて客人の説明に耳を傾けた。やがて両方の眉が一ミリずつつり上がっていき、ついには前髪と合体しそうになった。二度ほどストルムグレンの話をさえぎろうとしかけたが、二度とも思い留まって口を閉じた。

ストルムグレンの説明が終わると、科学者は不安げに室内を見回した。「聞かれていないかな」

「いや、聞きたくても聞けないはずだ。身辺警護のために、トレーサーとかいうものを私につけているそうだが、地中では働かないそうでね。地下牢みたいなこのオフィスに来て話をした理由はそれだよ。ここの壁はどんな電波も通さないんだったね。さすがのカレランも、魔法は使えない。私がどこに来ているかは把握しているだろうが、それだけだ」

「それならいいが。しかし、きみがそんなことを企んでいると知れたら、厄介なことになるのではないかな。間違いなく気づかれるぞ」

「リスクは覚悟のうえだ。それに、私としては互いにかなりよく理解しあっているつもりでいる」

科学者は鉛筆をもてあそびながら中空を見つめていた。しばらくすると、つぶやくようにこう言った。「なかなか興味深い課題だな。取り組み甲斐がある」それから抽出を開けてなかをかき回し、巨大なメモ用紙を取り出した。見たこともない大きさだった。

「さてと」科学者は、本人にしか解読できない速記と思しき文字を駆使して、猛烈な勢いでメモを取り始めた。「状況を完全に頭に入れておきたい。カレランと会談する部屋の様子を思い出せるかぎり話してくれないか。どんなに小さなことも省略しないでくれよ」

「話すほどのことはない。部屋は金属でできている。広さは八メートル四方といったところか。天井の高さは四メートル。一方の壁に一メートルくらいの大きさのビジョンスクリーンがあって、そのすぐ下に机が――いや、そいつを貸してくれ、描いたほうが早そうだ」

ストルムグレンは慣れ親しんだ小さな部屋の様子を手早くスケッチし、デュヴァルのほうに押しやった。前回同じことをしたときの記憶が蘇って、背筋がぞくりとした。盲目のウェールズ人と同志たちは、あのあとどうなったのだろう。彼が突如として消えたことに、どんな反応を示したのか。

フランス人科学者は眉間に皺を寄せてスケッチをしげしげと眺めた。「これだけか」

「ああ」

デュヴァルは焦れったそうに鼻を鳴らした。「照明は？　真っ暗闇で話をするのか？　通気は、暖房は、どうなって――」

その意気込みようがいかにもデュヴァルらしくて、ストルムグレンは思わず頰をゆるめた。「天井全体が光っているんだ。私にわかるかぎりでは、スピーカーのグリルから新鮮な空気が送りこまれている。排気のしくみはわからないな。もしかしたら、一定時間ごとに送風と排気が切り替わっているのかもしれないが、確認したことはない。暖房機らしきものはなかった。それでもいつも快適な室温に保たれている」

「要するに、水蒸気は凍るが二酸化炭素は凍らない、きみ好みの室温だと」

ストルムグレンはその聞き飽きたジョークにせいいっぱい微笑んでみせた。「私に話せるのはこのくらいだ。私をカレランの宇宙船に運ぶマシンについて言えば、内部はエレベーターみたいにそっけない。エレベーターとの違いはソファとテーブルがあるかどうかだけだ」

しばらく沈黙が続いた。物理学者は顕微鏡サイズの模様みたいな文字でメモ用紙に何やら書きつけている。ストルムグレンはその様子を見ながら、デュヴァルのような男――自分と比較するのさえおこがましく思えるほど優秀な頭脳を持った人物――が、科学の世界で目覚ましい業績を残していないのはなぜなのだろうと考えた。アメリカ国務省の知り合いがいつか言っていた、少々意地が悪く、しかもおそらく的確でない論評がふと脳裏に蘇った。〝フランスは世界で最上の二流品をつくることにかけては一流だ〟。デュヴァルはまさにそれを裏づける人物と言えるかもしれない。

物理学者は何やら満足げに一つうなずいて身を乗り出すと、鉛筆の先をストルムグレンに突きつけた。「一つ答えてくれないか、リッキー。カレランの、きみの呼ぶところの〝ビジョンスクリーン〟が、本当に何かを映し出すための装置だと考える理由は何だ？」

「いや、頭からそう決めてかかっていたよ。薄型のモニターにしか見えないからね。だって、ほかに何だというんだ？」

「薄型のモニターにしか見えないというのは、我々地球人が使っている薄型のモニターにしか見えないという意味だな」

「もちろんそうだ」

「それ自体が怪しいね。オーヴァーロードのＡＶ機器がモニターみたいな原始的な装置を使うと思うか。空中にじかに３Ｄの映像を映し出しそうなものじゃないか。カレランがテレビに似た装置をあえて使う理由は何だ？　どんな場合も、もっとも単純な答えが真実だと考えてまず間違いないものだ。きみの言う〝ビジョンスクリーン〟は、実際には単なるマジックミラーだとするほうが、よほどありそうな話ではないかね?」

自分に猛烈に腹が立った。無言のまま過去の記憶をたどってみる。これまで、一度としてカレランの話を疑ったことがなかった。しかしいま思えば、これはモニターだと総督が明言したことが一度でもあっただろうか。いや、こちらが勝手にそう決めつけただけのことだ。何もかもが心理的なトリックだったのだ。そして彼はまんまとそれに引っかかった。むろん、デュヴァルの仮説が的を射ているとしてのことだが。一足飛びに結論を出してはいけない。まだ何も証明されていないのだから。

「きみの説が正しいとすると」ストルムグレンは言った。「そのガラスを割れば——」

デュヴァルは溜め息をついた。「これだから科学に無知な人間は! なあ、それが爆薬も使わずに破れるような素材でできていると思うか? それに、たとえ割れたとしても、カレランが我々と同じ空気を吸って生きていると思うか? 塩素か何かを呼吸してるんだとしたら、双方にとって厄介な事態が発生するのでは?」

確かに、考えが足りなかった。なぜそのことに思い至らなかったのだろう。

「じゃ、きみならどうする?」ストルムグレンはいくらか腹立たしげに言った。

「少し検討させてもらえないか。まずは私の仮説が正しいかどうかを確かめる必要があるな。正しいとわかったら、次はそのスクリーンの素材を調べよう。うちの局の何人かを割り当てるよ。ところで、総督に会いにいくとき、いつもブリーフケースを持っていくんだろう。そこにあるそいつがそうか?」

「ああ」

「それだけ大きさがあれば充分だろう。別のブリーフケースに替えて怪しまれたくないしな。カレランがそれを見慣れてるとすればなおさらだ」

「いったい何をさせる気だ?」ストルムグレンは訊いた。「小型のX線装置でも隠していけと?」

物理学者はにやりとした。「私にもまだわからない。だが、何か手を考えるよ。二週間後には話せると思う」そう言って軽く笑った。「いま何を思い出したかわかるか」

「わかる」ストルムグレンは即座に答えた。「ドイツ占領時代に禁じられていたラジオを組み立てたときのことだろう」

デュヴァルは言い当てられてがっかりしたような顔をした。「そうか、前にもその話をしたことがあったかもしれないな。ところで、もう一つ言っておきたいことが――」

「何だ？」

「万一ばれたら、きみがその装置を何に使うつもりでいたか、私は知らなかったことにしてくれよ」

「ふん、いつだったか、科学者は自分の発明品について社会に対する責任を負うべきだとか何だとか、偉そうに演説したくせに。やれやれ、ピエール、この恥知らずめ！」


ストルムグレンは安堵の溜め息をついて、タイプされた文書の分厚い束を置いた。

「ふう、ありがたい！　ようやくまとまりましたね。この数百ページの文書が人類の未来を決めるのだと思うと、不思議な気持ちになりますよ。世界国家か！　私が生きている間に実現しようとは」

ファイルをブリーフケースにしまった。ブリーフケースの蓋は、長方形の暗いスクリーンから十センチと離れていない。彼の指はときおりブリーフケースの留め金をまさぐった。緊張から来る、なかば無意識の仕草だった。とはいえ、会談の終了までは、隠されたスイッチを押すつもりはなかった。不測の事態が起きるかもしれない。カレランに勘づかれる気遣いはないとデュヴァルは請け合ったが、絶対とは言いきれない。「さてと、何かニュースがあるとおっしゃってましたね」ストルムグレンは期待を隠しきれないまま促した。「ひょっとして――」

「そうだ」カレランが答えた。「数時間前に回答が届いた」

どういうことだろう。総督が、ここからいったい何光年なのかわからない距離を超えて故郷の星と連絡を取り合ったなどということがあるだろうか。いや、ひょっとしたら――ファン・リーベングの説を採用すれば――政治的選択の結果を予測できるとてつもない規模のコンピューターに意見を求めただけのことだとか。

「フリーダム・リーグをはじめとする抵抗組織を完全に黙らせることはできないだろうが」カレランが続けた。「緊張緩和の役には立つだろう。ところで、この先の話はオフレコにさせてもらうよ。

きみはよくこう話していたね、リッキー。私たちの外見がどれほど隔たっていようと、地球の人々もいつかは慣れるだろうと。その見解はきみの想像力の欠如の証だよ。きみにかぎって言えば、それは当たっているだろう。だが、忘れてはいけない。世界の人口の大部分は洗練された教育を受けていないというのが現実なのだ。彼らに取り付いている偏見や迷信を追い払おうとしたら、何十年とかかるに違いない。

　人間の心理について私たちにはいくらか知識があることはきみも否定しないだろう。いまの状態の人類の前に私たちが姿を現せばどんなことが起きるか、だいたい予想がつく。きみにも詳細を話すことはできない。だから、私を信じてその分析を受け入れてもらうしかない。ただし、一つだけ約束をしよう。それできみもある程度は納得してくれるものと思う。いまから五十年後――およそ二世代先だね――私たちは船を降りる。そのとき人類は、ついに私たちのありのままの姿を知ることになる」

　ストルムグレンはしばらく無言で総督の言葉を咀嚼《そしゃく》した。以前なら、カレランの宣言からもっと大きな充足感を得たことだろう。しかしいまは、これまでの努力が一部分にしろ実ったという事実にわずかな戸惑いを感じていた。そしてほんの一瞬、固まっていたはずの気持ちが揺らいだ。然るべき歳月が経過すれば、真実が明かされるのだ。彼の企みは不必要だし、おそらく利口とは言えない。予定どおり実行するなら、その理由はただ一つ、五十年後には彼は生きていないだろうというあくまで利己的なものにすぎない。

カレランはストルムグレンの迷いを察したのだろう、こう続けた。「きみをがっかりさせたのなら申し訳ない。しかし少なくとも、近い将来発生する政治問題に関して、きみは責任を持たずにすむだろう。もしかしたら、きみはいまも私たちの持つ危惧には根拠がないと考えているかもしれない——だが、ほかの選択肢を採用した場合の危険は、すでに証明されているのだ」

ストルムグレンは身を乗り出した。呼吸が苦しくなったように感じた。「人類に姿を見せたことが過去にもあるんですね！」

「そうは言っていない」カレランは即座に否定した。「私たちがこれまでに監督した惑星は、ここが初めてではないというだけのことだ」

その程度の説明で引き下がるわけにはいかなかった。「ほかの星の種族が過去に地球を訪れたという伝説は数限りなくあります」

「知っている。歴史研究局の報告書を見たからね。あれを読んでいると、地球は宇宙の交差点らしいと思いたくなる」

「あなたがご存じないだけで、ほかの種族が実際に来訪していたのかもしれない」ストルムグレンは期待を捨てきれないまま別の見方を提示した。「あなたがたは数千年も前から地球を観察していたんでしょうから、まあ、考えにくい話ではありますが」

「ああ、考えにくいな」カレランはいつになくそっけない口調で答えた。この瞬間、ストルムグレンは決心を固めた。

「カレラン」唐突にそう切り出した。「あとで声明の草稿を書いて送りますから、承認をお願いします。言っておきますが、私にはせっつくのをやめるつもりなどありませんから。機会があるごとに、あなたがたの秘密を暴くためにあらゆる手を使わせてもらいます」

「そのことなら言われるまでもなく知っているよ」小さな含み笑いが聞こえた。

「かまわないとおっしゃるんですか」

「ちっともかまわないよ。ただし、核兵器や毒ガスといった、私たちの友情を危うくしかねない手段だけは遠慮してくれ」

カレランは何か勘づいているのだろうか。総督のからかうような口調には、何もかもわかっているというような気配、もっと言えば、そらやってみろとけしかけるような気配が感じ取れた。

「安心しました」ストルムグレンはできるだけ平静を装って答えた。それから立ち上がると、ブリーフケースの蓋を閉じた。親指を留め金に滑らせる。「帰ったらすぐに声明を仕上げます」さっきと同じことを繰り返した。「きょうのうちにテレタイプで送りますよ」

そう言いながら、ボタンを押した――そして、それまでの不安には根拠がなかったことを知った。カレランの五感は、人間のものより鋭いわけではなかった。総督は何も察していなかったのだ――カレランはいつもと同じ調子でさよならを告げると、聞き慣れた合い言葉を発してストルムグレンの部屋のドアを開けた。

それでもストルムグレンは、警備員の視線を背中に感じながら百貨店を出る万引き犯にでもなったような気分だった。すべらかな壁が背後で音もなく閉じると、ようやくほっとして、溜めていた息を吐き出した。

「これまでに披露した仮説のいくつかは」ファン・リーベングが言った。「説得力を欠いていました。それは認めますよ。しかし、今回のはぜひ感想をうかがってみたい」

「どうしても何か言わなくちゃいけないのか」ストルムグレンは溜め息をついた。

ファン・リーベングの耳には溜め息が聞こえなかったらしい。「実を言うと、思いついたのは私だと胸を張ることはできないんですが」そう謙遜するように言う。「チェスタートンの小説がヒントになりました。もしもですよ、オーヴァーロードは隠すことなど何一つないということを隠しているんだとしたら？」

「ずいぶんとまたややこしいな。話が見えない」ストルムグレンはいくらか興味をそそられていた。

「こういうことです」ファン・リーベングは熱のこもった口調で続けた。「オーヴァーロードは肉体的には私たちと同じ人間なのではないかと私は読んでいます。彼らは知っているんですよ。人間は想像どおりの生物――つまり人間とはまったく違う姿をしていて、かつ人間をはるかに超える知性を備えた生物に支配されるなら、おとなしく従うだろうとね。ほら、人間は、同じ人間に親分面をされると反発するものでしょう」

「ふむ、例によってなかなか独創的な説だな」ストルムグレンは答えた。「きみの仮説に作品番号を振りたいくらいだよ。これだけ数が多いと混乱する。さて、最新の仮説に反論するなら――」

　そのとき、アレクサンダー・ウェインライトが案内されてきて、話は尻切れになった。

　この男はどう考えているのだろう。自分を誘拐した男たちと話をしたのだろうか。おそらくしていないだろう。ウェインライトが暴力反対を表明しているのは、決して単なる建前ではないと思えるからだ。フリーダム・リーグ内の過激な一派の信用は完全に失墜した。当分はおとなしくしていることだろう。

　フリーダム・リーグのリーダーは、声明の草案が読み上げられるのを真剣な面持ちで聞いていた。ストルムグレンはこの特別の配慮を好意的に受け止めてもらえるといいがと考えていた。これはカレランの発案だった。カレランが孫の世代にした約束の内容を世界の人々が知るのは、いまから十二時間後になる。

「五十年ですか」ウェインライトは考えこんでいるような表情で言った。「待つには長い年月だ」

「そのとおり、人類にとっては長い。だが、カレランにとってはあっという間だろう」ストルムグレンはそう応じた。オーヴァーロードたちの出した結論がいかに巧妙なものか、いまになって痛感し始めていた。今回の約束によって、オーヴァーロードには彼らが必要を感じているらしい時間的ゆとりが与えられる。同時に、フリーダム・リーグの立脚点は切り崩される。フリーダム・リーグが降伏することはまずないだろうが、これまでに比べて立場は格段に弱くなるはずだ。ウェインライトもその点に気づいたようだった。

「五十年もあったら」ウェインライトの口調は苦々しげだった。「人類は相当な痛手を被ることになる。独立の時代を知る人々はそのころには死んでいるでしょうし、人類は先祖から受け継いだ財産を忘れてしまっているでしょう」

言葉――むなしい言葉。ストルムグレンは思った。人々がかつてそのために闘い死んでいった言葉、二度とそのために闘い死ぬことはないであろう言葉。そして世界はそのおかげでいまより暮らしやすい場所になるだろう。

帰っていくウェインライトを見送りながら、この先の五十年間、フリーダム・リーグはどれだけのトラブルを引き起こすのだろうかと考えた。だが、その問題を解決するのは彼の後継者の仕事であることを思い出したとたん、心が軽くなった。

この世には時間にしか解決できない問題というものがある。邪悪な人間を打ち倒すことは可能だ。だが、思い違いをしている善良な人間に対してできることは何もない。

「ほら、ブリーフケースを返すよ」デュヴァルが言った。「新品同様に戻しておいた」

「ありがとう」ストルムグレンはそう答えたものの、やはりブリーフケースを丹念に調べた。「さてと、この前のはいったい何だったのか教えてくれないか。これからどうするのかも」

物理学者はその質問に答えるより、自分の頭のなかで進行中の思考のほうに興味があるようだった。「これほど簡単にいくとはまるで期待していなかった。私がカレランなら――」

「きみはカレランじゃないんだ。だから仮定の話は省いて、さっさと要点に入ってくれ。この前のことでいったい何がわかった?」

「まったく、きみたち北欧人ときたら、本当に短気で堪え性がないな!」デュヴァルは溜め息をついた。「前回のは、低出力のレーダーのような装置だった。超高周波の電波のほかに遠赤外光も発生する装置だよ。どれも生物には見えない。どんな変わった目を持った生物でもね」

「どうしてそう断言できる？」ストルムグレンは、専門的な問題に珍しく関心をそそられてそう訊き返した。

「いや、その――断言はできないよ」デュヴァルはしぶしぶといった様子で認めた。

「しかし、カレランはふつうの照明のもとできみを見ている。そうだね？　つまり、カレランの目は私たち人間のものとだいたい同じ構造をしていると考えていいはずだ。ともかく、前回の試みはうまくいったよ。きみの言う〝ビジョンスクリーン〟の向こう側に大きな空間があることが確かめられた。スクリーンの厚さはざっと三センチ。その向こうの空間は、少なくとも十メートルの奥行きがある。奥の壁に反射した電波は検知できなかったが、あれ以上強い電波を使うのもどうかと思ったからね、しかたない。それでも、これが手に入った」

デュヴァルは一枚の写真をストルムグレンのほうに押しやった。ゆるく波打つ線が一本。その一部が、地震計がとらえた弱い地震波のようにほかより大きく上下していた。

「な、この部分」

「こいつは何を示してる？」

「カレランだ」

「ほう！　確かなのか」

「ああ、間違いないと思うね。座っているのか立っているのかはわからないが、とにかくスクリーンから二メートルくらいの位置にいる。解像度がもう少し高ければ、体の大きさも計算できたんだが」

　ストルムグレンはそのかろうじて見えるかどうかの波を複雑な思いで見つめた。いまのいままで、カレランは肉体を持っているという証拠は何一つなかった。これは間接的なものであるとはいえ、ストルムグレンは何の疑問もなくそれを証拠として受け入れた。

「もう一つやらなければいけないことがあった」デュヴァルが言った。「通常の光が問題のスクリーンをどの程度透過するかの算出だ。これに関してはだいたい確実なところがわかったと思う。まあ、多少の誤差があったところで大した影響はないんだがね。きみも当然知っているだろう。片側からもう一方が絶対にのぞけない、真のマジックミラーなどというものは存在しない。単に照明の配置の問題なんだ。カレランは暗い部屋に座っている。きみは照明のある部屋にいる。それだけのことだ」含み笑い。「だから、その状況をひっくり返してやろうというわけだ！」

デュヴァルは白い仔ウサギを次々と取り出してみせるマジシャンのような手つきで、机のなかから巨大な懐中電灯を取り出した。円錐形をしていて、まるでラッパのように見える。

デュヴァルがにやりとして言った。「見た目ほど物騒な代物ではないよ。この広くなっているほうをスクリーンに向けて、スイッチを押すだけだ。とてつもなく強力な光が十秒間放たれる。その間に光をあちこちに向けて、スクリーンの奥の部屋の様子をよく観察すればいい。これが発する光はスクリーンを完全に透過するから、きみの友人の姿も鮮やかに浮かび上がるはずだよ」

「カレランに害は及ばないんだろうね」

「初めは下に向けておいて、それから上を照らせば大丈夫だ。それでカレランの目も慣れるだろう。おそらくカレランも人間と同じ反射作用を備えている。万が一、目が見えなくなったりしたら気の毒だろう？」

ストルムグレンは疑わしげな目で武器を観察したあと、手に取ってみた。この何週間か、良心がちくちくと痛み続けている。カレランは、ときおりあまりにも率直すぎる物言いをしてこちらをたじろがせることはあるが、いつでも目に見えるような親愛の情とともにストルムグレンを扱ってくれていた。共有する時間が終わりに近づこうとしているこのときに、友情を損ないかねない行為をすることにはためらいを感じる。しかしカレランにはもう充分すぎるほどの警告を発してきた。もしカレラン自身に決定権があるなら、とうの昔に姿を見せていたのではないだろうか。ストルムグレンはいま、カレランに代わって決定を下そうとしていた。最後の会談が終わる寸前に、カレランの顔を見てやるのだ。

むろん、カレランに顔というものがあるとすれば、だが。

ストルムグレンは初めのうちこそ緊張を感じていたが、それもとっくに消えていた。カレランは、例によってやたらに複雑で難解な言い回しを連発しながら、ほとんど一人でしゃべり続けている。以前は、それこそカレランの持つ資質のうちもっとも素晴らしくもっとも意外なものだと思っていた。しかしいまとなっては、さほど驚くべきものとは感じない。カレランのほかの能力と同じく、それは純粋に知性が力を発揮した結果であり、特別な才能ゆえのものではないことを知ったからだ。

人間の話す速度に合わせて思考の回転速度を落としさえすれば、カレランには長くてややこしい文章をこねくり回す時間がいくらでもできるのだ。

「フリーダム・リーグがいまの没落から立ち直ったとしても、きみやきみの後任者がむやみに心配する必要はない。この一月《ひとつき》ほど、彼らはいままでになくおとなしくしているし、いつかまた息を吹き返すこともあるだろうが、この先何年かは脅威とはならないだろう。それどころか、敵が何をしているかつねに把握しておくことは有益だということを思えば、フリーダム・リーグはひじょうに貴重な存在だ。万が一、彼らが経済的に行き詰まるようなことがあったら、助成金を出してやりたいくらいだよ」

カレランが冗談を言っているのかどうか、判断がつかないことは多い。ストルムグレンは表情を変えずに先を待った。

「フリーダム・リーグはまもなくまた一つ論拠を失うことになる。この数年、きみが特殊な地位についていたことについて、多くの批判があったね。どれもかなり子どもじみたものばかりだったが。私の統治が始まったばかりのころは、このやりかたがひじょうに有益だったが、世界が私の計画に沿って動きだしたいまとなっては不必要だろう。今後は地球とのやりとりはすべて間接的に行なうものとする。国連事務総長の職務は、元のとおりに戻そう。

今後五十年間にさまざまな危機が訪れるだろうが、いずれも乗り切れるはずだ。未来図はすでに明確に描かれた。この困難な時代もいつか忘れ去られることだろう――きみたちのように記憶を長く保つことに優れた種族にも」

カレランが最後の一文に奇妙な強勢を置いたことを聞き取って、ストルムグレンは椅子の上で身動きを止めた。カレランは、うっかり口を滑らせたりなど決してしない。失言と聞こえる言葉でさえ、いつも綿密な計算のもとに発せられているのだ。しかし、質問をする暇さえ彼に与えないまま――どのみち答えは返ってこなかっただろうが――総督はまたしても話題を変えた。

「きみは私たちがどんな長期計画を立てているのかとよく尋ねたね。世界国家の創設は、言うまでもなく、初めの一歩にすぎない。きみが生きているうちにそれは完成するはずだ。しかし、それによってもたらされる変化は目に見えないくらい小さい。それに気づく者はごくわずかだろう。その後は、人類が私たちを受け入れる態勢を徐々に整える期間だ。そしてそれが経過したとき、約束の日が訪れる。残念だが、そのころにはきみはこの世にいないだろう」

ストルムグレンはしっかりと目を開けていたが、その目が見つめていたのは真っ暗なスクリーンのはるか奥だった。彼は未来をのぞき見ようとしていた。彼が目にすることのない日を頭に描こうとしていた。オーヴァーロードの宇宙船がついに地上に降り、待ち受ける人類の前で扉が開かれる瞬間を。

「その日」カレランが続けた。「人類は精神の断絶としか呼びようのないものを経験するだろう。しかし、何かが永遠に損なわれてしまうわけではない。その世代の人類は、祖父の世代より強靭になっているからだ。彼らの場合、私たちは生まれたときから生活の一部として存在しているわけだろう。だから、いざ対面の時を迎えても、私たちをさほど——奇妙だとは思わないはずだ。きみたちの世代ほどにはね」

カレランがこれほど瞑想的な話しかたをするのはこれまでに一度もなかったことだった。だが、驚きは感じなかった。総督には、ストルムグレンが知らない面がまだまだたくさんあるだろうからだ。本当のカレランを知ることはできない。人類が彼を隅々まで理解するのはおそらく無理だろう。そしてストルムグレンはこのときもまた、こんな印象を抱いた——総督の真の関心はどこか別のところにあるのではないか、たとえば三次元チェスの達人がチェッカーで遊ぶように、地球を治めるのにはその頭脳のほんの一部しか使っていないのではないか。

「そのあとは？」ストルムグレンはささやくように訊いた。

「そこで初めて、本来の仕事が始まる」

「いつも考えていました。あなたがたの目的は何なのかとね。私たちの世界を整理整頓し、人類を文明化するのは、手段にすぎないのではないか、ならば目的もあるのではないか。どうなんでしょう、地球人はいつか宇宙に出て、あなたがたの世界を見ることがあるのでしょうか。あなたがたの仕事に協力できる日が来るのでしょうか」

「そう、協力することはあるかもしれないな」カレランは言った。その声には明白な、だが言葉では説明しがたい哀しみが感じられた。その響きはストルムグレンをひどく不安にさせた。

「しかし、その実験が失敗に終わったら？　この地球上でも、より原始的な部族を文明化しようとして失敗した例がいくつもありました。あなたがたにも失敗の経験があるのですか」

「ある」カレランの声は静かだった。聞き取りにくいほど静かだった。「私たちは数々の失敗を経験した」

「失敗にはどう対処するんです？」

「待つ。待って、もう一度試みる」

このとき、五秒くらいだろうか、沈黙があった。カレランの声がふたたび聞こえたとき、その言葉はあまりにも意外なものだった。だから、ストルムグレンはとっさに反応できなかった。「さよなら、リッキー！」

カレランが一枚上手《うわて》だった――きっともう手遅れだろう。しかし、ストルムグレンが麻痺状態に陥っていたのは、ほんの一瞬だった。次の瞬間には、リハーサルを重ねた素早い動作で巨大な懐中電灯を取り出すと、スクリーンのガラスに押し当てた。


松林は湖岸ぎりぎりまで迫っていて、境を縁取るのは幅数メートルの細長い草地だけだった。夕暮れ時、さほど寒くない日なら、ストルムグレンは九十歳という高齢には似合わぬかくしゃくとした足取りでその草地をたどって桟橋に行き、湖面に沈む太陽を眺めたあと、夜のひんやりとした風が森から吹きつけてくる前にまた家に帰った。その単純な儀式は彼に大きな安らぎを与えた。体力の続くかぎり、その日課を守るつもりでいた。

　しかしこの日は、湖の向こう、西の空から、何かが猛スピードで低く飛んでくるのが見えた。この辺りを通過する飛行機はめったにない――昼夜の別なく一時間ごとにはるか上空を行き来しているはずの極地横断便を勘定に入れなければだが。ときおり飛行機雲が青空にくっきりと浮かんでいることはあっても、極地横断便を目で確認できたためしはない。いま近づいてきているのは、小型のヘリコプターだった。何かはっきりした目的を持っているかのように、まっすぐこちらに向かっている。ストルムグレンは湖畔に目を走らせた。逃げる先はない。あきらめて肩をすくめると、桟橋の突端にある木のベンチに腰を下ろした。

　レポーターの態度は場違いなほど丁重で、ストルムグレンはかすかな戸惑いを感じた。自分が政界の長老であるだけでなく、祖国の外に出れば神話に近い存在であるという事実は、記憶の底に埋もれてしまっていた。

「ミスター・ストルムグレン」平穏な日常に侵入してきた人物が切り出した。「お邪魔してたいへん申し訳ありません。実はたったいま、オーヴァーロードに関してある情報が入りまして、それについてぜひコメントを賜りたいのです」

ストルムグレンは軽く眉根を寄せた。これだけの歳月が経過してもなお、カレランと同じく、オーヴァーロードという呼び名を好きになれなかった。

「これまでの報道に付け加えるようなことは何もないよ」

レポーターは奇妙に熱のこもった目つきで彼を見つめている。「どうかそうおっしゃらずに。実を申しますと、不思議な噂が耳に入りまして。いまから三十年ほど前、国連科学局の研究者の一人が、あなたの依頼で驚くべき装置を作ったとか。そのことで何かご存じではいらっしゃいませんか」

ストルムグレンはすぐには答えなかった。古い記憶が蘇ろうとしている。秘密が暴かれたことに驚きは感じなかった。それどころか、これまで秘密が保たれたことのほうが驚きだった。

立ち上がると、桟橋を戻り始めた。レポーターが数歩遅れてついてくる。

「その噂は」ストルムグレンは言った。「あながちでたらめではない。最後にカレランの宇宙船に行ったとき、私はある装置を携えていった。それを使えば総督の姿を見られるのではないかと期待してね。愚かなことをしたものだよ。とはいえ――あのときの私はまだ六十歳の若造だったからね」ひとり含み笑いをして、先を続ける。「はるばるこんなところまで来てもらうほどのことは何も起きなかった。私の企みは失敗したんだ」

「何も見えなかったということでしょうか」

「そう、何も見えなかった。あいにくだが、人類はやはり待たなくてはならないようだよ——しかし、たかがあと二十年ばかりの辛抱じゃないか！」

あと二十年の辛抱。カレランは正しかった。そのころになれば人類の心の準備も整っていることだろう。ストルムグレンがデュヴァルに同じ嘘をついた三十年前とは、事情がまったく違っているだろう。

カレランは彼を信じた。ストルムグレンはその信頼を裏切らなかった。確信を持って断言できる——総督は初めから彼の計画を見抜いていたのだ。そして、終幕で何が起きるかを正確に予期していた。

そうでないなら、光の輪がそこを照らしたとき、巨大な椅子が空っぽだった理由に説明がつかない。椅子が無人であることを見て取った瞬間、ストルムグレンは、遅かったかと不安を感じながら、懐中電灯の向きを変えた。そのとき、人間の背丈の倍はありそうな大きな鉄の扉が閉じられようとしているのが見えた——素早く、だが、万全とは言いがたいスピードで。

そう、カレランは彼を信じてくれたのだ。決して解くことのできない謎を抱えたまま人生の長い長い黄昏《たそがれ》を過ごさせるのは忍びないと思いやってくれたのだ。ただ、彼の上にいる未知の権力者たち（彼らも同じ種族なのだろうか）に公然と逆らうことはできない。だから、言い逃れが可能な手段を選んだ。命令を無視したのではと疑われることはあるかもしれないが、意図的にそうしたとは絶対に証明できないやりかたを。その行為によってカレランは、ストルムグレンに対する親愛の情を最後の最後にあらためて示した。それは人間が忠実で賢い犬に注ぐ愛情と同じ種類のものだったのかもしれないが、真《まこと》の感情であることに違いはなかったし、これまで生きてきて、ストルムグレンがあれだけの充足感を得た経験は、ほかに数えるほどしかない。

——私たちは数々の失敗を経験した。

確かに、カレラン、それは事実なのだろう。あなたがたは人類の歴史が始まるより以前にも似たようなことを試みて失敗したのか？　そう、きっと失敗したのだろう。その余波《なごり》は、これだけの世代を経てもなお消え残り、地球のあらゆる人種の幼年期に亡霊のようにつきまとったのだから。五十年かけたとしても、世界中の神話や伝説が人類に及ぼしている力を打破することなど、果たしてできるのだろうか。

それでも、二度めの失敗はないとストルムグレンは信じている。二つの種族が次に対面を果たすとき、オーヴァーロードたちはすでに人類の信頼と友情を勝ち得ているはずだ。人類は彼らの姿を見て衝撃を受けはするだろうが、築かれた信頼と友情がそのせいで無に帰すことはないだろう。二つの種族は手に手を取って未来へと足を踏み出すのだ。そして過去の歴史に黒い影を落としてきた悲劇、人類の知らない悲劇は、先史時代という薄暗い回廊のどこかに永遠に葬り去られることだろう。

ストルムグレンはいま、こう願っている。カレランがふたたび地上を自由に歩き回る日が来たら、ぜひこの北の果ての森を訪れてもらいたいと。そして、初めて彼の友人になった地球人の墓の前で足を休めてもらいたいと。

# 第2部　黄金期

## 5

「ついにこの日が来た！」ラジオは百の言語でそうささやいた。「ついにこの日が来た！」一千の新聞がそう見出しを掲げた。「ついにこの日が来た！」カレランの宇宙船の着陸予定地に指定された広大な空き地を取り囲んだカメラマンたちは、機材を何度も念入りに点検しながら頭のなかでそう叫んだ。

宇宙船は、ニューヨーク上空に浮かんでいる一隻だけになっていた。実のところ、その前日になって初めてわかったことだが、地球上のほかの都市を見下ろしていたはずの宇宙船は、もとより存在していなかったのだ。前の日、オーヴァーロードたちの大船団は、朝陽が射したとたんに散るもやのように、ふっと消えてしまった。

宇宙の果てと地球を行き来していた補給船はちゃんと存在していた。しかし、長い間、世界の中心都市の上空に浮かんでいた銀色の雲は幻影だった。からくりは誰にもわからないが、どうやらほかの船はどれも、カレランが乗っている一隻をコピーした幻像だったということらしい。とはいえ光のいたずらというレベルのものではなかったことは確かだ。その証拠に、レーダーの類はしっかり騙されていたし、船団が地球に飛来した瞬間を目撃した人々のなかにはいまも生存している者もいて、彼らは、あの日宇宙船が大気を切り裂く甲高い音をこの耳で聞いたと言って譲らなかった。

だが、それは大した問題ではなかった。いま肝心なのは、カレランはもはやそのような手段を使って力を誇示する必要を感じなくなったらしいということだった。彼は心理的な武器を捨てたのだ。

「船が動きだしたぞ！」その声は瞬く間に地球の隅々まで届けられた。「西に向かってる！」

宇宙船は時速千キロに届かないゆっくりとした速度で西に進み、成層圏の何もない空間で少しずつ高度を落としながら、大平原の上空へ——歴史との第二のランデヴー地点へと向かった。やがて自ら予告したとおり、待ちかまえるカメラと数千人の群衆の前に静かに着陸した。現地に詰めかけた者よりもテレビの前で見守っている数百万人のほうがよほどその様子がよく見えたに違いない。

計り知れない重量を持つ宇宙船がまともにぶつかっていたら、大地は割れたり震えたりしていたことだろう。しかし船体は、星の間を飛ぶときと同じ力にこのときもまだ支えられていたらしく、まるで舞い落ちる雪ひらのように地面にそっとキスをした。

地上二十メートルで曲線を描く外壁が、波打ちながら光を放ち始めた。まもなく、すべらかに輝く表面に大きな口が開いた。その奥には何も見えない。獲物を捜す猟犬のように被写体を求めるカメラでさえ、何もとらえることはできなかった。まるで深い洞窟をのぞきこんでいるかのごとく、そこには暗い影だけがあった。

その開口部から幅広のきらめくタラップがするりと現れ、まっすぐ地面に向かって延びた。見たところ、硬質な金属でできた板のようだ。両側に手すりがついている。階段にはなっていなかった。リュージュの滑走路のように傾斜が急なうえにつるりとしていて、ふつうに歩いては昇ることも下ることもできそうにない。

全世界が暗い入口を固唾を呑んで見守っていた。だが、何の動きもなかった。と、そのとき、めったに聞くことのない、だが一度耳にしたら忘れられないカレランの声が、どこからともなく静かに流れてきた。その内容は、まったく意外なものだった。

「タラップの下に子どもの姿が見える。そのうちの二人に船内まで迎えにきてもらいたい」

平原は一瞬静寂に包まれた。ほどなく一組の少年と少女が群衆の間から現れ、周囲の視線を気にする様子もなくタラップへと――歴史的瞬間へと歩いていった。ほかの子どももそのあとを追おうとしかけたが、宇宙船のどこかからカレランのひそやかな含み笑いが聞こえた。「二人でけっこう」

二人の子どもは――いずれも六歳にもなっていない幼児と見えた――どんな冒険が待っているのかと頬を紅潮させて金属の滑り台に飛び乗った。次の瞬間、最初の奇跡が起きた。

下で見守る群衆と不安顔の両親――いまさらとはいえ、『ハーメルンの笛吹き男』の伝説が頭をよぎったに違いない――に元気に手を振ったかと思うと、子どもたちは急なスロープを滑るように昇り始めた。だが、二人の足はまったく動いていない。見ると、スロープの角度に直角になるよう二人の体も傾いていた。どうやらスロープには地球の重力とは無関係に働く独自の重力が備わっているらしい。子どもたちはその目新しい体験をおもしろがり、自分たちを上へと引き上げている力は何なのだろうと考えている様子だった。ほどなく二人の姿は宇宙船のなかに吸いこまれた。

きっかり二十秒の間、地球は完全な静寂に包まれた――が、のちになってたった二十秒だったと聞かされても、誰も信じなかった。やがて大きな開口部を満たしていた暗闇が前進を始めたかに見え、次の瞬間、カレランが陽光のもとに姿を現した。左腕には男の子を、右腕には女の子を乗せている。二人はカレランの翼をいじるのに夢中で、食い入るように見つめている群衆には目もくれなかった。

気絶した者がほんの数えるほどですんだのは、オーヴァーロードたちの心理学と、長い年月をかけて入念に進められた準備のおかげだろう。とはいえ、理性がそれを永遠に吹き飛ばす前にほんの一瞬、ごく原始的な恐怖に襲われなかった者が果たして世界中で何人いただろうか。

間違いようがなかった。硬い革でできたような翼、小さな角、矢印の形をした尾――すべて揃っていた。あらゆる伝説のなかでももっとも恐ろしい一つが、未知の過去から命を持って現れたのだ。ただし、それはいま、微笑みをたたえて立っていた――黒檀を思わせる厳《おごそ》かさを放ち、巨体をまばゆい陽射しにつやつやと輝かせ、両の腕に彼を信頼しきった人間の子どもを乗せて。

## 6

五十年という歳月は、世界とそこに暮らす人々をそれまでとはまったくの別物に変えるに充分な時間だ。必要なのは、社会工学の確かな知識と、設定された目標への明確な見通しと——それに力だけだ。

オーヴァーロードたちは、その三つを備え持っていた。目標は秘密にされていたが、知識を有しているのは明白だった。もちろん、力も。

その力はさまざまな形で発揮された。ただし、いまや運命をオーヴァーロードに操られることとなった人々に理解できるものは少なかったが。あの堂々たる船に強大な力が秘められていることは、誰の目にも明らかだった。しかし、その休眠中の力の陰に、もっとほかの、しかもよりそれと認識しがたい武器が隠されていた。

「政治問題はどれも力を適切に使うことによって解決できる」カレランはかつてストルムグレンにそう言った。

「それはまたずいぶんとシニカルな考えかたですね」ストルムグレンは疑わしげな表

情でそう応じた。「〝力は正義なり〟という諺に通じるものがあるな。歴史を振り返れば、力の行使によって問題が解決されることなどないということは明らかですよ」

「キーワードは〝適切に〟だよ。きみたち人類が本物の力を所有していたことは一度もない。それを使うために必要な知識を備えていたこともない。どんな問題に対しても、効率的な対処と非効率的な対処があるものだよ。たとえば、狂信的な独裁者が治める国家の一つが、私に反乱を起こしたとしようか。そのような脅威に対するもっとも非効率的なアプローチは、何十億馬力かの核爆弾で応えることだ。充分な数の爆弾を使えば、徹底的で最終的な解決になるだろう。しかし、さっき言ったように、非効率的でもある――それ以外の短所が一つもないと仮定しても」

「では、その場合の効率的な対処とは？」

「小型の無線機ほどの力が――それに無線機を操作する程度のスキルがあれば足りる。肝心なのは、力の〝量〟ではなく〝使いかた〟だからだ。頭のなかで他人の声が四六時中ささやいていたとしたら、ヒトラーの独裁者としてのキャリアはどのくらい続いたと思うかね？　他人の声でなくてもいい、頭のなかで音楽が鳴っていたとしたら？　ほかの音をかき消し、眠りを妨げるほどの音量で、昼夜を問わずそれを聞かされていたとしたら？　残虐な手段ではない。それはきみも認めるだろう。それでも、結果的には、トリチウム爆弾と同じくらい速やかに彼を屈服させていたはずだ」

「なるほど」ストルムグレンは言った。「で、それから逃れることはできないわけですか」

「それがもっとも効率的だと判断すれば、私は、その――〝装置〟をどこにでも送ることができる。だから、いまの地位を維持するのに破壊的な手段を使う必要が生じることは決してないだろう」

だから、巨大な宇宙船は単なる力の象徴に過ぎなかった。そしていま、一隻を除いては幻だったことを世界は知った。それでも、船団が存在していたというだけで、地球の歴史は変わった。幻の船の役割は終わりはしたが、その功績はそれらが消えたいまもなお残り、さらにこの先何世紀にもわたって影響を及ぼしつづけることだろう。

カレランの読みは当たっていた。迷信にとらわれないことを誇りにしながらも、オーヴァーロードの一人と実際に向かい合えばその顔を直視できないであろう者は大勢いたが、それでも人類は、当初の衝撃からすぐに立ち直った。とはいえ、嫌悪というのは不可解な反応だった。道理や理屈を超えた何かがそこにはあるように思われた。

中世の人々は、悪魔の存在を信じ、恐れた。しかしいまは二十一世紀だ。これはつまり、種族の記憶というものが現実に存在するという証なのだろうか。

いま地球に来ているオーヴァーロードたち、あるいは同じ種族の別の集団が古代の人類と武力衝突を起こしたのはおそらく確かだろうというのが人類の共通認識になったことは言うまでもない。ただ、その出来事ははるか遠い過去のものらしい。歴史にはその痕跡が残されていないからだ。これもまた不可解な謎だった。だが、カレランはその謎を解くヒントを人類に与えようとはしなかった。

オーヴァーロードは、ついに人類の前に姿を現しはしたものの、たった一隻だけ残った船から降りてくることはほとんどなかった。地上で過ごすのは肉体的苦痛を伴うかららしい。体の大きさや翼の存在は、彼らがもといた世界の重力は地球のそれよりはるかに低いことを示していた。地上に下りるときはかならず複雑な機械の組みこまれたベルトをしていた。そのベルトはきっと重力を調整したり、互いに連絡を取り合ったりするためのものだろうと人間たちは推測した。直射日光も苦手のようで、ひなたには長くても数秒しか留まろうとしなかった。日陰のない場所に長時間いなくてはならない場合は、黒っぽいレンズの入った眼鏡をかけた。その姿はいくらか滑稽だった。地球の大気を呼吸することはできるらしかったが、何かの気体を詰めた小さな筒を持ち歩き、ときおりそれを吸って元気を回復していた。

　彼らが人類と積極的に関わろうとしないのは、そういった純粋に肉体的な問題があるためと思われた。オーヴァーロードとじかに接したことのある人間はほんの一握りしかいなかったし、カレランの船に果たして何人のオーヴァーロードが乗っているのかについては、手がかりすらなかった。同時に目撃された最高記録は五人だったが、あの巨大な船にはひょっとしたら数百、あるいは数千のオーヴァーロードが暮らしているのかもしれない。

　オーヴァーロードたちの外見が明らかになったことで、謎は解決されるどころか、なおいっそう増えた。彼らがどこから来たのかいまだ不明のままだったし、その生態については数限りない憶測が飛び交った。彼らが惜しみなく情報を提供する問題も多々あったが、秘密主義としか形容できない態度を示す問題もまた多かった。とはいえ、その態度に憤慨したのは、おおむね科学者に限られた。一般の人々は、オーヴァーロードとじかに対面するなど勘弁願いたいと考えながらも、地球に対する彼らの貢献には感謝の念を抱いていた。

歴史上のどの時代と比べても、これはユートピアだった。無知、病気、貧困、恐怖。そういったものはほぼ過去のものとなった。戦争の記憶は、日の出とともに悪夢が退散するように、忘却のかなたへと遠ざかった。それを経験したことのある人間はまもなくいなくなることだろう。

人類の活動が建設的な方向へと向かった結果、地球の景色は一変した。世界は新しく生まれ変わっていた。前の世代にとっては満足のいくものだった都市は、一から造り直された。新しい世代の要望に応えられない都市は見放され、博物館の標本となるべく捨て置かれた。多くの都市がそうやってすでに廃墟と化していた。商工業の仕組みがそれまでとは一変したからだ。生産は高度にオートメーション化されている。ロボットがせっせと働く工場は休むことなしに消費材を市場に送り出し、あらゆる日用品が無料《ただ》同然で手に入るようになった。人間は、贅沢品のために労働をした。あるいは労働をいっさいやめてしまった。

まさに統一的世界が誕生していた。旧国家の旧名称も使われてはいたが、郵便業務に便利な記号程度の意味しかなくなった。英語ができない人間は一人もいなくなった。いつでもどこでもテレビが見られたし、どこにいても二十四時間以内に地球の裏側に行くことができた。

犯罪は事実上一掃された。犯罪の必要がなくなり、犯罪を起こすことも不可能に近くなっていた。誰もが満ち足りているのだ。盗みをする意味はない。さらに、犯罪者予備軍たちは、オーヴァーロードたちの監視から逃げることは不可能であることを知っていた。彼らの統治が始まった直後、オーヴァーロードは法と秩序を守るためにひじょうに威力のある干渉を行なった。人々はその教訓を忘れてはいなかった。

発作的な犯罪は、根絶されたとまでは言いがたいが、まれにしか発生しなかった。心理的な問題の大部分が排除されたいま、人類はより良識的に、理性的に変わっていたからだ。前の時代ならば悪徳と呼ばれたような行為をする者はいなくなり、せいぜいが奇癖、悪くても無作法程度しか見られなくなっていた。

もっとも明らかな変化は、二十世紀を象徴していた、何かに追い立てられているような世の中のスピードがだいぶゆるやかになったことだった。人々の暮らしは、何世代ぶりかでゆったりした速度を取り戻した。生活に刺激がなくなったと感じる者も一部にはいたが、大部分はそれを平穏ととらえた。西洋の人々は、ゆっくりと歩む人生は、度を越してただの怠惰にならないかぎり、罰当たりなものではないということ――世界中のほかの人々が決して忘れていなかった真理――を思い出した。

もっと時代が進めばまた違ってくるのかもしれないが、この時点で人類は退屈するほど時間を持て余してはいなかった。教育の密度は以前より濃くなり、その期間も延びた。二十歳前に学業を終える者はほとんどいなかったし、大学を出ることは第一段階にしかすぎなくなっていた。大部分の人々は、世界を旅したり経験を積んだりして見聞を広めたあと、二十五歳ごろからさらに最低でも三年間は大学に戻って学び直した。その後も定期的に生涯学習講座に通い、とりわけ関心のある分野について知識を深めた。

肉体の成熟期をはるかに超えても教養に磨きをかけるのが当たり前になったことにより、社会に多くの変化がもたらされた。その変化のなかには、何世代も前から求められてはいたが、誰も正面から取り組もうとしなかった――あるいは存在に気づかないふりをしていたものがあった。とりわけ性のありかた――過去には一つのパターンしかなかった――は一変した。それまでの性道徳は、二つの発明によって事実上打ち砕かれた。皮肉なことに、それらの発明は純粋に人間がなしたものであり、オーヴァーロードたちは何の貢献もしていない。

一つは絶対確実な経口避妊薬の発明だった。もう一つは、子の父親を特定する手法の確立だ。それは指紋のように精度が高く、血液の厳密な分析に基づいていた。この二つの発明は甚大な影響を人間社会に及ぼし、清教徒的な異常なまでの潔癖さは最後のひとかけらまで吹き飛ばされた。

新しい社会にもう一つもたらされた大きな変化は、移動が格段に便利になったことだ。航空網が完成の域に達し、誰もが思い立ったときすぐに好きなところに行けるようになった。空には陸路とは比べものにならない空間がある。かつてアメリカは、全国民を自動車に乗せるという快挙をなしとげた。二十一世紀は、それをはるかに超える規模で同じような偉業を達成した。そう、世界は翼を与えられたのだ。

とはいえ、文字どおり翼があったわけではない。通常の自家用飛行機《フライヤー》やエアカーには翼はついていなかったし、昇降舵や方向舵、補助翼なども外からは見えなかった。昔のヘリコプターにあった醜悪なローターブレードもなかった。とはいえ、人類はまだ反重力を発見してはいなかった。それはオーヴァーロードたちだけが知る究極の秘密だった。人類のエアカーには、ライト兄弟にも理解できたであろう動力が使われていた。ジェット反力をそのまま、また同時に境界層制御というより高度な形式で利用して前進し、空中に浮かんでいたのだ。広く普及した小型のエアカーは、民族の違いという最後まで残った垣根を消滅させた。それはオーヴァーロードたちのどんな規則や命令も成し遂げられなかったことだった。

もっと根源に関わる変化もあった。新しい時代は、宗教と完全に縁を切っていた。オーヴァーロードがやってくる前の時代に存在していた信仰のうち残っているのは、純粋な形の仏教――あらゆる宗教のなかで、おそらくもっとも厳格なもの――だけだった。奇跡やお告げをよりどころとしていた宗派はことごとく破綻した。それらはもっと以前から教育水準の向上に伴ってじりじりと衰退の一途をたどってはいたものの、オーヴァーロードはいっさいの手出しをせずにいた。カレランは宗教について頻繁に意見を求められていたが、それによって他人の自由を侵さないかぎり、信仰は純粋に個人の問題であるという見解を繰り返すだけだった。

古来の宗教は、さらに何世代かにわたって受け継がれる可能性もあったかもしれない。だが、人間の好奇心がそれを阻んだ。オーヴァーロードたちが過去にアクセスする手段を持っていることは知られていたから、歴史学者は、長年の論争に決着をつけてくれと再三カレランに訴えた。カレランが寛大な対処をしたのは、そういった質問にうんざりしていたせいかもしれない。だが、おそらく、その行為がどんな結果を招くかを完璧に見通していたからと考えるほうが当たっているだろう……。

カレランはある装置を世界歴史協会に無期限貸与した。それは時間と場所を指定する精巧なコントローラーがついていることを除けば、ふつうのテレビと何ら変わりなかった。おそらくカレランの船にあるもっと複雑な機械に接続されているのだろう。コントローラーに調整を施すだけで、過去をのぞき見るための窓が開き、過去五千年分の人類の歴史を瞬時に検索できた。ただ、それ以上前の時代は見られないようになっていたし、見られる部分にも、ところどころ不可解な空白があった。しかたのない理由があったのかもしれないし、オーヴァーロードの検閲の結果だったのかもしれない。

世界のすべての宗教文書が正しいはずがないという理性的な認識はそれまでにもあったが、それでもやはり衝撃は大きかった。誰も疑うことができず、否定もできない事実が暴露されたのだ。オーヴァーロードの科学の魔法を使えば、世界の有力な宗教の真の始まりが明らかになった。そのほとんどは崇高で畏敬の念を抱かせるものだった。だが、信仰を維持するにはそれだけでは充分ではなかった。装置の貸与から数日もしないうちに、おびただしい数の人類の救世主がその神性を失うことになった。冷たく、感情の入りこむ余地のない真実の光のもと、二千年にわたって何百万もの人々の心を支えてきた宗教は、朝露のようにはかなく消えた。それらによって巧妙に作られてきた善と悪は、すべて一瞬にして過去のものとなり、人類の心を動かす力を失った。

人類は古来の神々を失った。だが、その代わりを求めるほど幼くはなくなっていた。当時、その事実に気づいた者はほとんどいなかったが、宗教が没落すると時を同じくして科学も衰退を始めていた。科学技術者は掃いて捨てるほどいる一方で、人類の知識のフロンティアを広げるべく創造的な研究を進める者は数えるほどしかいなかった。人間の好奇心はまだ生き延びていたし、好奇心を追求する時間も充分すぎるほどあったが、基礎科学研究に対する情熱はすでに失われていたのだ。オーヴァーロードたちがとうの昔に暴いているに違いない秘密を生涯をかけて追い求めるなど、単なる無駄と思えた。

動物学、植物学、観測天文学といった記述科学は大きく花開き、基礎科学の衰退はその陰に隠れて目立たなくなった。これほど多くのアマチュア科学者が娯楽として事実を収集した時代は過去になかったのではないだろうか。だが、集まった事実に相互関係があることを証明する理論家は、ほんのわずかしかいなくなっていた。

また、あらゆる種類の争いや紛争が一掃されたことは、創造芸術の終焉を意味していた。アマチュアとプロの区別なく、アーティストは無数にいた。しかし、この数十年というもの、文学や音楽、絵画、彫刻の新しい傑作は一つとして生まれていなかった。世界はいまだに、二度と帰らぬ過去の栄光に生きていた。

この変化を憂えていたのは、ほんの一握りの哲学者だけだった。人類は新しく手に入れた自由を謳歌するのに夢中で、目先の快楽の少し先に何があるのか、思いを凝らしてみようなどとは考えなかった。ついにユートピアが見つかり、その目新しさはまだ、すべてのユートピアの天敵——退屈に浸食されてはいなかったのだ。

どんな問題についても解決策を持っていたオーヴァーロードは、退屈の対処法もおそらく知っていただろう。しかし、彼らがやってきて長い歳月が経過したにもかかわらず、オーヴァーロードの究極の目的が何であるかを知る人間はどこにもいなかった。それでも人類は彼らに信頼を置くようになっていた。カレランと同僚たちをふるさとから遠く離れた地球にこれだけの長期にわたって留まらせている、人間の域を超えた利他主義を、何の疑問もなく受け入れていた。

それが本当に利他主義であるなら、だが。オーヴァーロードたちの施政方針がこの先もずっと人類の真の幸福に沿ったものであり続けるのかといぶかしんでいる者は、一部にまだ存在した。

# 7

パーティの招待状を送りながら、ルパート・ボイスはゲストの移動距離の総計を思って感慨に耽った。名簿の上から六組を挙げただけでも、アデレードのフォスター夫妻、ハイチのシェーンベルガー夫妻、スターリングラードのファラン夫妻、シンシナティのモラヴィア夫妻、パリのイヴァンコ夫妻、そして、イースター島近郊——正確には深さ約四キロの海底に住むサリヴァン夫妻と、文字どおり世界中からやってくる。三十通の招待状を送り、四十人以上が集まった。ルパートは誇らしく思った。欠席者はクラウス夫妻のみだった。しかも欠席と言っても、日付変更線の存在をうっかり忘れて、二十四時間遅れで到着したというだけのことだった。

正午前には駐機場にフライヤーがずらりと並び、壮観を呈していた。あとから到着したゲストは、ようやく見つかった駐機スペースからかなりの距離を歩くはめになった。集まったフライヤーは、一人乗りのフリッターバグから、飛行する精密な機械というより空飛ぶ宮殿と言うほうが似合いそうな大型のキャデラックまで多彩だった。とはいえ、いまの時代、乗り物のグレードを見てゲストの社会的地位を推測することはできない。

「ずいぶんみっともない家ね」メテオが螺旋《らせん》を描きながら降下を始めると、ジーン・モレルが言った。「踏みつぶされた箱みたい」

いまどき珍しく自動着陸を嫌悪するジョージ・グレグソンは、降下率を調節し直してから分別くさい答えを返した。「この角度から見てけなすのはフェアじゃないな。地面に下りてながめたら、また違って見えるかもしれないだろう」

ジョージは空きスペースを探し、別のメテオと、二人とも初めて見る機種のフライヤーの間に駐機した。その珍しいフライヤーは、スピードは出そうだが乗り心地はあまりよくなさそうだとジーンは思った。きっとルパートの友だちの一人、機械いじりが趣味の誰かが自作したものだろう。確か、自家製飛行機を禁じる法律があったはずだが。

フライヤーを降りたとたん、熱気が火炎放射器から発せられた熱風のように二人に襲いかかった。体の水分が一気に奪われ、皮膚が乾いてひび割れていくのが感じ取れるような気がした。もちろん、自分たちが油断したのもいけないのだ。三時間前にアラスカを発ったあと、フライヤー内の室温を外の気温の上昇に合わせるのをうっかり忘れていた。

「よくこんなところに住めるわね！」ジーンが暑さにあえぎながら言った。「ちゃんと気候コントロールされてるものと思ってた」

「もちろんコントロールの対象になってるさ」ジョージは答えた。「この辺りは昔は沙漠だったんだ。それをここまでにしたんだよ。行こう——室内に入ればきっと涼しいだろう」

そのとき、ルパートのやけに大きな声がすぐそばで轟いた。今日のパーティのホスト役が、両手にグラスを一つずつ持ってフライヤーのすぐそばに立っていた。いたずらっぽい表情を浮かべて二人を見下ろしている。見下ろすことになっているのは、身長が三メートル半を超えていたからだ。その姿は半透明だった。目を凝らしたりするまでもなく、向こうの景色が透《す》けて見えている。

「まったく、それが客を迎える態度か！」ジョージは冗談まじりに抗議した。ちょうど手の届く高さに見えている酒のグラスを奪い取ろうとした。が、むろん、伸ばした手はグラスを突き抜けた。「家に行ったら、ちゃんと実体のある酒が用意されてるといいがな！」

「当然だろう！」ルパートが笑った。「いまのうちに注文を聞いておこうか。着くまでに用意しておくから」

「ビール二つ。大ジョッキで頼む。液体空気できんと冷やしたやつがいい」ジョージは即座に答えた。「すぐに行くよ」

ルパートはうなずき、グラスの片方を見えないテーブルに置くと、やはり見えないコントローラーを操作した。ルパートの姿は瞬時にかき消えた。

「びっくり！」ジーンが言った。「あの装置が実際に動いてるところを見たのは初めて。ルパートはどうやって手に入れたのかしら。オーヴァーロードしか持ってないと思ってた」

「ルパートがほしいものを手に入れなかったことが一度でもあったか？」ジョージは

そう答えた。「ルパートにしてみればただの玩具《おもちゃ》なのさ。スタジオにゆったり座ったまま、アフリカ大陸を探検することだってできる。しかも暑くないし、虫も寄ってこないし、疲れることもない。ちょっと手を伸ばすだけでいつでも冷たいものが飲める。スタンリーやリヴィングストンが聞いたら何と言うだろうな」

しゃべる気力さえ酷暑に奪われて、二人はそれきり黙ったまま歩き続けた。家の玄関（こちら側は全面ガラス張りで、どこが玄関なのかすぐにはわからなかった）に近づくと、ドアはトランペットのファンファーレとともに自動で開いた。ジーンはパーティが終わるころにはこのファンファーレを二度と聞きたくなくなっているだろうと思った――結果的にその予感は当たった。

ひんやりとした空気が心地よい玄関ホールで、現ボイス夫人が二人を出迎えた。実のところ、ゲストの出席率がこれほどよかった最大の理由は、このボイス夫人にあった。新居のお披露目というだけでもゲストの半数はやってきただろうが、返事を迷ったもう半分が出席を決めたのは、ルパートの新妻の評判を聞きつけたからだった。

夫人を形容する適切な言葉はたった一つしかない。絶世の美女だ。美などありふれたものになったこの世の中でも、彼女が部屋に入ってきたとたん、その場の男どもは一斉に振り返ることだろう。祖父か祖母が黒人なのではないかとジョージは推測した。目鼻立ちはギリシャ風で、長い髪には光沢がある。しかし褐色の肌のなめらかな質感――〝チョコレートのよう〟という使い古された表現がまさにぴったりだった――は、黒人の血が混じっていることをほのめかしていた。

「ジーンとジョージね」夫人が手を差し出す。「お目にかかれてたいへん光栄です。ルパートは何やら手の込んだ飲み物を作っている最中で――どうぞお入りください。皆さんお揃いです」

　夫人の声は豊かなアルトだった。ジョージの背筋はかすかにぞくりとした。まるで誰かに背骨をフルート代わりに吹かれているような心地だった。後ろめたい思いでジーンを見やる。ジーンはいくらか不自然な笑みを顔に張りつけていた。

　ジョージはようやく口がきけるようになると、言った。「こちらこそ――お会いできて光栄です」言葉がすらすらと出ない。「今日のパーティを楽しみにしていました」

「ルパートのパーティは毎回とても楽しいから」ジーンが横から口を添えた。〝毎回〟をことさら強調したのは、誰が考えても、〝結婚するたびに〟という意味を込めてのことだろう。ジョージは頬が熱くなるのを感じた。ジーンを責めるように見やる。

だが、ボイス夫人がその当てこすりに気づいた様子はない。歓迎の態度をわずかも崩すことなく二人を客間に案内した。客間には、ルパートの交友の広さを象徴するかのように、すでに大勢のゲストが集まっていた。ルパート本人は、テレビ放送の技術者が使うコントロールパネルのような機械の前に座っている。さっきフライヤーのそばで出迎えたルパートの映像は、あの装置が作り出したものだろう。ちょうどまた二人のゲストが到着し、駐機場に降り立ったところで、ルパートは機械を使って二人を仰天させるのに忙しかったが、それでもいったん手を止めてジーンとジョージに挨拶をし、用意しておいた酒は誰か別のゲストに渡してしまったと謝った。

「酒なら向こうにいくらでもある」ルパートは片手でコントロールパネルをいじりながら、もう一方の手で背後のどこかを曖昧に示した。「まあ、くつろいでくれ。ほかの連中とはだいたい顔見知りだろう。初対面のゲストがいればマイアが紹介するよ。来てくれてありがとう」

「こちらこそ、ご招待ありがとう」ジーンは儀礼的にそう応えた。ジョージはもうバーに向かっていた。ジーンはときおり知り合いと挨拶を交わしながら、彼のあとを追いかけた。集まったゲストの四分の三は顔を見たこともない人々だった。ルパートのパーティではいつものことだった。

「ね、探検しない?」酒をもらって一息つき、知人ひととおりに挨拶がわりに手を振ってしまうと、ジーンはそう提案した。「どんな家か見てみたいわ」

ジョージは未練ありげにマイア・ボイスのほうを振り返ってみてから、ジーンについて歩きだした。ジョージの目つきはいかにも心ここにあらずといったふうで、ジーンは不愉快になった。まったく困ったものだ。男はみな、結局は一夫多妻主義者なのだ。とはいえ、仮にそうではなかったら——だめだ、やはりいまのままが一番だ。

驚異にあふれたルパートの住まいをあちこちのぞいているうち、ジョージもすぐに平常心を取り戻した。二人で暮らすにはずいぶんと大きな家だったが、大勢が詰めかける機会が頻繁にあることを思えば、これくらいでちょうどいいのだろう。家は二階建てで、一階が日陰になるように、上の階のほうがかなり広く張り出していた。設備は高度に自動化されている。キッチンはさながら航空機のコクピットのようだった。

「ルビーが気の毒だわ!」ジーンが言った。「きっとこの家を気に入ったでしょうに」

「聞いた話では」前夫人にあまり同情を抱いていないジョージは答えた。「オーストラリア人の恋人と幸せいっぱいに暮らしてるらしいが」

それは誰でも知っている事実だった。ジーンも反論できず、すぐに話題を変えた。

「すごくきれいな人よね」

そんな罠にまんまと引っかかるほど不注意ではなかった。「ああ、そうだね」ジョージは他人事《ひとごと》といったふうに応じた。「ブルネット好きなら、ほれぼれするだろう」

「それって、あなたはブルネット好きじゃないって意味?」ジーンが甘ったるい笑みを浮かべた。

「焼き餅ならよしてくれ、ジーン」ジョージはおかしそうに笑うと、ジーンのプラチナブロンドの髪を撫でた。「次は書斎をのぞいてみようか。書斎はどっちの階にあると思う?」

「二階のはずよ。一階にはそんなゆとりはないもの。それに、そう考えたほうがこの家の設計コンセプトに合うでしょう。リビングやダイニングや寝室なんかは一階に押しこめられてる。二階はお楽しみ担当ね。といっても、プールを二階に持ってくるのは、やっぱりちょっとどうかしてると思うけど」

「何か理由があるんだろう」ジョージは試しに手近なドアを開けながら言った。「プロの建築家のアドバイスを仰ぎながら設計したはずだ。ルパートが一人で設計したとは思えない」

「そうね、きっとそうだわ。一人で設計したんなら、ドアのない部屋とか、どこにもつながってない階段とかがありそうだもの。ううん、それ以前に、ルパートが自分一人で設計した家になんて、怖くて足を踏み入れたくもない」

「あったぞ」ジョージは陸地を見つけた水先案内人のように誇らしげに言った。「伝説のボイス・コレクションも新居を見つけたってわけだ。ルパートはこのうち何冊に実際に目を通したのかな」

書斎は家の幅いっぱいを占めていたが、大きな書棚によって六つの小部屋に仕切られていた。記憶が正しければ、その書棚にはざっと一万五千冊の書物が収められている。魔術や心霊研究、占い、テレパシーなど、心霊物理学というカテゴリーにまとめて放りこまれるようなとらえどころのない現象について過去に書かれた重要な出版物がほぼ揃っているはずだ。この理性の時代にそんな趣味を持つとは、実に変わっている。おそらく、ルパートお得意の現実逃避法の一つにすぎないのだろうが。

書斎に足を踏み入れるなり、その匂いがジョージの鼻先をかすめた。強くはないが、嗅覚をつんと刺激する類《たぐい》の匂い。人を不快にさせるのではなく、困惑させるような匂いだった。ジーンも気づいたらしい。何の匂いか考えているのだろう、額に皺を寄せている。酢か？――ジョージはそう考えた。思い当たるなかで一番近いのは酢の匂いだ。だが、それだけではないような……。

書斎の一番奥には、テーブルと椅子二脚、それにクッションをいくつか並べられるだけのスペースがあった。ルパートはおそらくここで読書をするのだろう。だがいまは、ルパートではない誰かがそこで本を読んでいた――不自然に薄暗い光の下で。

ジーンが驚いたようにはっと息を呑んでジョージの手を強く握り締めた。無理もない。テレビで見るのと、実物を前にするのとでは大違いなのだから。たいがいのことに動じないジョージは、すぐに驚愕から立ち直った。「お邪魔して申し訳ありません」丁寧な口調で声をかけた。「どなたもいらっしゃらないと思っていたものですから。ルパートも何も言っておりませんでしたので……」

オーヴァーロードは読みかけの本をいったん下ろし、二人をまじまじと見つめたあと、また本を持ち上げて読み始めた。とはいえ、無礼な印象はなかった。相手は本を読みながらしゃべったうえ、さらにいくつかのことを同時にやってのける能力を持ったオーヴァーロードなのだ。そういった光景は、人間の目にはあまりにも支離滅裂なものに映ることは否めなかったが。

「私はラシャヴェラク」オーヴァーロードは気を悪くしたふうもなく言った。「パーティを抜け出したりしてこちらこそ申し訳ない。だが、ルパートの蔵書は見逃すにはあまりにも惜しいものですから」

ジーンは思わず喉から漏れそうになった弱々しい笑いを嚙み殺した。意外なパーティ仲間は、一ページ当たり二秒のペースで読み進んでいた。それでも一語残らずちゃんと理解しているだろう。ひょっとしたら、片目で一冊ずつ読むような芸当だって不可能ではないかもしれない。点字も勉強すれば、両手で三冊め四冊めだって読めるかも……頭に浮かんだ想像図に思わず吹き出しそうになり、慌てて会話に参加してごまかした。そもそも、地球の支配者の一人とじかに話ができる機会など、そうそうない。

ジョージはオーヴァーロードに自分と彼女を紹介したあと、無神経な発言をしないでくれよと祈りつつ、会話の主導権をジーンにゆだねた。ジーンと同じく、彼も映像や写真以外でオーヴァーロードを見るのは初めてだった。オーヴァーロードたちが政府高官や科学者など、公務で関わる一部の人々とさまざまな社交の場で交際することは知っていたが、一般人が主催するプライベートなパーティに出席したなどという話は一度も聞いたことがない。もしかしたら、このパーティは見た目どおりの気楽な集まりではないということだろうか。それに、そうだ、ルパートがオーヴァーロードしか使わないはずの機械を持っていることはそれを裏づけてはいまいか。ふむ――ジョージは首をかしげた。いったいぜんたいどういうことだ？　あとでルパートをつかまえて問い詰めてやらなくては。

人間用の椅子は小さすぎるからか、ラシャヴェラクは床にじかに座っていた。ほんの一メートルほどのところにクッションがあるのに使っていないということは、それで快適なのだろう。そうやって座っていると、頭はわずか二メートルほどの高さに来る。おかげでジョージは、地球外生物の外観をじっくり観察するというめったにないチャンスを得ることになった。しかし残念ながら、地球外生物に関する知識などほとんど持ち合わせていなかったから、じっくり観察したところで、新たな発見は何一つなかった。とはいえ、独特の、しかし決して不愉快ではない酸っぱい匂いがすることはいままで知らなかった。オーヴァーロードの鼻には、人間はどんな匂いを発散しているのだろう。いやな匂いでなければいいが。

ラシャヴェラクには人間に似ていると言えるところは何一つなかった。ただ、怯えきった未開の古代人が少し離れた場所から目撃したとしたら、オーヴァーロードは翼の生えた人間に見えただろうし、その姿をもとに伝統的な悪魔が描かれたとしても少しも不思議ではなかった。しかしこれだけ接近すると、そういった勘違いはあらかた吹き飛んでしまう。小さな角（あれはいったい何のためについているのだろう）は、まさしく悪魔の仕様どおりだが、体は、人間のものとも地球上で存在が確認されているどんな生物のものとも異なっている。固有の進化の道筋をたどってきたオーヴァーロードは、哺乳類でも昆虫でも爬虫類でもなかった。脊椎動物であるかどうかさえ怪しかった。オーヴァーロードたちはあの硬い外殻だけで体重を支えているのかもしれない。

ラシャヴェラクの翼はたたまれていてよく見えなかったが、硬い殻で補強したパイプを思わせる尻尾は、床の上できれいに円を描いていた。有名な先端のとげは、矢印というよりは平べったい大きなダイヤモンドに似ている。尾の役割はすでに広く知られていた。鳥の尻尾と同様、飛行中にバランスを取るためにある。科学者は、そういったほんの数えるほどの事実と推測をもとに、オーヴァーロードは重力が弱く大気の濃い天体で進化した生物であると結論づけていた。

と、そのとき、どこかに隠されたスピーカーから、ふいにルパートの大きな声が聞こえた。

「ジーン！　ジョージ！　いったいどこに潜りこんだ？　下りてきてパーティに参加しろよ。みんなもういろんな話で盛り上がってるぞ」

「私も下りたほうがよさそうですね」ラシャヴェラクはそう言うと、読んでいた本を棚に戻した。床に座ったままでもやすやすと手が届く。このときジョージは初めて気づいた。ラシャヴェラクの手には親指が二本あり、その間に五本の指が並んでいる。十四進法の算数か、考えただけで頭が痛くなりそうだ——ふとそんな考えが頭をよぎった。

ラシャヴェラクが立ち上がるところはなかなかの見物《みもの》だった。だが、天井に頭をぶつけないよう腰をかがめた姿を見ると、たとえオーヴァーロードたちが人間と積極的に交際したいと考えているとしても、現実にはかなりの困難がありそうだとあらためて思わずにはいられなかった。

　あれから三十分ほどでゲストはさらに数組増えており、会場はかなり混雑していた。ラシャヴェラクが入っていくと、混雑はいっそう加速した。近くの部屋にいた全員が、オーヴァーロードを見ようと詰めかけたからだ。ルパートはいかにもうれしそうにその騒ぎを眺めている。ジーンとジョージはいささか不満だった。誰も二人には目もくれなかったからだ。厳密に言えば、オーヴァーロードの陰に立っていたために、二人の姿は誰からもほとんど見えていなかった。

「おい、こっちに来いよ、ラシー。みんなに紹介する」ルパートが大きな声で言った。「このソファに座ってくれ――天井にこれ以上傷が増えたらかなわない」

　ラシャヴェラクは尾をひょいと肩に引っかけると、まるで氷海を骨折って進む砕氷船のように部屋の奥へと進んだ。彼がルパートの隣に腰を下ろしたとたんに部屋が元どおり広くなったような気がして、ジョージは安堵の息をついた。

「彼が立ってるだけで閉所恐怖症になりそうだよ。それにしても、ルパートとどういう知り合いなのかな。今日のパーティはなかなか面白いことになりそうだ」

「あんなふうに親しげに話しかけるなんて、びっくりよ。それも大勢の前で。なのに、オーヴァーロードのほうは少しも気を悪くしてないみたい。どういうことなのかしら」

「いや、本当のところは気に障ったんじゃないか。ルパートの困った癖は、何でもかんでも見せびらかしたがるところだな。しかも遠慮ってものを知らない。それで思い出したが――さっききみがしてた質問ときたら！」

「質問？　どんな？」

「〝いつからこちらに？〟とか〝カレラン総督とは親しいんですか〟とか〝地球のご感想は？〟とか。まったく、はらはらさせないでくれよ！　オーヴァーロードに向かってあんな質問をするものじゃない！」

「あら、どうして？　いいかげん彼らにもふつうに接してもいいころじゃない？」

ジーンがそう言い返したとき、シェーンベルガー夫妻が声をかけてきて、議論は辛辣なものに発展する前に中断された。四人はただちに二手に分かれた。女たちはボイス夫人の批評を始め、男たちも少し離れたところで同じ人物を別の視点から俎上に載せた。ジョージの古くからの友人の一人であるベニー・シェーンベルガーは、目下の議論の対象についてかなりの情報を握っていた。

「頼むからこのことはよそでしゃべるなよ。ルースには内緒だがね、実は彼女をルパートに紹介したのは僕なんだ」

「僕が思うに」ジョージは妬ましげに言った。「ルパートにはもったいないくらいの女性だな。ま、長続きするとはとても思えないがね。じきに彼女のほうがルパートに我慢ならなくなるだろう」そう考えると大いに励まされる。

「いやいや、それはどうかな！　あのひとは美人なだけじゃない、中身だって素晴らしいんだから。そろそろルパートを立派に手なずける女性が現れたっていいころだよ。あのひとならできる」

ルパートとマイアは揃ってラシャヴェラクの隣に座り、ゲストの挨拶を受けていた。ルパートが開くパーティに〝中心〟というものがあったためしはない。自然に五つ六つのグループに分かれ、それぞれ勝手な話題に花を咲かせるというのがつねだった。ところが今回は、集まった全員の関心がただ一つの中心に向けられていた。ジョージはマイアが気の毒になった。今日のパーティは彼女のためのものであるはずなのに、ラシャヴェラクに主役の輝きをいくらか奪われてしまっている。

「なあ」ジョージはサンドイッチをかじりながら言った。「ルパートはいったいどこでオーヴァーロードとなんか知り合ったんだ？　オーヴァーロードがこんなところに現れたなんて話、聞いたこともないぞ。なのにルパートのやつ、日常茶飯事でございますって顔してる。招待状にもこのことは一言も書いてなかっただろう」

ベニーが低く笑った。「お得意の不意打ちだよ。事情は本人に訊いてみるといい。しかし、前例が一つもないってわけじゃないだろう。カレランだってホワイトハウスやバッキンガム宮殿で開かれたパーティに出席してるし――」

「それとこれとは違うだろう！　ルパートはただの民間人なんだから」

「ラシャヴェラクのほうも、ただの下っ端オーヴァーロードなのかもしれない。ともかく、本人に訊いてみろって」

「わかった」ジョージは言った。「ルパートが一人きりになるのを待って、訊いてみることにするよ」

「あの様子じゃ、当分は一人になりそうにないがね」

ベニーの言うとおりだった。とはいえ、パーティは活気を呈し始めていて、待つのはさして苦にならなかった。ラシャヴェラクの登場によって会場の雰囲気は一時硬直したようになったが、いまはそれも解消していた。オーヴァーロードの周囲にはいまも小さな人だかりができているものの、会場を見渡せば、例によって小さなグループがいくつもできていたし、みなごく自然に振る舞っている。

きょろきょろ見回すまでもなく、多彩な顔ぶれが揃っていることがわかる。有名な映画プロデューサーや売れない詩人、数学者、俳優二人、原子力エンジニア、猟区監視官、週刊誌の編集者、世界銀行の統計学者、マエストロと称えられるヴァイオリン奏者、考古学教授、天体物理学者。ジョージの同業者——テレビの美術デザイナーは見当たらない。ほっとした。たまには仕事のことを頭から追い出したい。仕事は気に入っている。彼にかぎったことではない。人類はいま、史上初めて、心から愛することのできない職業に従事している人間が一人としていない時代を迎えていた。ただ、ジョージは、一日の仕事が終わったらスタジオのドアに鍵をかけ、あとは仕事のことはいっさい考えないということができるタイプだった。

ようやくキッチンでルパートをつかまえた。何やら怪しげな酒を調合している。うっとりした表情を浮かべて夢中になっているところをいきなり現実に引き戻すのは申し訳ない気もしたが、ジョージはここぞというときは情けをかなぐり捨てることもできる。

「なあ、ルパート」手近なテーブルの端に尻を載せて声をかけた。「いったいどういうことなのか、説明してくれたっていいだろう」

「ふむ」ルパートは考えを巡らせているような顔つきで舌なめずりをした。「ちょっとジンを入れすぎたな」

「ごまかすなって。酔っぱらってる芝居だってするだけ無駄だぞ。完全にしらふだってことはちゃんとわかってるんだからな。あのオーヴァーロードの友だちとはどこで知り合った？　あのオーヴァーロードは何しにきた？」

「そのことなら話したろ？　全員に説明したはずだが。ああ、そうか、おまえはあのときいなかった――書斎でかくれんぼしてたんだものな」ルパートは含み笑いをした。ジョージはその声を聞いて不愉快になった。「書斎だよ。ラシーの目当てはあの書斎だ」

「それは信じられないな！」

「どうして？」

ジョージは口ごもった。ここは言葉をよく選んで発言したほうがいい。ルパートはあの一風変わった書物のコレクションをとても自慢にしているのだ。「いや、だって――オーヴァーロードたちの科学知識があれだけ進んでることを思えば、心霊現象やら何やらのナンセンスにいまさら興味を持つとは思えないだろう」

「ナンセンスだろうと何だろうと」ルパートが応酬する。「彼らは人間の心理に関心を持ってるんだよ。僕のコレクションには、そういう分野の本がたくさんある。ここに引っ越してくる直前に、下級《アンダー》のオーヴァーロードだか上級《オーヴァー》のアンダーロードだか、から、僕の本を五十冊くらい貸してもらえないかって打診されてね。大英博物館図書室の司書から紹介されたんだとかって話だった。しかし、借りたいって言われたタイトルが稀覯本《きこうぼん》中の稀覯本ばかりでね。僕が何て返事したか、想像がつくだろう？」

「いや、まるでわからないな」

「口先だけは思いきり慇懃《いんぎん》にこう言ってやったよ。二十年かかってようやく揃えたコレクションなんだ、読むのはかまわないが、うちの書斎から持ち出そうなんて大それたことは考えるんじゃないってね。というわけでラシーが来て、一日に二十冊くらいずつ読み進めてるってわけさ。読んだ感想をぜひ訊いてみたいものだな」

　ジョージはその答えをしばし熟考したあと、あきれたように肩をすくめた。「正直なところ、いまの話を聞いてオーヴァーロードに対する僕の評価はがた落ちになったな。もっとましなことに時間を使ってると思ってた」

「まったくおまえって奴は、救いがたい実利主義者だな。ジーンならそうは言わないと思うね。それにだ、おまえのその超実際主義的な観点から見ても、理にかなった話だよ。原始的な種族とつきあうことになったら、おまえだって、相手がどんな迷信を持ってるか調べるだろう?」

「まあ、そうかもな」ジョージはいまひとつ納得できないまま答えた。テーブルに載せていた尻がしびれてきて、立ち上がった。ルパートは満足のいく酒を調合できたらしく、ゲストのほうに戻っていく。パーティのホストはいったいどこだという不満げな声がすでに聞こえ始めていた。

「おい!」ジョージは引き止めた。「ちょっと待て、もう一つ訊きたいことがある。あの双方向テレビ装置はどうやって手に入れた? ほら、僕らを駐機場で驚かせたあれだよ」

「ささやかな取引の成果さ。あれがあったら、今度の仕事に大いに役に立ちそうだとそれとなく言ってみた。そうしたらラシーがその話を然るべき筋に伝達したというわけだ」

「察しが悪くて申し訳ないが、おまえの新しい仕事ってのは何なんだ? もちろん、動物が関係するものなんだろうが」

「そのとおり。僕はスーパー獣医だ。患者は一万平方キロのジャングルに散らばってる。しかも患者のほうからは診察に来てくれない。だから僕のほうから探しに行くしかない」

「そりゃ忙しそうだな」

「もちろん、ハエ一匹まで相手にしてたらきりがないけどね。診るのはライオンやゾウ、サイなんかの大型の動物だけだ。毎朝、あの装置の視点を地上百メートルにセットしたあと、モニターの前に座って、ジャングルの探索を始める。具合の悪そうな動物が見つかったら、フライヤーに乗りこんで、僕なりの患者の扱いかたが通用することを祈る。なかなかうまくいかないこともあるよ。ライオンなんかは扱いやすい患者だね。しかし、空中からサイに麻酔銃を撃ちこむのは至難の業だ」

「ルパート！」隣室から誰かの大声が聞こえた。

「まったく、責任を取ってもらいたいね！　おまえがあれこれ訊くから、ゲストを放りっぱなしにしちまったじゃないか。ほら――そこのトレーを頼む。そっちのにはベルモットが入ってる。ごっちゃにしたくない」

日が沈む少し前、ジョージは屋上に向かっていた。非常にたくさんの喜ばしい原因から軽い頭痛がし始めていて、パーティのざわめきや混雑から少し解放されたかった。彼よりずっとダンスの上手いジーンはまだ踊り足りないらしく、会場に残りたいと言った。酒の酔いも手伝ってセクシーな気分になりかけていたジョージは肩を落とした。そして、そういうことなら、星空のもと、一人静かにふてくされることにしようと思い立った。

屋上に行くには、エスカレーターで二階に行き、エアコンの吸気装置の周囲をぐるりと巡る螺旋階段を登らなくてはならない。螺旋階段を登りきったところにハッチがあって、ようやく広々とした平らな屋上に出られる。隅っこにルパートのフライヤーが停まっていた。中央部分は庭園だ。植物はすでに伸び放題の様相を呈し始めている。ほかの部分はデッキチェアが並んでいるだけの展望台になっていた。ジョージはデッキチェアの一つに寝転がると、王の目で景色を眺めた。そしてまさに目に映るすべてのものの王になったような気がした。

控えめに言っても素晴らしい眺望だった。ルパートの新居は大きな盆地の縁《へり》に建っており、目の前の下り斜面は東に延びて、五キロ先の湖沼地帯まで見渡せた。西に目をやると、土地は平らで、ジャングルが文字どおり裏口まで迫っていた。少なくとも五十キロは続いていそうなジャングルの向こう側、はるかかなたには、山々がまるで城壁のように南北に連なっている。山々の頂《いただき》は雪をかぶり、その上を漂う雲は、今日の旅の終着点にまもなくたどりつこうとしている夕陽を浴びて赤々と燃えていた。遠い城壁を眺めていると、ふいに畏敬の念がわき上がって酒の酔いを追い払った。

陽が地平線の下に完全に沈むのを待ちかねたか、星々が礼を失するくらいの急ぎ足で空に現れた。初めて見る光景だった。南十字星を探してみたが、見つからなかった。天文学にはうとく、見分けられる星座もほんのいくつかしかなかったが、見慣れた星の姿がないとなると、どことなく不安になった。ジャングルのやけに近い場所から聞こえてくる物音も、その不安に拍車をかけた。気分転換はもうこのくらいでいい。吸血コウモリとか、その手の気持ちの悪い生物が侵入者を調べにやってくる前に、パーティに戻るとしよう。

ハッチに戻ろうとしたとき、別のゲストがちょうどそこから現れた。辺りはすっかり暗くなっていて、顔が見えない。ジョージは大きな声で言った。「やあ、どうも。あなたもパーティに飽きたんですか」

顔の見えない同志が笑った。「ルパートが映画の上映を始めましてね。もう前にも見たことがありますから」

「煙草は?」ジョージは勧めた。

「いただきます」

ライターの火に照らされて——ジョージはそういったアンティーク小物を好んだ——相手の顔が初めて見えた。目を瞠るほど端整な顔立ちの浅黒い肌をした青年だった。パーティで紹介されたほかの二十人くらいの初対面のゲストと同様、名前は聞くなり忘れてしまった。それでも、この青年にはどこか見覚えがあるような気がする。ああ、そうか——ジョージはふいにその理由を悟った。

「さっきはご挨拶程度しかしませんでしたが、確かルパートの奥さんの弟さんでしたね?」

「ええ、そうです。ジャン・ロドリクスです。マイアとそっくりだとよく言われます」

ルパートが新しく義兄となったことに同情すべきだろうか。まあ、彼から口出しをすることではない。この気の毒な青年が自分で発見すればいいことだ。それに、ルパートの結婚も今度こそ長続きするかもしれないではないか。

「ジョージ・グレグソンです、よろしく。ルパートの悪名高きパーティにいらっしゃるのは初めてですか」

「ええ。こういう場ではたくさんの人といっぺんに知り合いになれますね」

「人間だけじゃなく、ね」ジョージは言った。「こういう場でオーヴァーロードと会ったのは初めてですよ」

　青年は返事をためらっているようだった。ジョージは、触れてはいけない話題だったのだろうかと思った。だが、ようやく返ってきた青年の答えには、何の手がかりも見出せなかった。

「僕もオーヴァーロードを見たのは初めてです。もちろん、テレビでは見たことがありますが」

　それ以降、会話は途切れがちになった。しばらくして、この青年は一人になりたがっているらしいと気づいた。どのみち肌寒く感じ始めていたところだった。ジョージは、ではまたと言い置いてパーティに戻った。

　ジャングルからは物音一つ聞こえなくなっていた。弧を描く吸気口の壁にもたれたジャンの耳に届くのは、機械の肺が息を吐くたびに一緒に聞こえてくるくぐもった一階のざわめきだけだった。深い孤独を感じた。だが、それはいま彼がまさに望んでいるものだった。同時に、強い焦りも感じた。こちらは少しも歓迎できないものだった。

## 8

すべての人に絶えず満足を与え続けるユートピアなど存在しない。物質的な環境が改善されれば、人はさらに上を望む。かつては夢のまた夢でしかなかった力や財産にすら物足りなさを感じるようになる。そして外界に求められるものをすべて手に入れたあとでも、精神は探求を続け、心は強い願望を抱き続けるのだ。

ただでさえ自分は幸運だと思うことのめったにないジャン・ロドリクスは、もっと前の時代に生まれていたら、なお多くの不満をくすぶらせていたことだろう。一世紀前なら、彼の肌の色は、ひじょうに大きな、どうあがいても跳ね返すことのできないハンディキャップだった。しかしいまの時代、肌の色に意味はない。二十一世紀が幕を開けたころ、それまでの差別に対する必然の反動として、黒人たちはいくばくかの優越感を抱いたものだが、その風潮も過去のものとなった。黒人を差別する俗語は、上流社会ではもはやタブーでなくなり、誰もが抵抗なく使い始めている。その言葉は何の感情的含みも持たない。誰かを共和制支持者だとかメソジスト教徒、保守派やリベラリストなどと呼ぶのと何の違いもなくなっている。

ジャンの父親は魅力的な人柄ではあるがいくぶん不甲斐ないところのあったスコットランド人で、プロのマジシャンとしてそこそこの名声を博し、祖国のもっとも有名な特産品の過量摂取により、四十五歳という若さで命を落とした。ジャンは父親の酔っぱらった姿は一度も見たことがないが、かといって、まったくのしらふでいるところを見たことがあるかと訊かれれば、答えに窮する。

ロドリクス夫人はいまも健在で、エディンバラ大学で高等確率論を教えている。漆黒の肌をしたロドリクス夫人がスコットランド生まれであり、一方の金髪の夫は祖国を捨てて生涯の大部分をハイチで過ごしたという事実は、二十一世紀の人類の流動性を端的に象徴しているだろう。マイアとジャンは一つの家に落ち着いて住んだ経験がなく、両親の実家を二つの小さなバドミントンの羽根のごとく行ったり来たりしながら育てられた。おかげでなかなか愉快な子ども時代を過ごすことにはなったが、二人がともに父親から受け継いだ、一つところに落ち着けない性分にいっそう拍車がかかったのもまた事実だった。

二十七歳のいま、ジャンにはまだ数年間の学生生活が残っている。まだまだ自分のキャリアについて真剣に悩む必要はない。学士号はさして苦労せずに取得できた。その履修課程は、時代を百年さかのぼれば、たいそう奇妙なものと思われたことだろう。専攻は数学と物理学だったが、副専攻として哲学と音楽鑑賞を学んだ。この時代の高い水準に照らし合わせても、アマチュアとしては一流のピアニストだった。

これから三年かけて物理工学の博士号を取得する予定でいた。副専攻は天文学だ。相当の猛勉強が必要だろうが、むしろそれがありがたいくらいだった。彼の高等教育の場は、おそらく世界でもっとも美しい立地、テーブル山の麓《ふもと》にキャンパスを構えるケープタウン大学なのだから。

物質的には満ち足りている。それでも不満はあり、それを解消する手立ては見当たらない。なお悪いことに、マイアが幸せをつかんだことによって――それを妬む気持ちはさらさらないにしても――ジャンの不満の最大の原因がいっそう際立つことになった。

ジャンはこの歳になってもまだロマンチックな幻想――人を苦悩させ、無数の詩を書かせてきたもの――を抱いていた。真の愛は一生に一度しか訪れないという幻想を。彼は世間の基準から言えば遅すぎるくらいの年齢になって初めて恋というものを知った。相手は貞節よりも美貌で知られた女性だった。ロジータ・チェンは、本人が大まじめに主張するところを信じれば、清朝皇帝の末裔らしい。彼女に心酔する者は大勢いた。たとえばケープタウン大学理学部の教員の大多数がそうだ。ジャンはロジータの繊細な花を思わせる美しさに心を奪われた。二人の恋は順調に進展した。だからこそ、それが終わりを迎えたときの心の傷は深かった。いったい何がいけなかったのか、ジャンはいまだに理解できずにいる……。

もちろん、しばらくすれば立ち直れるだろう。歴史を振り返れば、無数の男たちが同じような不運に見舞われ、痛手を負ったに違いないが、時間はかならず心の傷を癒してきたのだから――そう、〝あんな女、本気で惚れるほどのものじゃないさ！〟と言い放つことさえ可能な段階まで。しかし、そこまで吹っ切れるにはまだまだ時間がかかるだろう。いまのジャンには、人生に愛想のよい顔を向けることなどとてもできそうにない。

もう一つの不満の種は、時間がたてば解消するという類のものではなかった。彼の夢をオーヴァーロードが踏みにじったというのがそれだった。ロマンチストなのは、ジャンの心だけではなかった。彼の志もまたロマンチックだった。人類が空を征服したあと、多くの若者が宇宙を夢見たが、彼もその例に漏れず、理想や空想を宇宙という未踏の大海原にさまよわせてきた。

一世紀前、人類は星々にかけられた梯子《はしご》の一段めについに足を載せようとしていた。ところがまさにその瞬間——単なる偶然のはずがない——ほかの惑星に向けて開かれたドアが、鼻先で叩きつけるように閉じられた。オーヴァーロードたちは人類の活動を明確に制限することはほとんどなかった（戦争はおそらく最大の例外だった）ものの、宇宙開発研究は事実上そこで急ブレーキをかけて停止した。オーヴァーロードの高度な科学を目の当たりにし、そのハードルの高さに圧倒されたからだ。人類は肩を落とし、少なくともそれからしばらくは、ひたすらほかの分野に力を振り向けた。いまさらロケットなど開発したところで何になるだろう。オーヴァーロードたちは、人類には理解すら及ばない、段違いに優れた推進方式を使った乗り物をすでに実現しているのだ。

何百という人々が測候所建設の任を負って月に出かけた――オーヴァーロードから貸し与えられた小さな船にただの乗客として運ばれて。その船はロケットエンジンを積んでいた。たとえ地球の知識欲盛んな科学者たちがそれを自由に調べる機会を与えられていたとしても、いまさら新しい発見などほとんどないだろうことは明らかだった。

そんなわけで人類は、いまだ地球から自力では出られずにいる。地球は、百年前と比べ、不公平は少ない反面、はるかにちっぽけな星になっていた。オーヴァーロードたちは、戦争と飢餓と病気を根絶やしにしたと同時に、冒険をも絶滅させてしまったからだ。

昇ったばかりの月が、東の空を淡いミルク色の光に染めようとしていた。そこの直径百キロのクレーター〝プラトー〟を囲む峰に守られた場所に、オーヴァーロードの主要基地がある。補給船はもう七十年以上行き来を続けているはずだが、基地を覆い隠していた遮蔽物がようやくすべて取り払われ、飛び立つ補給船が地球からも見えるようになったのは、ジャンが生まれたころだった。五メートル級の望遠鏡をのぞくと、朝陽や夕陽を浴びた大型船が落とす影が月の平野を何キロも横切っていくのを追いかけることができる。地球の人々はオーヴァーロードのすることの一つ一つに旺盛な関心を注いでいたから、補給船の出入りも熱心に観察した。その結果、補給船の行動パターンがわかり始めていた（その理由はわからないにしても）。大きな影の一つは数時間前に消えていた。つまり、いまごろ月から少し離れたどこかにオーヴァーロードの船が浮かび、遠い未知の星に帰っていく前にすませておくべき何らかの業務を片づけているはずだ。

ジャンはまだ、帰途につく補給船が出発する瞬間を目撃したことはない。条件さえ揃えば、地球の人口の半分がその瞬間を目にできるはずだが、これまでのところ彼はその幸運に恵まれていなかった。補給船が離陸する正確な時刻は誰にもわからない。オーヴァーロードも予定を大っぴらに公開するようなことはしなかった。ジャンは、あと十分だけこうして待とうと決めた。それを過ぎたらパーティに戻ろう。

あ、あれは――？　流星が一つ、エリダヌス座を横切っただけだった。ジャンは肩の力を抜いた。煙草の火がいつの間にか消えていた。新しい一本に火をつけた。

その半分が灰になったころだった。五十万キロかなたで〝スタードライヴ（超高速推進機関）〟が点火された。円い光に包まれた月の中心部から、小さく輝く物体が天頂を目指して昇っていく。初め、その動きはひどくゆっくりで、移動していることさえわからないくらいだったが、やがて少しずつ速度が上がり始めた。空を昇るにつれ、輝きも強くなる。やがて唐突に視界から消えたが、一瞬の間をおいてふたたび現れた。スピードと輝きはいよいよ増していた。不思議なリズムで輝いたり消えたりを繰り返しながら星の間に蛇行する光の条《すじ》を残し、いっそう速度を上げて滑るように天空へと昇り続けている。実際どれだけの距離を移動しているのか知らずに眺めていたとしても、そのスピードは息を吞むほどだった。遠ざかっていく船が月の向こう側にいることを知っている者なら、その速度とそれを得るのに必要なエネルギーを想像しただけで頭がくらくらすることだろう。

いま目にしているものは、その莫大なエネルギーのさして重要ではない副産物にすぎないことをジャンは知っていた。補給船そのものは、すでに空に描かれた光の条のはるか先を行っていて、目で確認することはできない。高空飛行のジェット機は空に飛行機雲を残し、宇宙へと旅立つオーヴァーロードの乗り物は、独特の光の航跡を残す。一般には、スタードライヴの計り知れぬ加速が、それが通り過ぎた直後の空間を歪ませるせいであると考えられている。その仮説はどうやら正しいようだ。いまジャンが見ているのは、かなたの星の光が一定の条件下で宇宙船の航跡にぶつかって進路を変え、彼の目の奥で像を結んだものにすぎない。それは相対性理論を裏づける目に見える証だった——強い重力場を通過する光は、屈折する。

その巨大な鉛筆に似た細長いレンズの先端は、さっきよりもゆっくり進んでいるように見えるが、それは視覚の悪戯《いたずら》にすぎない。実際には、宇宙船はまだまだ加速を続けている。宇宙のかなたに向けて遠ざかるにつれ、通過した距離が遠近法によって相対的に短く見えるだけのことだ。いまごろ地球上の無数の望遠鏡があれを追っていることだろう。地球の科学者たちは、スタードライヴの秘密を暴こうと懸命なのだ。それをテーマにすでに数十の論文が発表されていた。オーヴァーロードたちは少なからぬ関心とともにそれらに目を通しているに違いない。

幻の光は薄れ始めていた。いまや竜骨座の中心を指すかすかな条《すじ》にすぎなくなっている。それはジャンの予想していたとおりの光景だった。オーヴァーロードのふるさとの星は竜骨座の付近にあるらしい。ただ、宇宙のその一角には数え切れないほど天体が存在していたし、オーヴァーロードの星は、それらのうちのどれでもありうるのだ。太陽系からの距離を知る手がかりはまったくなかった。

ショーはまもなく終わった。宇宙船はこれから長い旅を続けていくのだろうが、人間の目がとらえられるものはもうない。とはいえ、ジャンの心のなかでは、あの光の航跡がいまも燃えるように輝いていた。それはジャンが野心と希望を持ち続けるかぎりそこで輝きを放ち、彼の行く手を照らす光明となるだろう。

パーティは終わっていた。ほとんどのゲストはフライヤーに乗りこんで世界のあちこちへと帰っていった。だが、何人かはまだ残っていた。

そのうちの一人、詩人のノーマン・ドズワースはどうしようもないほど酔っぱらってはいたが、それでも気の利いたことに、他人に力ずくで始末される前に自らおとなしく眠りこんでいた。いまは芝生に捨て置くように寝かされている。そのうちハイエナがやってきて、醜態を演じた事実をいやというほど思い知らせてくれるはずだ。ドズワースはここにいないものと勘定していいだろう。

ほかにはジョージとジーンが残っている。ジョージには居残るつもりはまるでなかった。それどころか、すぐにでも家に帰りたいと思っていた。ルパートとジーンの友情を快く思っていなかったからだ。といっても、ありきたりな理由からではない。

ジョージは、理屈より実際を重んじる冷静な人間であると自負している。そして、ジーンとルパートを接近させた共通の関心事は、この科学時代にはあまりにも子どもじみているだけでなく、いくぶん不健全でもあると考えていた。超常現象をわずかでも信じるなど、彼にはそれこそ異常なことと思えたし、ルパートの家にラシャヴェラクが来ていた事実は、オーヴァーロードに対する彼の信頼をぐらつかせた。

ルパートが何か企んでいることは間違いなかった。ジーンも知っていて黙っているのだろう。ジョージは不本意ながらも、どんなナンセンスであれ観念してつきあう覚悟を決めた。

「いろいろ試したあげくに、これに落ち着いたんだ」ルパートが誇らしげに言った。「最大の難問は、摩擦だった。摩擦があると、どうしたって完全に自由には動けない。昔ながらの磨き仕上げのテーブルとタンブラーっていう組み合わせも悪くはないが、何百年も前から使われてる方法だろう。科学の進歩を考えれば、もっといい方法がかならずあると思ったんだ。その試行錯誤の成果がこれというわけだ。さあ、椅子をもっとこっちへ――ラシー、いいのか、参加しなくて」

オーヴァーロードはほんの一瞬ためらったが、すぐに首を振った（首を振って返事をするという習慣は、地球に来てから身についたものなのだろうか）。「遠慮しておくよ。ここから見ているほうがいい。いつかまた参加させてもらおう」

「わかった――まあ、気が変わったら、まだ時間はたっぷりあるから言ってくれよ」

へえ、時間はたっぷりあるって？――ジョージは暗い表情で腕時計を確かめた。

ルパートは友人たちを小さいが造りのしっかりした真円のテーブルの周囲に呼び寄せた。平らなプラスチックの板が載っている。ルパートはその板を持ち上げた。そこには銀色にきらめく海があった。ボールベアリングがびっしりと並べられている。テーブルの縁《へり》がわずかに高くなっているおかげで、転がり落ちずにいるらしい。用途はさっぱり見当がつかなかった。光を跳ね返す数百の点が、思わず見入らせ、眠気を催させるような模様を描いている。実際、ジョージは軽いめまいを覚えた。

全員が椅子を引き寄せたのを確かめると、ルパートはテーブルの下から直径十センチほどのディスクを取り出し、ボールベアリングの上に置いた。

「これでよしと。指を載せれば、まったく抵抗なく動き回るはずだ」

ジョージは深い疑惑の念とともにその仕掛けを観察した。テーブルの縁にアルファベットが等間隔に、ただし不規則な順序で並んでいる。加えて、アルファベットの間に一から九までの数字も書かれていた。また〝YES〟〝NO〟と記されたカードも二枚あって、テーブルの端と端に置かれている。

「僕には無意味なお遊びにしか思えない」ジョージはつぶやいた。「この時代になってもまだこんなものを本気で信じる人間がいることが信じられないな」そうやんわり抗議すると、いくらか気分が晴れた。当てつけの矛先は、ルパートだけでない。ジーンもだ。ルパートは、こういった現象に興味があるのは客観的かつ科学的関心ゆえであって、それ以上のものがあるなどという素振りはみせなかった。新しいものを受け入れる柔軟さは備えているが、そう簡単には騙されない人間なのだ。対照的にジーンは――そう、ときどき心配になることがある。テレパシーやら透視やらといった超能力の存在をまじめに信じているのではないかと思えてくるからだ。

だが、言ってしまってから気づいた。いまの発言は、遠回しにラシャヴェラクをも批判していると受け取られかねない。おそるおそるオーヴァーロードの様子をうかがった。ラシャヴェラクの表情は変わっていなかった。とはいえ、それ自体は何の安心材料にもならないことは言うまでもない。

一同が席に着いた。時計回りに、ルパート、マイア、ジャン、ジーン、ジョージ、ベニー・シェーンベルガー。ルース・シェーンベルガーはノートを手に、輪から外れたところに座っていた。こんなおふざけに参加するのは絶対にごめんだという顔つきだ。ベニーはそんな妻の反応に、いまでもユダヤ律法を後生大事に守っている人々をもちだして暗に批難した。ただ、ルースは、記録係をすることには何の抵抗も感じていないらしい。

「さてと」ルパートが言った。「ジョージみたいな懐疑主義者もいるから、あらかじめ話しておきたいことがある。超常現象なのか何なのかは別として、とにかく何かが起きることは確かなんだ。個人的には、ちゃんと科学的な説明がつくはずだと思ってる。参加者がディスクに手を載せると、たとえディスクを動かしてしまわないように意識していても、潜在意識がそれを裏切る。あちこちの降霊会を分析したが、参加者の誰一人として知らなかった、あるいは推測できなかったはずの答えが出たことは一度もない。ときには、その答えを知っていたことに当人が気づいていない場合もあったがね。だが、この――何というか――特殊な状況のもとでも実験をしてみたいんだ」

特殊な状況――ラシャヴェラク――は無言だったが、無関心ではないことは明らかだった。ラシャヴェラクはこういった珍妙なおふざけをどう見ているのだろう。原始的な宗教儀式を観察する人類学者の心境でいるのだろうか。この実験そのものが正気の沙汰とは思えない。ジョージがこれほど自分を滑稽に感じたのは生まれて初めてだった。

ほかの参加者も同じように感じているのだとしても、顔には表していなかった。ジーンだけがいかにも興奮したように頬を紅潮させていた。ただ、それも酒のせいなのかもしれなかった。

「用意はいいかな」ルパートが確かめた。「よし、始めよう」そこで芝居がかった間《ま》をおくと、誰にともなく、大きな声で訊いた。「どなたかいらっしゃいますか」

ジョージの指先は、ディスクがかすかに震えるのを感じ取った。驚くには値しない。そこにはテーブルを囲む六人の指が載せられているのだから。ディスクはするりと動きだして小さく8の字を書いたあと、テーブルの真ん中に戻った。

「どなたかいらっしゃいませんか」ルパートが繰り返し呼ばわった。それから、ふだんの口調に戻って言った。「たいがい十分か十五分かかる。でもたまに──」

「静かに!」ジーンが小声で制した。

ディスクが動き始めていた。大きく弧を描きながら〝YES〟〝NO〟のカードの間を往復している。ジョージはこみあげてきた笑いを懸命に嚙み殺した。もしも答えが〝NO〟だったとしたら、それでいったい何が証明されることになる？　古いジョークを思い出した――〝ここは私らニワトリしかおりませんとニワトリが答えた……〟。

答えは〝YES〟だった。ディスクはすうっとテーブルの中央に戻った。ふいに命を持ち、次の質問を待ち受けているように見える。ジョージはいつしか関心を奪われ始めていた。

「どなたでしょうか」ルパートが訊いた。

ディスクは迷うことなく動いて文字を綴った。知覚を持った生き物のごとく、一直線にテーブルを横切っていく。載せている指が置いてけぼりを食らいそうなほどの速さだった。誓ってもいい、ジョージはその動きに何らの貢献もしていない。テーブルを囲んだ一同の顔を素早くうかがった。不審な気配はない。みなジョージと同じように心を奪われ、期待に満ちた表情を浮かべている。

「ＩＡＭＡＬＬ」ディスクはそう綴り終えると、テーブルの真ん中にぴたりと止まった。

「ＩＡＭＡＬＬ（我はすべて）か」ルパートが繰り返した。「ありがちな答えだ。曖昧だが好奇心をくすぐる。きっと僕らの意識の集合体があるだけだとでも言いたいんだろうな」そこで黙りこんだ。次の質問を考えているらしい。やがてまた中空に向けて話しかけた。「ここにいる特定の誰かに向けたメッセージはありますか」

「ＮＯ」ディスクは即座にそう答えた。

ルパートは全員の顔を見回した。「どうやら僕ら次第だってことらしいぞ。向こうから積極的に情報をくれる場合もあるんだが、今回は僕らのほうが具体的な質問をしなくちゃならないようだ。誰か訊いてみたいことは？」

「明日は雨ですか」ジョージはふざけた調子で尋ねた。

するとディスクは、〝ＹＥＳ〟と〝ＮＯ〟を結ぶ線上を行ったり来たりし始めた。

「くだらないことを訊くなよ」ルパートがなじるように言った。「地球上のどこかでは雨が降るだろうし、降らないところだってあるだろう。答えが一つじゃない質問はするな」

ぐうの音も出ない。次の質問はほかのメンバーに任せることにした。

「私の好きな色は？」マイアが訊いた。

「青」即答だった。

「当たってる」

「だからって何が証明されるわけでもないだろう。きみの好きな色が青だってことは、ここにいる少なくとも三人が知ってるんだから」ジョージは指摘した。

「じゃあ、ルースの好きな色は？」ベニーが質問した。

「赤」

「当たってるかい、ルース？」

記録係はノートから顔を上げた。「当たってる。でも、参加者のベニーがそれを知ってるわ」

「いや、知らなかったよ」ベニーが切り返す。

「ちょっと、まだ覚えてくれてないってこと？——何度言ったら覚えるのかしら」

「下意識記憶ってやつだな」ルパートがぼそりと言った。「よくあることだ。しかし、なあ、もう少し知的な質問を頼むよ。せっかく順調に始まったんだ、このまま尻切れになったらもったいない」

不思議なことに、目の前で起きている現象の平凡さがジョージの関心を誘い始めていた。超常的な力など働いていないことはわかりきっている。さっきルパートが言ったように、ディスクはそこに指を載せている人々の無意識の筋肉の動きに反応しているにすぎない。だが、そのこと自体がまさしく驚きだった。これほど正確な答えが即座に示されるとは想像していなかったからだ。一度、ディスクをうまく操って自分の名前を綴れるかどうか試してみた。〝G〟に持っていくことはできたが、そこまでだった。あとはでたらめな文字を指すばかりだ。ほかの参加者に気づかれることなく、誰か一人がディスクの動きをコントロールするのはまず不可能だとわかった。

三十分ほどしたころ、ルースのノートには一ダースを超えるメッセージが書き留められていた。なかにはかなり長いものもあった。スペルの間違いや文法の誤りがないわけではないが、ほんの数えるほどだ。この原理が何であれ、ジョージ自身が意識的に結果を左右したりは絶対にしていないと断言できる。何度か、言葉が綴られていく途中で次の文字の予測がつき、メッセージ全体の意味まで先読みできたことがあった。だがそのたびに、ディスクはまったく予想外の方角へ滑りだし、ジョージの予想していたのとは似ても似つかない単語を綴った。ときには――ディスクは単語の区切りを示すために一旦停止をしたりしないため――最後の一文字まで綴られたあと、ルースに書き留めたフレーズを読み上げてもらってようやく意味がわかることもあった。

この体験は、自分たちは何らかの目的を持ちつつ、独立して存在する意識のような何かと接触したらしいという薄気味の悪い印象をジョージの心に残した。ただ、それを肯定する、あるいは否定する決定的な証拠は何一つない。ディスクの答えはどれも平凡で、どうとでも解釈できるようなものばかりだった。たとえば次のようなメッセージから何を読み取ればいいのか――。

〝ヒトヲシンジヨシゼンハトモニアル（人を信じよ自然はともにある）〟

なかには、深遠なアドバイス、心をかき乱すような真実も綴られた。

〝ワスレルナヒトハコドクデハナイヒトノソバニハベツノシュゾクノクニガアル（忘れるな人は孤独ではない人のそばには別の種族の国がある）〟

そんなことは誰でも知っている。だが、このメッセージは単にオーヴァーロードの存在に言及しているにすぎないと断言することができるだろうか。

ジョージは眠気に襲われた。そろそろお開きにしてくれ――霞のかかった頭でそう考えた。なかなかおもしろい遊びではあるが、いつまで続けようと得るものがあるわけではないし、度が過ぎるとうんざりしてくる。ジョージはほかのメンバーの表情を盗み見た。ベニーはジョージと同じことを考えているような顔をしている。マイアとルパートは二人ともいくらかうつろな目をしていたし、ジーンは――初めからそうだが、少しばかり入れ込みすぎているようだ。その表情を見ていると、不安になった。まるで終わらせるのを――続けるのも――怖がっているように見える。

残るはジャンだ。この風変わりな青年をどうとらえてよいのかよくわからない。若き工学研究者はそれまでのところ一つも質問を発していなかったし、綴られた答えにもいっさい興味を示さなかった。ありふれた科学現象を観察するような目で、ひたすらディスクの動きを追っていた。

やがて目を開けたまま寝ているように見えたルパートが立ち上がった。「よし、次を最後の質問にしよう。それで今日はおしまいにする。ジャン、何かないか。まだ何も訊いてないだろう」

意外なことに、ジャンは微塵もためらわなかった。訊きたいことはとうに決まっていて、ひたすらチャンスを待っていたとでもいうようだった。ラシャヴェラクの巨体にちらりと目をやったあと、迷いのないはっきりとした口調でこう訊いた。「オーヴァーロードの母星は？」

ルパートが驚いたようにひゅうと口笛を鳴らした。マイアとベニーはまったく反応を示さない。ジーンは眠っているかのように目を閉じている。ラシャヴェラクはルパートの肩越しに身を乗り出すようにして、輪のなかをのぞきこんでいた。

ディスクが動きだした。

ふたたび静止したとき、短い沈黙が流れた。やがてルースが困りきった声で尋ねた。

「NGS549672って？」

それに対する答えはなかった。ちょうどそのとき、ジョージが不安げな声でこう言ったからだ。「誰か手を貸してくれ。ジーンが気絶したらしい」

## 9

「そのボイスという男について」カレランは言った。「わかるかぎりのことを話してくれないか」

もちろん、総督が実際に使った言葉はこのとおりではなかったし、表明された意向はこれよりはるかに含蓄に富んだものだった。人間の耳には、早回しにした音の連なりと聞こえただろう。熟練した通信士が送出するモールス信号に似ていなくもない。オーヴァーロードの言語のサンプルはいくつも録音されていたが、あまりの複雑さゆえ、分析は不可能だった。やりとりも速すぎた。たとえその言語の文法を完璧にマスターした通訳がいたとしても、オーヴァーロード同士が通常のスピードで進めている会話にはとうていついていけないに違いない。

地球総督はラシャヴェラクに背を向けて立ち、さまざまな色の地層が重なるグランドキャニオンを見晴らしている。十キロ先には――それだけ距離があっても霞んではいない――ひな壇状になった崖が強い陽射しにじりじり焼かれながらそそり立っていた。カレランの足もとからは影に包まれた斜面が広がり、数百メートル離れたところに目をやると、ラバに引かれた荷車が谷底に向かう蛇行した道をゆっくりと進んでいた。不可解だった――何かと原始的な生活に返ろうとする地球人がこれほど多いとは。その気さえあれば、一瞬のうちに、より快適な手段で谷底に下る手段だって選べる。それでも彼らは、がたごとと危なっかしく揺れる荷車で行くほうを選ぶのだ。

カレランは片方の手をそれとわからないくらいに動かした。すると壮大なパノラマはかき消え、あとには底なしの暗黒が残された。オフィスと責任という現実がふたたび押し寄せた。

「ルパート・ボイスは一風変わった人物です」ラシャヴェラクが答えた。「職業は獣医で、アフリカ大陸最大の動物保護区の重要な一画を担当しています。ひじょうに優秀な医師で、しかも仕事熱心です。面積数千平方キロに上る担当区域につねに目を光らせておく必要がある仕事ですので、我々が地球人に都合十五台貸し出したパノラミック・ビューワーのうち一台を使わせています。もちろん、通常どおり安全装置を付けたものです。ただ、これはたまたまですが、彼の持っている一台だけが、フル・プロジェクション機能を使える仕様になっています。その機能が必要な理由が納得のいくものでしたので」

「どんな理由だ？」

「いざ患畜に接するときに襲われたりしないよう、遠距離投影した自分の姿をあらかじめいろいろな動物に見せて慣れさせておきたいということでした。嗅覚ではなく視覚に頼っている動物については、その作戦は功を奏しているようです。まあ、おそらく、いつかは襲われて命を落とすことにはなるでしょうが。それに、ご存じのように、その一台を彼に貸与した理由はもう一つありました」

「例の件で協力させるためだな」

「はい。そもそもボイスに接触したのは、超心理学とそれに関連する分野の書物を集めた、地球上でもっとも充実したコレクションを所有しているからです。当初、ボイスは丁寧に、しかしきっぱりと、本の貸し出しを拒否しました。そこで、しかたなくこちらから出向くことになったわけです。ボイスの蔵書のざっと半分をようやく読破しましたが、ちょっとした苦行でしたよ」

「そうだろう」カレランはそっけなく言った。「で、がらくたの山から宝は掘り出せたか」

「はい――〝パーシャル・ブレイクスルー〟が明白な例が十一件、有望と見られる例が二十七件。しかし、資料がきわめて偏っておりますので、サンプリング目的には使えそうにありません。それに、事実と神秘論がごっちゃに論じられていました。おそらくそのあたりが人類の知性の最大の欠陥なのでしょうね」

「その類の現象に対するボイスの見解は？」

「表向きは先入観にとらわれない懐疑主義者といったふりをしていますが、心のどこかで多少なりとも信じているんでしょう。でなければ、その分野の研究にあれだけの時間と労力を注いだりはしないはずです。そう指摘すると、本人もそれは当たっていると思うと言っていました。きっと反論の余地のない証拠を見つけたいと考えているんでしょう。だからあんな実験を繰り返しているんですよ。ただのゲームを装って」

「こちらに学問的関心以上の動機があることには気づいていないんだな？」

「ええ、気づいていないと思います。ボイスという男には、おそろしく鈍感で単純なところがありまして。それを考えると、よりによってこんな分野の研究に力を注いでいることが哀れにも思えてきますよ。ボイスに関して特別な対処は必要ないでしょう」

「わかった。で、気絶したという女に関しては？」

「彼女は今回の件で何よりの収穫です。ジーン・モレルが情報の経路《チャネル》であることはほぼ間違いありません。ただ、もう二十六歳です。過去の例を見ても、彼女自身が〝プライム・コンタクト〟であるとは考えにくい。とすると、彼女とごく近しい間柄にある誰かがそうだと推測されます。結論は明らかです。このまま何年も悠長に待っている余裕はありません。ジーン・モレルのステータスを〝カテゴリー・パープル〟に変ですから」

更すべきでしょう。彼女は現存する人間のなかでもっとも重要な一人かもしれないの

「すぐに手配しよう。さて、問題の質問をした若者はどうなのかね？　たまたま思い

ついただけのことなのか、それともほかに動機があるようだったか」

「彼があの場に居合わせたのは偶然です。姉がルパート・ボイスと結婚したばかりな

んですよ。あの質問はその場の思いつきでしょう。異様な雰囲気と――それにおそら

く私がいたせいもあって、出てきたものでしょうね。そういったことを考え合わせる

と、彼の行動に不自然な点はないと判断していいと思います。もともと宇宙航空学に

強い関心を持っている人物です。ケープタウン大学で宇宙旅行研究会の会長を務めて

いるくらいですから。その分野を生涯の研究テーマにするつもりでいるらしい」

「なかなか興味深いキャリアをたどることになりそうだな。ところで、その若者はこ

れからどうするだろうか。こちらはそれにどう対処したらいい？」

「さっそく調査を始めることはまず間違いないでしょう。とはいっても、自分の持っ

ている情報が正しいことを証明する手立てはありませんし、その情報を手に入れた経

緯が経緯ですから、公表しようとも考えないでしょう。まあ、たとえ公表されたとこ

ろで、こちらとしては痛くも痒《かゆ》くもないわけですし」

「念のため、両方の可能性に備えて対応を準備させよう」カレランは答えた。「私たちがどこから来たかを決して明かすなというのが上からの命令ではある。しかし、その若者が問題の情報を私たちの不利に使おうと思いついたところでできないわけだ」

「そのとおりです。ロドリクス青年は、信憑性が疑わしく、しかも利用価値のほとんどない情報を握っているにすぎません」

「そのようだな。しかし、油断はしないほうがいいだろう。人間はきわめて創意工夫に富んだ種族だし、おそろしく根気強い面も持ち合わせている。過小評価しては危険だ。それに、ミスター・ロドリクスの行く末をぜひとも見守りたい。この件についてはさらにじっくりと検討することにしよう」


真相はわからずじまいになった。ゲストたちがいつもの元気はどこへやらといった風情で帰っていったあと、ルパート・ボイスはあれこれ考えを巡らせながら、テーブルを元どおり部屋の隅に押していった。脳味噌が酒の酔いのもやにうっすらと覆われているかのようで、ついさっきの出来事を念入りに分析してみたくてもうまくいかない。それどころか、何が起きたのかさえ、早くもあやふやになり始めていた。重要な、しかしどう重要なのかよくわからない何かが起きたらしいことは、どうやら確かだった。それについて、ラシャヴェラクと意見を交換してみるべきだろうか。いや、それは無神経にすぎる――すぐにそう思い直した。混乱のきっかけを作ったのは彼の身内なのだ。まったくジャンのやつめ、よけいなことをして。しかし、悪いのはジャンなのだろうか。果たして他人のせいにしていいものだろうか。さっきのは彼自身が主導した実験なのだということを思い出して、軽い罪悪感を覚えた。だが、今回のことはすっきり忘れてしまうのが一番だと思った。そして本当にそれきり思い出すことはなかった。

ルースのノートの最後のページが見つかっていたら、ルパートも何か行動を起こしていたかもしれない。だが、そのページは混乱のなかで行方不明になっていた。ジャンは最後まで知らん顔をしていた――隠したのがラシャヴェラクだとしたら、非難するなどお門違いだ。ディスクが綴ったのは見たところまったく無意味な文字の羅列だったということは誰もが覚えていたが、正確な配列を記憶している者は一人もいなかった……。

その一件でもっとも直接的な影響をこうむったのは、ジョージ・グレグソンだった。ジーンが腕のなかに倒れこんできたときの恐怖は、一生忘れられないだろう。その無力な姿は、彼女に対する気持ちを大きく変化させた——ただ一緒にいて楽しい相手から、思いやりと愛情を注ぐべき対象へと。太古の昔から、女たちは気絶してきた。下心があっての場合も少なくなかったろう。そして男はかならず望まれた反応を示してきた。ジーンは何かを狙って失神したわけではなかったろうが、そのタイミングはまるであらかじめ計算されていたかのように的確だった。いま思えば、あの瞬間、ジョージは人生で最も重大な決断をしたのだ。たとえ怪しげなものに関心を抱いていて、さらにその上を行く怪しげな友人と懇意にしていようと、ジーンという女を失いたくない——そう確信した。ナオミやジョイやエルサや——あの娘《こ》の名前は何だっけ？——そう、デニースとは金輪際会わないつもりだとまでは言わない。だが、一時の遊びなどではない、永続的な関係を求める時がついに訪れたようだ。ジーンも同意してくれるだろう。出会ったときから、彼女の気持ちは手に取るように明らかだった。

ジョージの決断の裏には、当人がその存在に気づいていない別の要因もあった。これまで彼はジーンの風変わりな趣味に軽蔑と懐疑心を抱いていたが、今夜の経験を通してその二つは急速にしぼんでいた。ジョージ自身が意識することはこの先もないだろうが、それは確かな事実だった。さらにその事実は、二人の間に最後まで残っていた障壁をも取り除いていた。

フライヤーのリクライニングチェアにぐったりともたれたジーンを見つめる。顔はまだ蒼白だが、もう落ち着いた様子だ。足もとには暗闇が、頭上には満天の星がある。いったいどの辺りを飛んでいるのかまるで見当がつかない。しかし、どこだってよかった。そんなことは、いま二人を家へと運んでいるロボット、コントロールパネルを介して〝着陸予定は五十七分後〟と告げているロボットだけが知っていればいい。

ジーンが彼を見上げて微笑み、彼の手のなかから自分の手をそっと取り戻した。

「指先が冷たくて」そう言って手をこすり合わせる。「もう大丈夫だから。ほんとよ」

「大丈夫だっていうなら訊くが、さっきはいったい何が起きたんだと思う？　何か一つくらいは覚えてないのか」

「それが何も――そこだけ記憶が真っ白なのよ。ジャンの質問が聞こえて――次の瞬間には、みんなが私の周りで大騒ぎしてた。きっとトランス状態になっただけだわ。だって――」

ジーンはそこで口をつぐんだ。前にも似たようなことがあったことは、ジョージには黙っておいたほうがいい。そういった類のことを彼がどう考えているかは知っている。これ以上、彼の気分を損ないたくない。そんなことをしたら、彼はきっと二度と彼女に近づこうとしないだろう。

「だって――何だ？」ジョージが訊く。

「何でもない。あのオーヴァーロードは、今回のことをどう思ったかしら。超常現象に関する資料を調べにきてたそうだけど、あの騒ぎは、彼にとっては予想外の掘り出し物だったかもしれないわね」ジーンは軽く身震いした。視界がぼやけた。「オーヴァーロードが怖いわ、ジョージ。邪悪なものを感じるとか、そういう馬鹿みたいなことじゃないの。あの人たちは善だと思うし、私たちのためを思っていろんなことをしてくれてるってことは疑ってない。だけど、本当の目的はいったい何なの？」

ジョージは居心地悪そうに体を動かした。「彼らが地球にやってきて以来、人類はずっとそのことを考え続けてきた。きっとそのときが来たら向こうから話してくれるだろう。正直なところ、僕は知りたいとは思わないがね。それに、僕にはほかにもっと心配すべき大事なことがある」ジョージはジーンのほうに向き直ると、両手を握り締めた。「明日、登記所に行って、そうだな――五年間の婚姻契約書にサインしないか」

ジーンは彼をまっすぐに見つめた。とくに不満はなかった。「十年にしましょうよ」そう答えた。

ジャンは気長にチャンスを待った。慌てる必要はなかったし、考える時間もほしかった。調査を始めるのが怖いような気もした。せっかく素晴らしい希望が胸に灯ったというのに、あまりにも短命に消えることになってしまったら？　確かなことがわからないうちは、少なくとも夢を見ることはできる。

それに、すぐに調査を始めたいなら、手始めに天文台の図書室の司書に相談する必要があった。女性司書は彼のことをよく知っている。彼がふだんどんなことに関心を持っているかも知っている。照会してもらいたい事情を伝えたら、それだけで間違いなく彼女の好奇心をくすぐることになるだろう。それで何が変わるということもないだろうが、万が一の危険は避けたかった。それに、一週間も待てば、絶好のチャンスが巡ってくるはずだった。慎重にもほどがあるとは思ったものの、こうして機会をうかがっていると、いたずらを企んでいる小学生みたいでわくわくした。オーヴァーロードが妨害のために何かしてくるのではとそれも怖かったが、物笑いの種になるのも同じくらいいやだった。これが雲をつかむような愚かな真似なのだとしたら、誰にも知られずにすませたい。

ジャンにはロンドンに出かけていく立派な理由があった。旅行の手配は何週間も前にすんでいる。参加するには若すぎ、充分な業績も認められていなかったが、国際天文学会の総会に派遣される代表団に同行する三人の学生の一人に決まっていたのだ。たまたま欠員があることを知り、ロンドンには子どものころ訪れて以来だったから、このチャンスを逃すのはもったいないと思った。総会の研究発表のほとんどは聴いたところで理解できるかどうか怪しいものだし、わずかでも興味を持てるものはほんのいくつかしかないだろうことはわかっている。だから、あらゆる科学会議の参加者の例に漏れず、ジャンも期待できそうな講演だけに出席し、あとは同僚科学者とおしゃべりをして時間をつぶすか、ひたすらロンドン見物でもしているつもりだった。

ロンドンはこの五十年で変貌を遂げていた。現在の人口は二百万に届くかどうかだが、機械類の数はその百倍に上る。街はもはや貿易の中心としての役割は終えていた。どの国も自給自足で需要のすべてをまかなえるようになり、世界貿易のありかたが根本から変わっていたからだ。特定の国の生産物がもてはやされることはいまもあるとはいえ、それらも船ではなく飛行機で目的地へ届けられる。かつて主要な海港に、のちには主要な空港に集中していた交易ルートは、いまやばらばらに解体され、目の詰んだクモの巣のように世界の隅々まで張り巡らされている。貿易の中心地と呼ぶべき都市は一つも存在しない。

それでも、変わっていないものもあった。ロンドンはいまも政治と芸術と学問の都だ。その点では、大陸側の大都市のいずれも勝負にならなかった。パリでさえ、多くの反論はあるにしろ、やはりロンドンには勝てなかった。前世紀のロンドンっ子が時を超えていまのロンドンに連れてこられたとしても、少なくとも中心部に留まっているかぎり、道に迷うということはないだろう。テムズ川には新しい橋が架かっているが、場所はもとのままだ。すすけた大きな駅は、どれも郊外へ追い払われて姿を消したが、国会議事堂は変わっていないし、トラファルガー広場の記念柱のてっぺんにはやはりネルソン提督が立って、いいほうの目で官庁街を睨み据えている。かつてロンドン有数の高さを誇ったセントポール大聖堂は、周囲に天を衝くようなビルが建ち並んでその威光をいくらか失ったとはいえ、円屋根はいまもラドゲートヒルを見下ろしていた。

そしてバッキンガム宮殿の前では、衛兵が昔と変わらない姿で行進している。

しかし、そういったものを見物する機会はこの先いくらでもあるだろう――ジャンはそう考えた。ロンドンはちょうど観光シーズンを迎えていて、ジャンはほかの二人の学生と大学の寄宿寮の一つに泊まっていた。ブルームズベリー界隈もやはり百年前と変わっていなかった。ホテルや下宿屋が集まった島のようだ。ただし、建物は以前ほど押し合いへし合いをしていなかったし、すすに覆われて見分けのつかなくなった煉瓦の壁がどこまでも果てしなく続いているということもなくなっていた。

総会の二日め、待ちに待ったチャンスが訪れた。この日は、ロンドンを世界のミュージカルの中心地に押し上げたコンサート・ホールにほど近いサイエンス・センターの大講堂で、注目の論文がいくつか発表されることになっていた。ジャンは最初の講演に出席するつもりだった。現在の惑星形成論を完全に覆すものになるという噂を耳にしていたからだ。

きっと前評判どおりの革新的な講演だったのだろう。だが、休憩時間に会場を抜け出したとき、ジャンの頭のなかには残念ながら新しい知識はほとんどまったく増えていなかった。ジャンはビルの案内板へと急ぎ、目当てのオフィスの位置を確かめた。

オフィスの割り当てを担当した役人は、ユーモアのセンスを備えていたらしい。王立天文学会は大きなビルの最上階の部屋を割り当てられていた。そこからはテムズ川の向こう岸からロンドン北部までの景色が一望できた。学会のメンバーはその配慮に大いに感謝したことだろう。オフィスは無人のようだったが、ジャンは——万が一とがめ立てされた場合に備えて会員証をパスポートのように握り締めて——難なく図書室を探し当てた。

目的のものを見つけ、何百万という項目が収録された大規模な星表の調べかたをようやくものにしたころには、一時間近くが経過していた。旅の終点が近づいていることを察して、指がわずかに震えた。周囲に誰もいなくてよかったと思った。こんなところは他人には見せられない。

星表をもとの位置に返し、しばらくの間、書物がびっしりと並んだ壁にぼんやりと目をやったまま、身じろぎもせず座っていた。それから静まり返った廊下に出ると、司書のオフィスの前を通り（ここには人がいて、包みから本をせっせと取り出していた）、階段を降りた。エレベーターには乗りたくなかった。せまい場所に閉じこめられたくなかったからだ。もう一つぜひ聴いておきたい講演があったが、もうそんなことはどうでもよくなっていた。

通りを渡って堤防に立って、海を目指して急ぐ様子もなく流れるテムズ川を眺めた。思考はまだ渦を巻いていた。伝統的科学を学んだ者には、たったいま手に入った証拠は受け入れがたいものだった。真偽は確かめようがない。それでも真実である見込みのほうが圧倒的に勝っていた。堤防をゆっくりと往復しながら、事実を一つひとつ整理していった。

事実その一。ジャンがあの質問をすることは、ルパートのパーティに居合わせた誰にも予想できなかった。そもそも彼自身だって、自分があんなことを訊くとは思っていなかった。異様な雰囲気のなか、とっさに出た質問だった。つまり、どんなものであれ、あらかじめ答えを用意しておけた人物、心のどこかにしまっておけた人物はいなかった。

事実その二。〝ＮＧＳ５４９６７２〟は、ふつうの人にとっては意味を持たないアルファベットと数字の羅列だ。それを聞いてぴんとくるのは天文学者だけだろう。あの大規模な星表『ＮＧＳ（ナショナル・ジオグラフィック・サーヴェイ）』が完成したのは五十年前だが、その存在を知るのは数千人の研究者に限られる。そこから適当な番号を拾ったところで、その星が宇宙のどこに位置しているかまでは簡単にはわからない。

しかし（そう考えながら気づいた。これは事実その三だ）ＮＧＳ５４９６７２として知られている、小さくてさほど重要ではない星は、まさに正鵠に位置していた――竜骨座の中心にあるのだ。ほんの数日前の夜ジャン自身も目撃した、太陽系から宇宙のかなたへと向かうあの輝く光の条《すじ》がまっすぐ指し示していた先に。

とても偶然とは思えない。ＮＧＳ５４９６７２はオーヴァーロードの母星に違いない。だが、その事実を受け入れることは、ジャンが大切にしてきた科学的方法を無視することに等しい。しかし――そんなことを気にしている場合ではなかった。事実を受け入れるしかないのだ。ルパートの奇怪な実験が、これまで知られていなかった知識の源から情報を引き出したという事実を。

ラシャヴェラクか？　それがもっとも合理的な説明と思えた。あのオーヴァーロードは実験の輪のなかにはいなかったが、それは大した問題ではないだろう。とはいえ、ジャンにしてみれば心霊物理学のメカニズムなどどうでもよかった。重要なのは、その結果をいかに利用するかだ。

NGS549672の情報はほとんどない。ほかの百万の天体と区別するような特徴は何一つなかった。しかし星表には、絶対等級や座標、スペクトル型などは載っていた。もう少し情報を集め、簡単な計算をしてみれば、少なくともオーヴァーロードの世界が地球からどれくらいの距離にあるかくらいはわかるはずだ。

テムズ川に背を向け、白く輝くサイエンス・センターのほうに歩きだす。ジャンの顔はゆっくりと笑みを作った。知は力なり、だ――オーヴァーロードがどこから来たのか、この地球上で知っているのは彼一人なのだ。その知識をどう使うかはまだ彼にもわからない。運命の瞬間が訪れるまで、胸のなかに大事にしまっておくことにしよう。

# 10

人類は、空に雲一つない長い夏の午後にも似た平和と繁栄を享受していた。いつかまた冬が巡り来ることはあるのだろうか。いまはとても想像できない。二世紀半前にフランス革命の指導者たちが早まってその到来を歓迎した理性の時代が、今度こそ本当に訪れていた。

もちろん、好ましくない点も多々あったが、それもとくに反発なく受け入れられていた。たとえば、各家庭でテレキャスターが印刷する新聞がおもしろくないことは、よほどの高齢者でなければ気づかないだろう。かつて第一面全段抜きの大見出しで報じられたような紛争は地球上のどこでも起きていなかった。警察が頭を抱え、人々の胸には義憤（しばしば抑圧された妬みが姿を変えたものだった）をかきたてるような謎めいた殺人事件もない。たまに発生したとしても、解き明かすべき謎などそもそもなかった。ダイヤルを回せば犯行シーンがそのまま再現されるのだから。そのような芸当を可能にする装置の登場は、法律を守って暮らす善良な市民の間に相当なパニックを引き起こした。

これは、人間の心理のあやを一とおり把握していたものの、完全に知り尽くしたわけではなかったオーヴァーロードたちにとっては予想外の事態だった。詮索好きの市民が他人の生活をのぞき見するようなことは決してできないこと、人類の手に渡される少数の装置は厳重に管理されることを急いで確約しなければならなかった。その結果、ルパート・ボイスに貸し出されたプロジェクターには、ルパートが担当し、彼とマイアしか出入りしない動物保護区内だけでしか機能しないよう制限がかけられていた。

重大な犯罪がまったく起きないわけではなかったが、それさえもニュースで大きく取り上げられることはなかった。結局のところ、育ちのよい人々は、他人の社会的へまについて書かれた記事など読みたいと思わないのだ。

週当たりの平均労働時間はわずか二十時間だった。とはいえ、その二十時間は決して楽なものではなかった。ルーティンワークというものは存在しなくなっていた。人間の頭脳は、数千個のトランジスターと数個の光電池、一平方メートルのプリント配線回路にまかせておけるような仕事に費やすにはもったいないとされた。何週間もずっと人間が一人も訪れないまま稼働を続けている工場も珍しくない。人間の役割は、トラブル対策や意思決定、新たな事業の立案だった。それ以外はすべてロボットがこなした。

百年前なら、余暇がありすぎて大きな社会問題になっていたことだろう。教育がその問題のほとんどを解決していた。豊富な知識は退屈から身を守る盾になるからだ。大衆の文化水準も過去の基準から言えば桁外れに高くなっている。人類の知性が向上したという証拠があるわけではなかったが、史上初めて、持てる知的能力を発揮する充分な機会が全人類に平等に与えられる時代が到来していた。

多くの人々が世界の遠く離れた場所に二軒の家を所有していた。極地方の開発が進み、夜のない長い夏を追って半年ごとに北極と南極を行ったり来たりしている人々も少なくない。沙漠を選ぶ者、山や海底を選ぶ者もいた。どうしてもそこで暮らしたいという強い気持ちがあれば、地球上のどんな場所であれ、科学とテクノロジーを駆使して快適な住環境を作り出すことができた。

風変わりな場所に建つ家は新聞に取り上げられ、退屈な紙面の数少ない刺激的な記事になった。完全な秩序が実現した世界であっても、事故はなくならない。人々が命の危険を冒し、ときには実際に命を落としてまでも、エベレスト山頂にちょこんと座るこぢんまりとした山荘やヴィクトリア瀑布の水煙を通して外を見られるコテージで暮らしたいと考えるようになったのは、危険を冒すことに価値があると思っていたよい証拠と言えるだろう。その結果、いつもどこかで誰かが救助されていた。それは一種のゲーム――世界的娯楽になっていた。

そういった気まぐれを満足させることができたのは、誰の手にも時間と金があったからだ。軍隊が全廃されると世界の実質資産はたちまち倍になり、生産量の増大がさらにそれを押し上げた。その結果、二十一世紀の人類の生活水準は、前の世代のそれとは比べようもないほど向上した。物価は下落し、かつて自治体の公共サービスと言えば道路や上下水道、街灯の設備などだったが、いまでは生活必需品まで無料で配付するようになっている。誰もが好きなところに行けたし、どんな食べ物も味わうことができた――しかも、一銭も支払うことなく。地域社会への貢献と引き換えに、誰にでもその権利が与えられるのだ。

もちろん、まるで働かない者もいることはいた。とはいえ、怠惰な人生をとことん満喫できるほど強い意志を持った人々の数は、一般に想像されるよりもはるかに少なかった。ただ、そういった社会的パラサイトを養っていくのは、大勢の改札係や販売員、銀行員、株式仲買人など、地球的視野から見れば帳簿のある項目を別の項目に移すだけの機能しか果たしていない人々を養っていくより、よほど安上がりにすんだ。

計算上では、いまや人類の行動の総計の四分の一近くがさまざまな娯楽に充てられていた――チェスのように座ってするものから、山から谷底へスキーで下りるようなものまで。このことは予想外の結果を生んだ。その一つは、プロスポーツ選手の絶滅だ。アマチュア選手の技術レベルが向上し、さらに経済環境が激変したために、旧式のシステムは廃《すた》れたのだ。

スポーツに次ぐ隆盛を誇る娯楽産業は、各種エンターテインメントだった。百年以上の昔から、ハリウッドこそ世界の中心であると信じる人々は存在した。いまやその信念はかつてないほど説得力を持っていた。とはいえ、西暦二〇五〇年の映画の大部分は高尚すぎて、一九五〇年代の人々にはとても理解できないことだろう。また別の進歩もあった。興行成績がすべてという時代は終わっていた。

一つの広大な遊び場と化しつつある惑星でありとあらゆる娯楽に包囲されていても、ふとした瞬間、太古の昔から繰り返されてきたものの、いまだ答えが得られたことのない質問を自分の胸に問う者も一部にはいた。

〝人類はこれからどこへ向かうのか――〟

## 11

ジャンはゾウに体重を預け、両手をその皮膚に押し当てた。樹木の幹に似たざらざらと固い感触がする。顔を上げると、大きな牙や高々と持ち上げられた長い鼻が見えた。剝製師の手で永遠に凍結された決定的瞬間。敵を威嚇しているのか、それとも同類に挨拶でもしているのか。この地球からの流浪者をいつの日か眺めることになる生命体は、どんな異様な姿をしているのだろう。どこの星の出身なのだろう。

「これまでにどのくらいの動物をオーヴァーロードに納めたんです？」ジャンはルパートに尋ねた。

「五十は下らないな。こんな大きなのは初めてだがね。堂々たる大きさだろう？　いままでは小さな動物ばかりだった。チョウ、ヘビ、サル。ああ、いや、去年カバを送ったか」

ジャンは苦笑を返した。「考えるだけでぞっとしますけど、オーヴァーロードのコレクションには、もうホモサピエンスの剝製も何体か揃ってるでしょうね。その栄誉に与《あずか》ったのがどこの誰なのか、見当もつきませんが」

「そうだな、人間もあるだろうな」ルパートはさして関心がなさそうな口調で答えた。「病院に話をつければ、手に入れるのは簡単だろうし」

「誰かが生きた標本に志願したら、どうなるでしょうね」ジャンは思案ありげに言った。「もちろん、あとでちゃんと地球に帰れると保証されてるとして」

ルパートは笑った。馬鹿にしているような調子ではなかった。「志願したいってことか？　ラシャヴェラクにそう伝えてほしいのか？」

ジャンはほんの一瞬、なかば真剣にその可能性を考慮したものの、すぐに首を振った。「いや――そこまでは。ちょっと思いついただけです。志願したところで断られるだけでしょうし。ところで、ラシャヴェラクとはいまも会うことがあるんですか」

「六週間前に連絡をもらったよ。僕が探してた本を見つけたって。なかなか親切だろ」

ジャンは巨大な剝製の周囲をゆっくりと歩いた。この迫力ある瞬間を永遠に凍りつかせた剝製師の技術には、感嘆するしかない。

「ラシャヴェラクが何を探してるのか、不思議に思ったことはありませんか」ジャンは訊いた。「だってほら、オーヴァーロードの科学とオカルト趣味とは相容れないでしょう」

ルパートは彼が自分の趣味を揶揄しているのかと疑っているような目で見返した。
「本人の説明だけで充分だと思うな。人類学者として僕らの文明のあらゆる領域に関心を抱いてるんだよ。忘れたか、彼らには時間がいくらでもあるんだ。人間の研究者には真似できないくらい詳細な研究だってできる。僕の蔵書を丸ごと読むくらい、ラシーにしてみれば大した労力じゃないんだろう」

そのとおりなのかもしれない。だが、ジャンは納得しなかった。あの秘密をルパートに打ち明けようかと考えたことも何度かある。だがそのたびに、用心深い性分が彼を引き止めた。もしルパートに話したら、次にオーヴァーロードの友人と顔を合わせたとき、ぽろりと何か言ってしまうだろう——誘惑に抗しきれないに違いない。
「ちなみに」ルパートが唐突に話題を変えた。「こいつが巨大だと思ってるなら、まだ早い。サリヴァン先生が請け負った注文を見るべきだね。地球上でもっとも大きな生物の剝製を二つ納めることになってるんだよ。マッコウクジラとダイオウイカだ。

死闘のさなかをとらえた作品になるらしい。えらい迫力だろうな！」

ジャンはすぐには答えなかった。たったいま胸のなかで爆発した思いつきは、あまりにも大胆すぎた。非現実的もいいところ、まじめに考慮するだけ時間の無駄だ。しかし、無謀な試みだからこそ、かえって成功するということも……。

「どうした？」ルパートが心配そうに見ていた。「暑さで気分でも悪くなったか」

ジャンは一つ首を振って現実に返った。「何でもありません。オーヴァーロードは、そんな荷物をどうやって持ってくのかなと考えてただけです」

「簡単さ」ルパートが答えた。「貨物船が降りてきて、ハッチを開けて、積みこむだけのことだ」

「ああ、やっぱり。想像したとおりだ」


そこは宇宙船のキャビンにも似ていたが、それとは違う。壁はどれもメーターや機器で埋め尽くされている。窓は一つもない。操縦士席の前に一つだけ、広々としたスクリーンが設置されている。乗船定員は六名。しかし、いま乗っているのはジャン一人だった。

スクリーンには、この馴染みのない未知の世界の景色がときおり浮かび上がる。ジャンはそれを食い入るように見つめていた。未知の世界――そう、彼がいまひそかに温めている常軌を逸した計画が成功した場合、星空の向こうで目にするであろうものに負けないくらい未知の世界。彼はいま、悪夢をにぎわす生物たち、この世が始まって以来、暗闇のなかで、何ものにも邪魔されずに殺し合いを続けてきた生物たちの世界に分け入ろうとしていた。人類が何千年もの間、その上を船で行き来してきた世界。船の下のほんの一キロほどのところに存在しているのに、人はつい百年前まで、この世界についてほとんど何も知らずにいた。月の表面のことのほうがよほどよく知られていた。

操縦士は海の高みから未探査の深海へと――広大な南太平洋海盆の底へと下りていこうとしている。海底のビーコンが発する音波によって描かれた格子線が地図代わりだ。潜水艦と海底の距離はまだ、地表と雲との距離よりもずっと遠い……。

見るべきものはほとんどなかった。潜水艦のソナーは探知を続けているが、何も見つからない。エンジンが噴出する水が静寂をかき乱し、小型の魚は怯えて逃げてしまったのだろう。何事かと寄ってくるのは、体が大きく、恐怖というものとは無縁な生物だけだ。

窮屈なキャビンは小刻みに震えていた。震動させているのは、頭上にのしかかる水の底知れぬ圧力を跳ね返して、人間が生きるのに必要な光と空気の詰まったちっぽけな泡粒のような空間を内側から支えている力だ。その力が消えるようなことがあったら、彼らは金属でできた墓に閉じこめられ、海の底に口を開けた裂け目の奥深くに呑みこまれる。

「位置を測定しよう」操縦士はそう言っていくつかのスイッチを押した。エンジンの推力が切れ、潜水艦は静かに減速したあと停止した。空気中で静止した風船のように平衡を保って浮かんでいる。

ソナーの格子線上の位置を確認するのにはそう時間はかからなかった。機器が表示している数値を確認したあと、操縦士は言った。「エンジンをかけ直す前に、外の音を聞いてみようか」

スピーカーから低いざわめきのような音が途切れることなく流れ出し、静まり返っていた小さな空間を満たした。突出した音はない。無数の音が溶け合い、連続した環境音を作っている。それは海の底に暮らす何千何万の生物のおしゃべりだった。生命にあふれた森の奥に立って耳を澄ますのに似ている。違うのは、森のなかなら、個々の声の一つや二つは聞き分けられただろうということだけだった。ここでは、音の織物をなしている糸の一本たりともほぐし出して区別することができない。こんな経験は初めてだ。まるきり別の世界に来たような気がして、ジャンの頭皮がざわついた。だが、ここも彼の属する世界の一部なのだ……。

そのとき、黒い雷雲に稲妻が走るように、背景の震動音を甲高い音が切り裂いた。それはバンシー[1]の泣き声やオオカミの遠吠えのごとくすぐに細くなって消えたが、一瞬の間をおいて、少し遠くからふたたび聞こえた。まもなく、ここは地獄かと思うような悲鳴の大合唱が始まった。操縦士があわててボリュームスイッチに手を伸ばしたほどだった。

「いまのはいったい――?」ジャンは息を呑んだ。

「不気味な声だろう。クジラの群れだよ。十キロくらい先で鳴いてる。近くにいるとわかってたんだ。きみに聞かせてやろうと思ってね」

1　泣き叫んで家族の死を予告する女の妖精。

ジャンは身震いをした。「海は音のない世界だと思ってましたよ！　それにしても、どうしてあんな大声を？」

「話をしてるんだろうな。サリヴァンならちゃんと説明できると思うよ。どの個体の声かまで聞き分けられるって言われてるくらいだ。ちょっと信じがたい話だがね。おっと、何か来たぞ！」

体格に不釣り合いな大きな顎をした魚が、操縦士席前のスクリーンに映っていた。かなり大型の魚のようだが、スクリーンの画像を見ただけでは実際の大きさは判断できない。エラのすぐ下から巻き髭のようなものが伸びていて、その先端に何なのかよくわからないが鈴形の器官がぶら下がっている。

「これは赤外線カメラの映像だ」操縦士が言った。「ふつうのカメラに切り替えよう」

魚の姿はきれいにかき消えた。鈴の形の器官だけが、まるで天井からぶら下がった照明のように青白い光を放って輝いていた。まもなくその胴体に光の条が一本走り、ほんの一瞬だけ魚の全体像が浮かび上がった。

「チョウチンアンコウだ。あの光ってるものでほかの魚を誘《おび》き寄せるんだよ。おもしろいだろう？　一つわからないのは、もっと体が大きくて、アンコウを食いかねない魚を招き寄せてしまわない理由だな。しかし、こうやって一日中ここでじっと眺めてるわけにもいかない。エンジンをかけ直そう。逃げる姿を見ているといい」

キャビンがふたたび小さく震え、潜水艦はそろそろと前に進み始めた。光の球をぶら下げた大きな魚は、緊急事態に慌てたかのようにふいに全身を輝かせ、まるで流星のように深海の暗闇へと消えていった。

二十分ほどゆっくりした降下を続けたころ、ソナーの目に見えない指の先が海底を探り当てた。潜水艦のはるか下方でなだらかな丘がうねりながら後ろへと流れていく。その輪郭は不思議なほど柔らかな曲線を描いていた。かつては凹凸もあったのかもしれないが、海の大空から絶えず降り注ぐ雨によって、はるか昔に埋められたのだろう。潮が大陸をじりじりと浸食する大きな河口域から遠く離れた太平洋の真ん中でも、その雨がやむことは決してない。嵐に襲われたアンデスの山腹から、何十億もの生物の死体から、何年何十年も宇宙をさまよったあげく地球を終《つい》の住処《すみか》と定めた流星のかけらから、雨は降り注ぐ。永遠に明けない夜に包まれたここで、その雨は未来の陸の土台を築いている。

丘は後方に消えた。海図を確かめると、いまの丘の連なりはある種の境界線だったらしいとわかった。その先のソナーの音波も届かない深淵には、広大な平野が横たわっていた。

潜水艦はゆるやかに降下を続けた。スクリーンに新たな映像が現れようとしていた。角度のせいで、それが何なのかすぐにはぴんとこなかった。しばらくして、見えない平野からそそり立つ海底の山らしいとわかった。

映像はしだいに明瞭になった。ここまで近づくと、ソナーの解像力も向上して、通常の光波によって形作られた映像と同じように鮮明だ。ディテールまで見て取れる。不思議な姿をした魚が岩の間で追いかけっこをしているのまでわかった。半分見えない岩の割れ目を、意地の悪い顔つきをした生物が口を大きく開けたままゆっくりと横切っていった。一瞬のことで何が起きたのかとっさにわからなかったが、長い触手が鞭のように閃いたかと思うと、抵抗するその生物を死の淵へと引きずりこんだ。

「もう少しだ」操縦士が言った。「そろそろ研究所が見えてくる」

潜水艦は、山の裾野から突き出した岩の支脈の上をゆっくりと航行している。その下に広がる平野がついに見えてきた。どうやら海底までほんの数百メートルのところまで来ているらしい。次の瞬間、一キロほど先に、チューブでつながれた三本足の球体の群れが見えてきた。化学工場のタンクにそっくりだった。事実、同じ方針に基づいて設計されたものでもあった。唯一の違いは、ここでは耐えなければならない圧力はタンクの内側ではなく外側に存在するということだ。

「あれは何です？」ジャンはかすれた声で尋ねた。震える手で一番手前の球体を指さす。タンクの表面の模様は何だろうとさっきから眺めていたのだが、それがジャンの目のなかでふいに像を結んだのだ。それは絡み合う巨大な触手だった。潜水艦が近づくにつれ、その触手の根元に大きなぶよぶよした袋が見えてきた。その袋には、巨大な目が二つついている。

「ああ、きっとルシファーだ」操縦士はこともなげに言った。「誰かがまた餌をやったんだな」それからスイッチを一つ押して、操縦パネルの上に身を乗り出した。「S2より研究所へ。これから接舷します。そのペットを追い払ってもらえませんか」

即座に応答があった。「研究所よりS2へ。了解しました——そのまま前進して接舷してください。ルシファーはすぐに追い払います」

金属の曲面がスクリーンいっぱいに映し出された。潜水艦の接近を察して、吸盤の並んだ巨大な腕がさっと動いて画面から消えた。と、そのとき、ごとんと鈍い音が一つ響いたかと思うと、何かが船体をこするような音が続いた。クランプが楕円形をした滑らかな船体の表面を探って連結部を探しているのだ。まもなく潜水艦は基地の壁面にがっちりと固定されていた。潜水艦は空洞のねじの先端に連結された格好になった。二つのハッチがつながれ、潜水艦のなかを前方へと移動していく。やがて〝等圧処理完了〟のサインが点灯し、二つのハッチのロックが解除されて、第一深海研究所への入口が開いた。

サリヴァン教授は、小さな部屋にいた。散らかり放題のそこは、オフィスと作業場と研究室が一緒になったような空間だった。教授は小型の爆弾のようなものを顕微鏡で観察している。あれはきっと、深海の生物の標本が入った圧力カプセルなのだろう。なかの生物は、一平方センチメートル辺り何トンもの水圧というふだんどおりの環境で元気に泳ぎ回っているに違いない。

「やあ、ジャン」サリヴァン教授が顕微鏡から顔を上げて言った。「ルパートはどうしてる？　今日はどんなご用かな」

「ルパートなら元気です」ジャンは答えた。「よろしくと言ってました。一度ぜひ遊びにきたいそうですが、何せ閉所恐怖症なので」

「閉所恐怖症か。それじゃあここは無理だな。深さ五千メートルの水の底なんだから。ところで、きみは平気なのかね?」

ジャンは肩をすくめた。「成層圏飛行機に乗るのと変わりません。事故が起きた場合の結果も似たようなものですし」

「しごくまっとうな考えかただね。だが、同じように考える人は驚くほど少ないんだよ」サリヴァン教授は顕微鏡のつまみをいじってから、物問いたげな視線をジャンに向けた。「研究所内を案内するのはかまわない。しかし、実のところ、ルパートからきみの頼みごとを伝え聞いたときにはいささか驚いた。きみたち宇宙開発派が私たちの研究に関心をもつ理由がわからないからね。きみは行くべき方角を百八十度間違えているんじゃないかな」そう言っておかしそうに笑った。「私に言わせれば、何をそんなに急いで宇宙に行きたがるのかまるで理解できないね。海の生物を全部きちんと図表化して分類するのにだって、まだ何百年もかかるだろうに」

ジャンは一つ深呼吸をした。サリヴァン教授のほうから話題にしてくれたのはありがたい。おかげで話を進めるのが一気に楽になった。魚類学者はたったいまあんな冗談を言ったが、実は二人には多くの共通点がある。二人の間に橋を架け、教授の共感と協力を得るのはそう難しいことではないだろう。サリヴァン教授は想像力の豊かな人物だ。そうでなければ、こんな深海の世界に暮らそうなどと考えるわけがない。それでも用心はするに越したことはない。ジャンがこれから持ちかけようとしている相談は、どれだけ控えめに言っても、相当に常軌を逸した内容なのだから。

ただ、ジャンには一つの確信があった。たとえ協力は拒まれたとしても、サリヴァン教授はジャンの秘密を守ってくれるに違いない。それに、オーヴァーロードたちがどれほど神懸かり的な力を持っていようと、太平洋の底の静寂に包まれたこの小さなオフィスで交わされる話を盗み聞きするのはさすがに不可能だろう。

「サリヴァン教授。教授は海に強い関心をお持ちですよね。もし海に近づくことをオーヴァーロードに阻まれたら、どう思われますか」

「猛烈に腹が立つだろうね、間違いなく」

「ええ、腹が立つでしょうね。そこで考えてみてください。ある日、オーヴァーロードに気づかれることなく夢を実現するチャンスが手に入ってしまった。教授ならどうなさいますか。そのチャンスに飛びつきますか」

サリヴァン教授は即座に答えた。「もちろんだとも。あれこれ考えるのは後回しにして即座に飛びつく」

いいぞいいぞ！――ジャンは心のなかで叫んだ。これで教授もいまさら後には引けまい。オーヴァーロードを怖がっているなら話は別だろうが。しかし、教授が何かを怖がったりするとはとても思えなかった。ジャンは散らかったテーブルに身を乗り出し、いざ本題を切り出そうとした。

サリヴァン教授は察しがよかった。ジャンが口を開く前に、教授の唇にからかうような笑みが浮かぶ。「ははあ、そういうことか」ゆっくりと言う。「そいつはおもしろいな！　さっそく聞かせてくれないか。私がどう役に立てるのか」

## 12

もっと前の時代なら、サリヴァンは金のかかる贅沢な人間に分類されていたことだろう。教授の研究には、小規模な戦争と同じくらいの費用がかかった。実際、彼の仕事は、一瞬たりとも攻撃の手を休めない敵を相手に、永遠に終わりそうにない戦闘を指揮する将軍にも似ていた。サリヴァン教授の敵は海だ。海は、低温と闇、それに水圧という強力な武器を使って攻撃してくる。対するサリヴァンは、知性と工学の技術をもって応戦した。これまでいくつもの勝利を収めてきた。しかし、海は忍耐強い。反撃のチャンスをいつまでもじっと待ち続ける。いつか自分は致命的な過ちを犯すに違いない——そんな予感めいたものがあった。だが同時に、溺れて苦しみながら死ぬことはないという慰めもあった。ここで死ぬとしたら、一瞬にして息絶えるはずだからだ。

ジャンの頼みを聞かされたとき、サリヴァンはとりあえず返事を保留した。だが、答えは決まりきっている。このうえなく興味深い実験を行なうチャンスを差し出されたのだ。結果を知り得ないのは残念だが。とはいえ、科学研究の分野では、結果がわからずじまいになることは珍しくないし、いま抱えているプロジェクトには、完了するまでに数十年はかかるようなものだっていくつもある。

サリヴァンは勇気と知性を兼ね備えた人物だった。しかし、これまでのキャリアを振り返ってみると、何世紀ものちまで名が残るような業績は一つも挙げていない。そこへチャンスが巡ってきた。まったく予想していなかったがゆえに、いっそう魅力的な輝きを放っているように見えるチャンス。かならずや歴史に名前が刻まれることになるであろうチャンス。そんな野心を抱いていることはこの先もきっと他人に打ち明けないだろう。とはいえ、サリヴァンの名誉のために付け加えれば、今度の実験に貢献したことが永遠に秘密にされるとわかっていたとしても、やはりジャンに協力していたはずだ。

ジャンのほうはといえば、決心がつかずに悩んでいた。ここまでは、大発見の勢いだけで突っ走った。とはいえ、調査はしたものの、まだ夢を現実に変えるための具体的な行動を起こしたわけではない。だが、数日後には最終選択を迫られることになるだろう。もしサリヴァン教授が協力に同意すれば、その時点で引き返す道はなくなる。そこで何が待ち受けているかわからないまま、自分が選んだ未来に対峙しなければならないのだ。

決め手になったのは、この信じがたいチャンスを逃したら、死ぬまで自分を許せないだろうという思いだった。むなしい後悔を抱えたまま余生を過ごすことになる――それ以上にせつないことはない。

教授の返事は数時間後に届いた。賽《さい》は投げられた。ゆっくりと――時間はまだたっぷりある――ジャンは身辺の整理を始めた。

親愛なるマイア
この手紙を読んだら、姉さんは驚くくらいではすまないだろうね。これが届くころ、僕はもう地球にはいないだろう。これまで大勢が月に行ったけど、僕の行き先は月じゃない。違うんだ。僕はオーヴァーロードの母星に向かってるはずだ。僕は太陽系を離れる最初の人間になるんだよ。
この手紙は、今回協力してくれた友人に預けておく。僕の計画の――少なくとも第一段階の――成功を確認したあと、姉さんに渡してもらえるよう頼んである。そのころにはもうオーヴァーロードにも手出しはできない。僕ははるか遠くにいて、ものすごい速度で旅をしているからだ。僕を回収せよという命令だって追いつけないだろう。たとえ追いついたとしても、船を地球に帰還させることはおそらく不可能だ。それに、どう考えても僕はそこまで重要な人間じゃないしね。
何より先に、こんなことを思いついた経緯を説明しておくよ。僕が昔から宇宙旅行に興味を持っていたことは姉さんも知ってるだろう——ほかの惑星に行ったり、オーヴァーロードの文明について調べたりすることがいっさい禁じられてることを不満に思ってたことも。だけど、もしオーヴァーロードという邪魔が入らなければ、人類はいまごろ火星や金星に行ってたかもしれない。もちろん、二十世紀に開発してたコバルト爆弾みたいな大量破壊兵器でとっくに自滅してた可能性だってあるけどね。それでもときどき思う。せめて自分たちの足で立ち上がるチャンスを与えられていたらよかったのにと。

オーヴァーロードには、人類を子ども部屋から出したくない彼らなりのわけがあるんだろうし、それはきっと文句のつけようがない理由なんだろう。でも、その理由を知っていたとしても、やっぱり僕の気持ちは——行動も——変わらなかっただろう。

すべての始まりはルパートのパーティだった（ちなみに、ルパートは僕にきっかけを与えてくれはしたけど、今回のことはまるで知らない）。ルパートが主催したくだらない降霊会の最後に、女性——名前を忘れてしまった——が失神したね？あのとき僕は、オーヴァーロードの母星を質問した。答えは〝ＮＧＳ５４９６７

2〟だった。実を言えば、答えなんか期待してなかったんだ。あの瞬間まで、あんなものはナンセンスだと思って傍観してた。でも、あの答えは星表の天体番号じゃないかと気づいて、調べてみた。するとその星は、竜骨座にあるとわかった。オーヴァーロードについて僕らはほんのわずかな事実しか知らないけど、そのうちの一つは、彼らは竜骨座の方角から来たらしいってことだ。

問題の情報がどうやってあの場にもたらされたのか、どこから来たのか、わかるとは言わない。誰かがラシャヴェラクの心を読んだのかもしれないね。だけど、自分の母星が地球の星表にどんな番号を振られて載ってるか、ラシャヴェラクが知ってたとは考えにくいだろう？　まったくの謎だよ。その謎を解くのはルパートみたいな人たちに任せよう——解けるとすればだけどね！　僕はその情報をありがたく受け取って、それに基づいて行動するだけだ。

オーヴァーロードの船が出発していく様子を観察した結果、あの船のスピードについてはかなりわかってきてる。一時間で光速に接近するくらいのものすごい推進力で太陽系を離れていくんだ。つまり、船にあるすべての原子に等しく作用するような推進力が使われてるということになる。さもないと、船に載ったものが一瞬にして破裂してしまいかねないからね。そんな並外れた推進力を必要とする理由がよくわからない。だって、空間はいくらでもあるんだ。時間をかけてゆっくり加速すればいい話じゃないか。これについての僕の仮説はこうだ。オーヴァーロードの船は、恒星の周囲にあるエネルギー場を何らかの手段で利用できるようになってるんだろう。そうだとすると、発進と停止は恒星のできるだけ近くで行なわなければならないわけだ。でも、そんなことを姉さんに説明してもしかたがないか……。

　重要なのは、オーヴァーロードの船がどれだけの距離を旅しなければならないか、ゆえにどれだけの時間がかかるか、おおよその見当がついたってことだ。ＮＧＳ５４９６７２は、地球から四十光年離れたところにある。オーヴァーロードの船は光速の九十九パーセント以上のスピードを出せる。つまり、地球の時間でざっと四十年旅しなければならないということだ。地球の時間でだよ。肝心なのはここだ。

　姉さんもどこかで聞いたことがあるかも知れないけど、光速に近い速度で移動すると、不思議な現象が起きる。時間が独立した早さで流れ始めるんだ。具体的には、ゆっくりになる。地球で数カ月が過ぎても、オーヴァーロードの船ではたった数日しか経過しない。物理学の世界ではごく基本的な知識だ。かのアインシュタインがいまから百年以上前に発見した理論だよ。

スタードライヴについて判明してるデータと、相対性理論のすでに立証されている結果をもとに、計算してみた。オーヴァーロードの船の乗客から見ると、NGS549672までは二カ月とかからない。地球では、その間に四十年が過ぎる。筋道の通らない話に聞こえるだろうね。気休めかもしれないけど、アインシュタインが相対性理論を発表して以来、地球上でもっとも優秀な頭脳を持った科学者たちもこの理論には悩まされ続けてきた。

これがどういうことなのか、具体的に説明するよ。姉さんに少しでもわかってもらいたいから。もしオーヴァーロードの母星に到着するなり地球に送り返されたとすると、僕は四カ月だけ歳を取って帰ることになる。ところが地球では、その間に八十年の年月が過ぎてる。もうわかったろう。何がどうなろうと、これでお別れなんだ……。

僕を地球に縛りつけてるしがらみなど一つもないも同然だってことは、誰より姉さんが知ってるね。だから僕は何の悔いもなく行ける。母さんにはまだ話してない。きっと泣かれてしまう。母さんに泣かれたら、どうしていいかわからなくなる。だからこのほうがいいんだ。父さんが死んで以来、できるだけ母さんの意向を尊重しようとしてきたけど——いや、いまさらそんな話をしたところでしかたがないね。

やりかけの研究は全部整理した。大学には、家庭の事情でヨーロッパに引っ越すことになったと言っておいた。身辺の整理はすませてある。だから何も心配しなくていいよ。

ここまで読んで、僕の頭はどうかしてしまったらしいと思い始めてるかもしれないね。オーヴァーロードの船に潜入するなんて絶対に不可能だと思われてるんだから。だけど、いい方法を見つけたんだ。そうあることじゃない。僕のあとにはもう二度と実現しないかもしれない。カレランは同じ間違いを繰り返さないように念を入れるだろうからね。トロイの木馬の伝説を聞いたことはある？　ギリシャの兵士はそのなかに隠れてトロイに侵入した。だけど、実は旧約聖書にもっと似た話があって……。

「ヨナよりはずっと快適に行けるはずだ」サリヴァン教授が言った。「ヨナが電灯や汚水処理設備を持っていたという証拠は一つもないからね。しかし、かなりの食料が必要だろうし、酸素だって必要だ。こんな小さな空間に、二カ月分の物資を詰めていけるかな」

教授はジャンがテーブルに並べた精細なスケッチに指を突き立てた。顕微鏡が重し代わりに紙の片端を、何やら不気味な魚の頭骨がもう片端を押さえている。

「酸素を持ちこまずにすむといいんですが」ジャンは言った。「オーヴァーロードが地球の空気を呼吸できることはわかってますよね。ただ、本人たちはあまり気に入っていないらしいし、彼らの空気は僕にはまったく呼吸できないかもしれません。物資の量の問題に関しては、ナルコサミンで解決できます。完全に無害ですし、出発の間際に一度注射しておけば、六週間後まで目は覚めませんから。数日の誤差はあるでしょうがね。そのころには目的地はもうすぐそこです。実を言うと、僕が心配なのは食料や酸素のことではなくて、退屈するんじゃないかってことです」

サリヴァンはふむというようにうなずいた。「そうだな、ナルコサミンなら安全だ。

必要量を正確に見積もれるしな。しかし、食料は手近にたっぷり準備しておくことだ――目が覚めたとき、猛烈な空腹を感じるだろうし、仔猫なみに体力が弱っているはずだ。考えてもごらん。缶切りを回す力がなかったがために飢え死にするなんて、絶対にごめんだろう?」

「そのことならちゃんと考えてあります」ジャンはいくらか気分を害したように答えた。「ありきたりですが、砂糖とチョコレートでどうにかしのぐことにします」

「いいだろう。隅から隅まで検討してきたらしいな、感心だ。それに、途中でいやになったらやめればいいいんだなどと軽く考えていないらしいことにも安心したよ。この計画にはきみの命が懸かっている。私にしたって、きみの自殺を手伝ったようなものだとあとでわかったりしたら、寝覚めが悪い」

サリヴァン教授は頭骨を両手で拾い上げると、ぼんやりそれを見つめた。ジャンは丸まりかけた設計図を手で押さえた。

「幸いにも」教授が続けた。「きみに必要な装備はどれも標準的なものばかりだ。うちの技術者なら数週間で作れるだろう。万が一気が変わるようなことがあったら――」

「気が変わることはありません」ジャンは言い切った。

——あらゆるリスクを検討したよ。この計画に穴はなさそうだ。六週間後に目が覚めたら、密航者として名乗り出る。そのころには——六週間というのは、僕の時間でだよ——旅はそろそろ終わりに近づいて、オーヴァーロードの世界に着陸する寸前になってるだろう。

もちろん、そのあと何がどうなるかはオーヴァーロード側の判断にかかってる。きっと僕は次の便で地球に帰されるだろう。それでも、少しくらいは向こうの世界を見られるはずだ。四ミリカメラを持っていくつもりでいる。大量のフィルムもね。彼らに取り上げたりしないかぎり、何か写してくるよ。最悪の場合でも、僕は人類を永遠に隔離しておくことはできないと証明することになるだろう。僕という前例ができたら、カレランも何か対処せざるをえなくなるはずだ。

僕から話せるのはこのくらいだよ、姉さん。僕がいなくなっても、姉さんは大して淋しいとは思わないだろう？　建前は捨てて、正直に認めよう。僕ら姉弟はそもそも強い絆で結ばれているほうじゃなかった。それに姉さんはルパートと結婚した。これからも二人の小さな宇宙で幸せに暮らしてくことだろう。少なくとも、僕はそう願ってる。

さよなら。幸運を祈るよ。姉さんの孫たちに会うのを楽しみにしてる。だから僕のことをちゃんと話しておいてくれ。頼んだよ。

姉を敬愛する弟ジャンより

## 13

一見したところでは、それは組立中の小型飛行機の胴体としか思えなかった。非の打ちどころのない流線形をした、長さ二十メートルの鋼鉄の骨組み。周囲に組まれた足場を電動工具を持った職人たちが昇り降りしている。

「そうだ」サリヴァン教授がジャンの質問に答えて言った。「標準的な航空工学の技術を使ってる。いま作業している職人も、大部分が航空機製造業界の人間だよ。それにしても、こんな大きな生物がいるなんてにわかには信じられないだろう？ それもただ生きてるだけじゃない、この巨体で水から跳ね上がったりまでするんだからね。私も見たことがある」

　確かに、興味深い生き物ではある。しかしジャンの頭は別のことでいっぱいだった。巨大な骨組みにくまなく目を凝らし、小部屋――サリヴァン教授は〝エアコン付き棺桶〟と呼んでいた――を隠すのにちょうどよさそうな場所を探す。だが、すぐにこれなら大丈夫だろうと思った。スペースという意味では、密航者が一ダースいてもまだ余裕がありそうだ。

「骨組みはほぼできあがってるようですね」ジャンは言った。「皮膚はいつかぶせるんです？　クジラはもう捕まえてあるんでしょう？　どのくらいの大きさの骨組みを作ればいいか、捕まえてみなくちゃわかりませんものね」

　サリヴァンはやけにうれしそうな顔をしていた。「いや、クジラを捕獲しようなんてつもりはさらさらないよ。それに、クジラにはいわゆる皮膚というものはないんだ。厚さ二十センチの脂肪をあの骨組みに巻きつけるなんて、あまり現実的とはいえない。だから、代わりにビニールをかぶせて、クジラらしい色を塗る予定でいる。完成品は本物と見分けがつかないはずだ」

そういうことなら、オーヴァーロードの立場で考えれば、完成品の写真を撮って母星に送り、それをもとに実物大の模型を自分たちの手で作るほうが楽なのではないか。しかし、補給船はおそらく空っぽで地球に戻ってくる。全長二十メートルのマッコウクジラ程度のちっぽけな荷物が問題になることはないだろう。力と資源に恵まれた者は、些細な非効率など気にしないものだ……。

サリヴァンは、イースター島が発見されて以来、考古学者たちを悩ませてきた巨大な石像の傍らに立っていた。王なのか神なのか、あるいはほかの何かなのかわからないが、がらんどうの双眸は、周囲を歩き回りながら作品の出来を確かめている教授をじっと追っているように思えた。満足のいく出来だった。この先二度と人類の目に触れることがないというのは残念ではあるが。

頭のいかれた芸術家が麻薬でハイになりながら製作したような代物だった。それでも、そこには実際の光景が丹念に写し取られていた。これは大自然という芸術家の作品なのだ。水中カメラが実用化されるまで、ほんの一握りの人々しか目にしたことがなかった光景だ。その幸運な一握りにしても、巨大な生物が戦いながら一瞬だけ海面に姿を現したときだけしか見ることはできなかった。こういった闘いは、永遠の夜に包まれた海の底、マッコウクジラが食物を狩る海底で行なわれる。そしてその食物は、生きながら食われることに必死に抵抗する……。

のこぎり状の歯が並んだ細長いクジラの下顎は大きく開かれ、獲物をしっかりと捕らえようとしていた。クジラの頭はほとんど見えない。激しく抵抗するイカの白く軟らかな触手がからみついているからだ。クジラの皮膚には、直径二十センチ以上もある吸盤に吸いつかれてできた青黒い痕が点々とついている。触手の一本はすでに食いちぎられ、この死闘の結末は誰の目にも明らかだった。この地球上でもっとも体の大きな生物同士の闘いで勝つのは、決まってクジラだった。イカの触手がどれだけ力強かろうと、執拗に食らいついてくる顎から逃れるには、そののこぎりのような歯にばらばらに食いちぎられる前に振り切るしかない。うつろな表情をした直径五十センチの巨大な目は、自分を食い殺そうとしている敵を見つめている――とはいえ、深海の暗闇の底では、互いの姿はおそらく見えないに違いない。

作品全体の長さは三十メートル以上あり、さらにそれを上回る大きさのアルミ製のケージにおさめられている。ケージには吊り上げるための鐶《かん》がすでに取りつけられていた。準備は万端だ。あとはオーヴァーロードの気が向くのを待つだけだった。いますぐにでも引き取りにきてくれるといいのだが。気がかりでいても立ってもいられない。

誰かがオフィスからまばゆい陽射しのなかに駆け出してきた。彼を探している様子だ。どうやら事務室長らしいと気づき、サリヴァンはそちらに近づいていった。

「やあ、ビル――どうした、そんなに慌てて」

事務室長は電信文を手にしていた。うれしそうな顔つきだ。「すごいニュースですよ、教授！　光栄な話です！　作品が荷積みされる前に、総督ご自身がここにいらしてご覧になるそうです。いい宣伝になりますよ！　助成金がぐっともらいやすくなるでしょう。私はね、一度くらいはこういうことがあるんじゃないかとずっと待ってたんです」

サリヴァンはごくりと喉を鳴らした。マスコミの関心を集めること自体は悪くない。だが、今度ばかりはそれが裏目に出るのではと不安だった。

カレランはクジラの頭のそばに立ち、大きな丸い鼻先や象牙色の歯が並ぶ顎を見上げている。サリヴァンは内心の不安を押し隠しながら、総督はどう思っているのだろうと考えていた。疑いを抱いている気配はない。今回の視察にしても、特別な目的があってのことではないと説明されれば、そうなのだろう。それでもサリヴァンは、頼むから早く帰ってくれと念じた。

「私たちの星には、こんなに大きな生物はいない」カレランが言った。「きみにこの製作を頼んだ理由の一つはそれだ。私の――その――同胞も、これにはいたく興味をそそられるだろう」

「重力が低いあなたがたの星にこそ」サリヴァンは応じた。「大型の生物がいるだろうと思っておりましたが。その証拠に、あなたがたは地球人よりずっと大柄ではありませんか！」

「確かに。しかし、私たちの星には海がないのだよ。体の大きさという点では、陸の生物と海の生物ではまるで勝負にならない」

それは当たっている。そしてサリヴァンの記憶するかぎり、オーヴァーロードの星に海がないというのは、これまで知られていなかった事実だった。ジャン――あの若造め――に聞かせたら、きっと大いに関心をもつだろう。

そのころ、当の若造は一キロほど離れた小屋で双眼鏡を目に当て、視察の様子を不安げに見守っていた。怖がることはないと、さっきから何度も自分に言い聞かせている。クジラをどんなに丹念に調べようと、秘密が暴かれることはない。しかし、カレランが何かを疑って視察にきた――そして彼らを試している――可能性は排除できない。

カレラン総督がクジラの洞窟のような喉をのぞきこむのを見て、サリヴァンの胸にも同じ不安が広がった。

「きみたちの聖書に」カレランが言った。「ヨナというヘブライの預言者の話が出てくるね。船から海に放り出されたあと、クジラに呑みこまれて陸まで無事に運ばれた。あの伝説の元になった実話があったのだろうか」

「かなり信憑性のある実例が一つ」サリヴァンは言葉を選びながら答えた。「ある捕鯨船員がクジラに丸呑みにされたものの、無傷で吐き出されたというものです。もちろん、すぐに吐き出されていなければ窒息死していたでしょうし、歯に引っかからずにすんだのも幸運でした。信じがたい話ではありますが、絶対にありえないということもないでしょう」

「ふむ、興味深いな」カレランが言った。そのまま少しの間、大きな顎を見つめていたが、やがてイカの前に移動した。サリヴァンは、思わず出た安堵の溜め息が総督の耳に届いていないことを祈った。

「こんなことになるとわかってたら」サリヴァン教授は言った。「きみがそのとほうもない考えを私に伝染《うつ》そうとした瞬間にオフィスから放り出してたよ」

「そのことは謝ります」ジャンが答える。「でも、こうして無事に切り抜けたわけですし」

「これで終わったんならいいがね。とにかく、幸運を祈るよ。決意が揺らぐようなら、あと六時間あるからな」

「いや、決意は変わりません。いまから僕を止められるのは、カレラン一人でしょう。いろいろとお世話になりました。無事に地球に帰ってこられて、オーヴァーロードのことを本に書くようなことがあれば、教授に捧げることにしますよ」

「それはありがたいね」サリヴァンはぶっきらぼうに言った。「そのころには私はとっくに死んでいることだろう」もうお別れなのだと思うと、胸に何かがこみ上げてきた。実に意外なことだった。もともとあまり感傷的な人間ではないからだ。額を突き合わせて計画を練ったこの数週間で、ジャンという青年に好感を抱くようになっていた。さらに、手の込んだ自殺行為の共犯になるかもしれないという恐怖も芽生え始めていた。

ジャンが何列も並んだ歯をよけながら大きな口の中に入る間、サリヴァンは下で梯子《はしご》をしっかりと押さえていた。懐中電灯の光を上に向けると、ジャンが振り返って手を振っているのが見えた。次の瞬間、ジャンは洞穴のような空間に呑みこまれていた。エアロックハッチが開き、ふたたび閉まる音が聞こえたあとには、静寂だけが残った。

月明かりに照らされた戦闘場面は、まるで悪夢から抜け出してきたようだった。サリヴァン教授はゆっくりと歩いてオフィスに戻った。自分はいったい何をしたのだろう。その行為はいったいどんな結果を生むのだろう。もちろん、彼がその結果を知ることはない。ジャンはふたたびここを歩くことになるのかもしれない――はるかオーヴァーロードの故郷と地球を往復するのに、ほんの数カ月を費やしただけで。だが、もしジャンが帰ってくることがあったとしても、それは人間には越えることのできない時間の壁の向こう側での出来事だ。なぜなら、それが起きるとすれば、八十年も先のことなのだから。

ハッチの内側のドアを閉めた瞬間、鋼鉄の小さなシリンダーのなかの照明が灯った。考え直す暇を自分に与えないよう、すぐに内部の最終点検を始めた。備品や食料は何日も前に積みこみを完了していたが、最後にもう一度だけ確認すれば、やり残したことはないとあらためて納得できて、気持ちも落ち着くに違いない。

一時間かかって点検を終えた。スポンジゴムのマットレスにごろりと転がり、頭のなかで計画をおさらいした。シリンダーの内部は無音だった。聞こえるのは、電池式のカレンダー付き時計が時を刻むかすかな音だけだ。旅の終わりが近づいたら、この時計がそれを知らせてくれる。

ここにいるかぎり、おそらく何も感じないことだろう。オーヴァーロードの船がどれほどの加速力を持っていようと、それを相殺《そうさい》するための機構が組みこまれているはずだからだ。サリヴァン教授がその点をさりげなく確かめてくれた——数G以上の重力加速度にさらされたら、クジラとイカの模型はつぶれると指摘して。すると教授の——そう、クライアントは、その心配はしなくていいと請け合ったという。

しかし、気圧にはかなりの変化があるだろうと予想された。とはいえ、なかが空洞になった模型は、いくつかある穴から呼吸できるから、気圧の変化は大した問題ではない。ただし、シリンダーから出る前には気圧を等しくしておく必要がある。オーヴァーロードの船のなかの空気は、おそらく呼吸できるものだろう。単純なフェースマスクと酸素タンクさえあれば、死ぬことはないはずだ。複雑な装置は必要ない。マスクがなくても呼吸できるようなら、なおさらいい。

これ以上待つ必要があるだろうか。待てば神経がやられるだけのことだ。ジャンは小さな注射器を取り出した。慎重に量をはかった薬剤をすでに入れてある。ナルコサミンは、動物の冬眠のしくみを研究している過程で発見された物質だ。世間一般には、仮死状態を作り出すと考えられているが、それは事実ではない。単に生命活動の速度を大幅に鈍らせるだけだ。新陳代謝は低い水準ながら継続される。たとえるなら、生命の火に灰をかぶせるようなものか。火は、勢いを減じられながらも、灰の下でくすぶり続ける。そして数週間あるいは数カ月後に薬の効果が切れると、火はふたたび燃え盛り、眠っていたものは意識を回復する。ナルコサミンに危険はまったくない。母なる自然は、食料のない冬から子どもたちを守るために、この薬を何百万年も使ってきたのだ。

ジャンは眠りについた。ケーブルがぐいと引っぱられ、巨大な鋼鉄の骨組みが持ち上がってオーヴァーロードの補給船の貨物室に移されたときのかすかな揺れにも気づかずに眠り続けた。これから三百兆キロを旅する間、二度と開かれることのないハッチがあちこちで閉まる音も聞こえていなかった。船がふるさとに向けて出発し、ぐんぐん上昇していく間、分厚い壁の向こうでは地球の大気が抗議の悲鳴をあげていたが、それもやはりジャンの耳には届いていなかった。

そして、スタードライヴに火が入る音も。

## 14

週に一度の記者会見が行なわれる会議室はいつも満員だったが、今日の込みようは尋常ではない。記者がぎゅう詰めに押しかけ、メモ帳を開くゆとりもない有様だった。記者たちはいつもどおり、カレランの保守主義と気遣いの欠如に不平をこぼし合った。世界中どこの記者会見場でも、テレビカメラやテープレコーダーといった、高度に機械化された業界の七つ道具の持ち込みが禁じられることはない。ところがここでは、紙と鉛筆といった原始的な道具——と、信じがたいことに、速記——に頼るしかない。

レコーダーをこっそり持ちこんだ記者は過去に何人かいた。無事に会見場から持ち出すことにも成功したが、やってみるだけ無駄だったことは、レコーダーの機械部から立ち上る煙を一目見ただけでわかった。そのことを伝え聞いた記者たちは、会議室に入る前に腕時計など金属製品をはずすよう毎度警告されたのは彼らのためを思ってのことだったと知った。

記者たちの不公平感をいっそう募らせる事実もあった。カレラン自身は記者会見の様子を録音しているのだ。不注意な引用をした記者、発言内容を頭から誤解したまま記事にした記者——ただしその人数はごく少なかった——にはカレランの部下から呼び出しがかかった。短いが気詰まりなその会合では、記者会見の録音テープが再生され、総督が実際には何と言っていたか、注意深く耳を澄ますはめになった。一度そのお仕置きを経験した者は、二度と同じ過ちを犯すことはなかった。

事前に噂が広まるからくりはよくわからない。何らかの予告があるわけではないのに、年に二度か三度、カレランから重大な発表があるときはかならず記者会見場が超満員になる。

堂々たる扉がさっと開かれ、カレランが入ってきて演壇に近づくと、ざわついていた会場が静まり返った。照明は薄暗い。はるかかなたのオーヴァーロードの母星の明るさに似せてあるのだろう。カレランは屋外ではいつもサングラスをかけていたが、いまは外している。

カレランは記者たちのふぞろいな挨拶の声に「おはよう、諸君」と堅苦しく応えたあと、一番前に陣取っている長身の一際目立つ人物のほうに顔を向けた。記者クラブの重鎮ミスター・ゴールドは、もしかしたら、あるコミックのなかで登場人物の執事が主人に来客を告げるのに「タイムズ」の記者だけを特別扱いして、〝旦那様、新聞記者がお二人と、「タイムズ」の紳士がお見えでございます〟と言う一コマの着想の元になった人物なのかもしれないと思わせるような風貌をしていた。まるで一昔前の外交官のような服装と物腰だ。この人物が相手なら、誰だって迷うことなく秘密を打ち明けてしまいたくなるだろう。そして打ち明けたことを後悔した人物は、これまでのところ一人もいない。

「今日は盛況だね、ミスター・ゴールド。よほどほかにニュースがないと見える」

〝「タイムズ」の紳士〟は笑みを浮かべて咳払いをした。「みなの苦境を救ってくださるものと期待しておりますよ、総督閣下」ゴールドはそう答えたあと、熟考しているカレランを食い入るように見つめた。

オーヴァーロードの顔は仮面のように硬く、内心の動きをいっさい表さない。それがひどく不公平に思えた。目は大きくて幅がある。瞳孔はこの貧弱な照明のもとでもピンの頭くらいに収縮していた。その無表情な目が、好奇心を露《あらわ》にした人間の目をじっと見返している。両方の頰――縦に溝が刻まれた玄武岩のように硬い曲面を頰と呼べるのならだが――にうがたれた呼吸孔は、カレランの、人間で言えば肺に当たる器官が地球の薄い空気をあえぐように吸ったり吐いたりするのに合わせ、ひゅうというかすかな音を立てている。ゴールドの座っている位置からは、呼吸孔を守りながらカレランの二倍速の呼吸のリズムに合わせて左右ばらばらにはためく短い白い毛のカーテンがちょうど見えた。あの毛はダストフィルターの役割をするものと一般には考えられている。オーヴァーロードの母星の大気の状態に関して苦心の末に構築された仮説はどれも、この頼りない推測を根拠にしていた。

「そう、ニュースはいくつかある。きみたちも知ってのとおり、先ごろ、補給船が一隻、地球を出発して帰途についた。その船に密航者がいたことが判明した」

百本の鉛筆が急ブレーキをかけて止まった。百組の目が一斉にカレランに注がれた。

「密航者とおっしゃいましたか、総督閣下」ゴールドが訊いた。「その密航者の名前をお尋ねしてもよろしいでしょうか——それに、どうやって船に潜りこんだのかも」

「氏名はジャン・ロドリクス。ケープタウン大学工学部の学生だ。これ以上の詳細は、きみたちのすこぶる優秀な情報ネットワークを駆使すれば簡単に手に入るだろう」カレランはそう言って微笑んだ。

総督の笑顔は少々変わっている。表情のほとんどは目に現れた。唇のない堅い口はほとんど動かない。微笑むという行為は、カレランが例によって巧みに真似をした人間の習慣のうちの一つなのだろうか。その表情が他人に与える印象は間違いなく〝笑み〟だったし、見る者の理性も躊躇なくそのように解釈した。

「密航の手段は」総督は先を続けた。「あまり重要ではない。ここで——とくにほかの宇宙飛行士予備軍に向けて——断言しておく。同じ手段は二度と使えない」

「その若者の処分は？」ゴールドは食い下がった。「地球に送還されることになるんでしょうか」

「それを決定する権限は私にはない。おそらく一番早い便で送り返されることにはなるだろうがね。向こうの環境は、彼にとっては——あまりに異質で、快適とは言いがたいものだろう。というわけで、今日の記者会見の本題に入ろうか」

カレランはそこで一息入れた。会場の静寂はいっそう深くなった。

「宇宙への道が閉ざされているために、冒険心あふれる若年層から不満の声があがっている。しかし私たちの方針には目的があるのだ。いたずらに何かを禁止するようなことはしない。ところで、きみたちは一度でも考えてみたことがあるだろうか——不愉快な比喩に聞こえるかもしれないが、容赦してほしい——もし石器時代の人間が一足飛びに現代の都市に放り出されたら、どう思うだろうかと」

「それはまさにこじつけですね」『ヘラルド・トリビューン』の記者が抗議した。「条件が根本的に違います。僕らは科学というものを知っています。あなたがたの世界には、僕らには理解できないものがきっとたくさんあるでしょう。だからといって、僕らはそれが魔術だとは思わないはずです」

「本当にそうだろうか」カレランが訊き返した。聞き取れないほどの小ささささやきだった。「電気の時代と蒸気の時代の間には、たった百年しかない。だが、ヴィクトリア女王時代の技師がテレビやコンピューターを見たとしたら、いったい何だと思うだろう。果たして寿命が尽きるまでの間にその仕組みを解明できるだろうか。二つのテクノロジーの間に横たわる溝は、深く広い。飛び越えようと試みれば、命取りになりかねない」

（「そらきた」ロイターの記者がＢＢＣの記者に耳打ちした。「俺たちはついてる。どうやら重要な政策が発表されるらしい。あの言いかたは絶対そうだ」）

「私たちが人類を地球に足止めしている理由は、ほかにもある。これを見てもらいたい」

照明が落とされた。入れ違いに、部屋の真ん中に乳白色の光が現れた。やがて光は凍りつき、渦を巻く無数の星に姿を変えた。もっとも外側の太陽よりさらに遠くから見た渦状銀河だ。

「これは人類がまだ一度も見たことのない光景だ」暗闇の奥からカレランの声が聞こえた。「これはきみたちの銀河、きみたちの太陽もその一員である島宇宙だよ。それを百万光年離れた地点から眺めている」

　長い沈黙ののち、カレランは先を続けた。その声は、哀れみとは少し違う何か、そして決してあざけりではない何かが感じ取れた。

「きみたちの種族には、このちっぽけな星が抱えている問題を解決する能力さえ欠けていることはすでに証明されている。私たちがやってきたとき、きみたちは自滅の一歩手前にいた——科学が軽率にも与えた力によって、自分たちを滅ぼそうとしていたのだ。私たちが介入していなければ、地球はいまごろ放射能にまみれた荒れ野と化していただろう。

　だが、きみたちはこうして平和な世界を手に入れ、種族として一つにまとまった。もうしばらくすれば、私たちの支援なしに自分たちの惑星を運営していける文明レベルに到達することだろう。ひょっとしたら、最終的にはこの太陽系全体の——五十個の月や惑星の問題を解決することもできるようになるかもしれない。しかし、これにうまく対応していけると思うかね？」

　銀河が爆発的に拡張した。星が次々と溶鉱炉の火花のごとく猛烈な勢いで近づいてきては背後に飛び去っていく。そのはかない火花の一つひとつは太陽だった。その周囲をいったいいくつの世界が回っているのだろう……。

「この私たちの銀河には」カレランがつぶやくように続けた。「八百七十億の太陽がある。その数を考えただけでも、宇宙の広大さが何となく想像できるのではなかろうか。そこに乗り出していくきみたちは、地球上のすべての沙漠の砂に一粒ずつラベルを貼り分類するアリのようなものだ。

きみたち人類はまだ、そのあまりにも遠大な課題に挑戦できる段階まで進化していない。私の職務の一つは、星の間に存在する力――きみたちには想像もつかない力からきみたちを保護することだった」

火花が渦を巻く銀河の映像が消えた。静まり返った会議室に照明が戻った。

カレランは向きを変えて出ていこうとしている。会見はこれで終わりなのだ。しかし、総督はドアの手前で足を止めると、声も発せられずにいる記者たちのほうを振り返った。「認めがたいことだろうが、現実と向き合わなくてはならない。きみたちが太陽系の惑星を支配する日はいつか来るだろう。だが、人類が宇宙を制する日は来ない」

〝人類が宇宙を制する日は来ない〟……宇宙への入口が目の前で音を立てて閉ざされ

た。人類はそのことを大いに不満に思うだろう。しかし、彼らは真実と——あるいは、慈悲深くも一部分だけ与えられた真実と、正面から向き合うことを学ばなくてはならない。

成層圏の孤独な高みから、カレランは不本意ながらもそのお守役《もり》を任じられた世界とそこに暮らす人々を見下ろした。これからのことを考える。ほんの十数年先のこの世界の有様を思う。

これまで自分たちがどれほど幸運だったたか、彼らが認識することはないだろう。一世代の間、人類はどんな種族にも知ることができないような幸福を享受してきた。まさに黄金時代だった。しかし、黄金色は夕暮れの色、秋の色でもある。冬の嵐の到来を予告する風のすすり泣きは、いま、カレランの耳だけに聞こえていた。

そして、この黄金時代がどれほど容赦ない速度で終焉へ向けて疾走しているのかを知るのは、やはりカレラン一人だった。

# 第3部　最後の世代

# 15

「おい、見ろよ！」ジョージ・グレグソンは憤慨したように叫び、新聞をジーンに放った。ジーンは受け止めようとしたものの、新聞は朝食用のテーブルに力なく着地した。新聞についてしまったジャムを丹念に拭い取ったあと、自分も憤慨しているような表情を装いつつ、ジョージを怒らせたらしい記事に目を通した。が、芝居はいつもうまくいかない。たいがいの場合、新聞に書かれた批評はもっともだと思えるからだ。その異端的見解はひたすら胸にしまっておくことにしているが、それは平穏な生活を維持するためだけではない。ジョージはジーンからは（いや、誰からも）つねに称賛の言葉を奉られるものと固く信じている。それなのに彼の作品を批判などしようものなら、彼女がいかに芸術というものに無知か、ぐうの音も出なくなるまで滔々と説教されることになるだろう。

記事に二度、目を通したところで降参した。これはかなり好意的な批評ではないか。

「あなたの番組を褒めてるようにしか読めないんだけど。何が気に入らないの？」

「ここだよ」ジョージは記事の真ん中あたりに指を突き立てた。「よく読んでみろって」

「〝バレエシーンの背景に使われた繊細なパステルグリーンは、ひときわ目に優しかった〟。これがどうかした？」

「あれは緑じゃない！　あの青を出すのに、どれだけ苦労したことか！　なのにどうだ！　調整室の技師がカラーバランスをしくじった。そうじゃないなら、この記事を書いた批評家の目がどうかしてるんだ。うちの画面では何色に見えた？」

「えっと――覚えてない」ジーンは正直に答えた。「ちょうど赤ちゃんが泣きだして、様子を見にいっちゃったから」

「ふん」ジョージの怒りの火山はとりあえず沈静化したらしい。それでもジーンは、いつ来るかわからない次の爆発に備えて身構えた。ところがいざ起きてみると、拍子抜けするくらい穏やかな噴火だった。

「テレビの新しい定義を思いついたぞ」ジョージは陰鬱な声で言った。「アーティストと観衆のコミュニケーションを阻害する装置」

「じゃ、どうしろっていうの?」ジーンは切り返した。「わざわざ劇場に足を運ぶ時代に戻れとでも?」

「だめか?」ジョージが応酬する。「僕が考えていたのはまさにそれだよ。ニューアテネからもらった手紙を覚えてるだろう? また一通届いたんだ。今回は返事を出そうかと思ってる」

「本気なの?」ジーンはいくらか警戒しながら訊き返した。「あそこはただの変人の集まりなんじゃない?」

「実際そうなのかどうか、確かめる方法は一つだけだ。二週間後にニューアテネに行ってみよう。彼らが発行しているパンフレットを見るかぎり、しごくまっとうだ。それは否定できないよ。それに、人格者も多いらしい」

「あたしが焚き火で料理したり、動物の毛皮を着たりすると思ってるなら――」

「思ってないさ! そんなの単なる噂だよ。コロニーには、文明的な生活を営むのに最小限必要なものはちゃんと揃ってる。よけいな贅沢品を拒否してるってだけの話だ。それに、太平洋にはもう二、三年行ってないだろう。いい気分転換になるだろう」

「その点では異論はないわ」ジーンは言った。「でも言っておくけど、子どもたちを野蛮人に育てるつもりはないから」

「そんなことにはならない。僕が保証する」

ジョージの言ったとおりの結果になった——ただし、ジョージが意図しなかった意味で。


「飛行機からごらんになったと思いますが」ベランダで向かい合って座った小柄な男が言った。「このコロニーは、海上道路でつながった二つの島から成っています。こっちの島はアテネ、もう一つはスパルタ。スパルタは自然のままの岩だらけの土地ですが、スポーツやエクササイズにはおあつらえ向きですよ」そう言って視線を客人の腹にちらりと向ける。ジョージは籐椅子の上でもぞもぞと体を動かした。「ちなみに、スパルタは死火山でしてね。少なくとも地質学者はそう言ってますよ。は、は！

アテネ島の話に戻しましょうか。このコロニーの理想は、ご承知のとおり、独自の芸術を追求する独立し安定した文化集団を築くことにあります。この事業に着手するに当たって、徹底した事前調査を実施したことはご説明しておくべきでしょう。社会工学の応用版です。何やら複雑きわまりない数学理論を基礎にしたそうで、私にはさっぱり理解できないのですがね。ともかく、数理社会学者の分析の結果をもとに、コロニーの広さや、居住させるべき人々——そして何より、長期にわたって安定した基盤を保つためのルールなどを確定させたわけです。

現在は最高意思決定機関として、八名の評議員から成る評議会が常置されています。八名はそれぞれ、生産、エネルギー、社会工学、芸術、経済、科学、スポーツ、哲学の各分野を代表しています。終身の議長や会長はいません。評議員が一年交代で議長を務めることになっています。

現在の人口は五万人強。理想とされる数値にはもう一歩届いていません。だからこうして積極的に新規メンバーを勧誘しているわけです。もちろん、自然減もありますから、特定の分野においては才能ある人材がつねに不足しているのが現実です。

この島では、人類の独立性の一部——芸術という伝統を守っていこうという努力を続けています。とはいっても、オーヴァーロードに敵対するつもりはありません。我が道を貫きたい、だから放っておいてくれというだけのことです。オーヴァーロードたちは旧国家を分解し、歴史始まって以来続いてきた暮らしを打ち壊し、よくないものと一緒によいものまで駆逐してしまいました。いまの世界は従順で面白みがない。そして、文化は死んでしまいました。オーヴァーロードの出現以来、真に新しいと言えるものは何一つ生み出されていません。その理由は明らかです。闘って勝ち取るべきものが何一つ残されていないから、手軽な娯楽が多すぎるからです。ご存じですか。一日に五百時間分の番組がラジオやテレビから垂れ流されているとか。いっさい眠らずに一日二十四時間をそれだけに費やしたとしても、スイッチ一つで手に入る娯楽の二十分の一も視聴できないということですよ！　人間が受け身なスポンジに――吸収するだけで、何も生み出さないスポンジになり下がろうとしているのも不思議はありません。世間の人々が、平均して一日あたりどのくらいの時間をテレビに費やしていると思いますか。三時間だそうです。じきに人類は、自分の人生というものを持たなくなるでしょうね。連続ドラマについていこうとするだけで一日が終わってしまうんですから！

ここアテネ島では、娯楽はあくまでも娯楽という位置づけです。さらに言えば、すべてがライブですよ。録音や録画は一つもない。この規模のコミュニティでなら、観客全員をパフォーマンスに参加させることだって可能です。それがパフォーマーやアーティストにどれだけの意欲を与えることか。そうそう、ここにはきわめて優秀な交響楽団もあるんですよ。あの実力なら、世界でも五本の指に入るでしょう。

さて、長々とお話ししましたが、私の説明だけで何もかもわかっていただけるものとは思っていません。多くの場合、居住を希望する方は雰囲気を肌で感じるために、数日滞在されます。そのうえでコロニーの一員になりたいと希望されるなら、一連の心理テストを受けていただくことになります。これはまあ、ここのコミュニティの主たる防衛線ですね。ざっと三分の一が不合格になる。理由はたいがい、本人の不名誉になるようなことではありませんし、外の世界では問題にもならないような些細なことです。居住が認められた方は、いったん自宅に戻って身辺の整理をすませたあと、あらためて引っ越してくる。この段階で気が変わる方もいらっしゃいますよ。ごくたまにですがね。自分ではどうにもならない個人的な事情があって、断念するんです。ところで、こちらで行なっている最新の心理テストは、百パーセント正確ですよ。心の底からここで暮らしたいと思っている方だけをちゃんと選び出します」

「あの、実際に暮らし始めてから気が変わった場合には――？」ジーンは不安に思って訊いた。

「もちろん、離脱は自由です。それには何の障害もありません。いままでに一件か二件はそういうケースがありました」

長い沈黙があった。ジーンはジョージを見上げた。ジョージは考えこんでいるような顔で、アーティストの間では生やすのが流行の頬髭のあたりを指先で撫でていた。引き返す道が完全に断たれてしまうというのならまた別だが、いまの話を聞くかぎり、さほど心配しなくてもいいようにジーンには思えた。なかなか面白そうな場所だし、想像していたような変人の集まりでもないらしい。それに、子どもたちはきっと気に入るだろう。結局のところ、何より肝心なのはそれ――息子と娘がどう思うかだった。

一家は六週間後にコロニーに移り住んだ。平屋建ての家はこぢんまりとしていたが、これ以上人数を増やす予定のない四人家族には充分な広さだった。家事の負担を軽減する基本的な道具は揃っていた。少なくとも、家事に追い回されていた暗黒時代に逆戻りする心配はなさそうだ。ただし、家にキッチンが備わっているとわかって、ジーンの胸に小さな不安が芽生えた。この程度の規模のコミュニティなら、フード・センターに電話を一本かければ、五分後には注文した食事が届いているものだ。個人の尊重もけっこうだが、ジーンには、これに関しては少しばかり行きすぎと思えた。食事だけならまだしも、家族の衣服まで作らなくてはならなかったら？　しかし、食器洗浄機と電磁調理器の間に糸車が備え付けられていたりはしなかった。どうやらそこまで要求されてはいないらしい……。

もちろん、ほかの部屋はまだ何もなくて殺風景だ。一家はこの家の最初の住人だった。消毒液の匂いでも漂ってきそうな真新しさが消え、人の暮らす家らしい温《ぬく》もりが行き渡るには、しばらくかかりそうだ。その変化にはきっと子どもたちが大いに貢献してくれることだろう。早くも（ジーンはまだ気づいていなかったが）バスタブには、真水と海水の根本的相違を知らないジェフリーによる不運な犠牲者が浮いていた。

ジーンはまだカーテンのない窓に近づき、コロニーを見渡した。美しい場所だった。それは間違いない。家はなだらかな丘の西の斜面に建っている。ほかに丘らしい丘が存在しないため、ここがアテネ島でもっとも高い場所だった。二キロ北にスパルタ島へ続く海上道路――海を二つに分けるナイフの歯のように細い線――が見えている。火山円錐丘が不吉な威圧感を放っている岩だらけのスパルタ島は、アテネ島の穏やかさとあまりに対照的で、ジーンの胸にときおり恐怖をかきたてた。あの火山が目覚めて島を溶岩の下に埋めることは二度とない――地質学者はどうしてそう言い切れるのだろう。

　ジーンの目は斜面をふらふらと登ってくる人影に吸い寄せられた。道路の支配に公然と抵抗し、道を外れてヤシの木陰を慎重に伝っている。ジョージが初めての会合から帰ってきたのだ。白昼夢を見るのはこのくらいにして、引っ越しの片づけを始めたほうがいい。

　金属がぶつかり合う音がジョージの自転車の到着を告げた。夫婦が自転車を乗りこなすにはあと何日くらいかかるだろう。いざ引っ越してみると予想外の発見がいろいろあったが、自転車が日常の足であることもその一つだった。コロニーでは自家用車の使用は認められていない。どのみち自動車は必要なかった。この島で直線で行ける最大の距離は十五キロもない。それに、コミュニティ全体でさまざまな乗り物を所有していた。トラック、救急車、消防車。いずれも、非常事態が発生した際は別として、時速五十キロに制限されている。その結果、アテネ島の住民に運動不足の者はおらず、道路の渋滞とも交通事故とも無縁だった。

　ジョージは妻の頰におざなりなキスをすると、安堵の吐息とともに手近な椅子に崩れるように座りこんだ。

「ふう!」額の汗を拭いながら言う。「登りでみんなに追い越されたよ。ということは、いつかは慣れるってことだな。もう十キロは痩せたような気がする」

「今日はどうだった?」ジーンは妻らしく尋ねた。ジョージがあまり疲れていなければいいのだが。荷ほどきを手伝ってもらいたい。

「いい刺激をもらったよ。紹介された半分は顔も忘れてしまったが、気持ちのいい人ばかりだ。それに劇場は期待どおりのものだったよ。さっそく来週からバーナード・ショーの『メトセラへ帰れ』の製作を始めることになった。舞台美術をそっくり任せてもらえるんだ。一ダースの人から、あれはできない、これはだめだって言われなくてすむだけでありがたい。ここはいいところだよ」

「自転車に乗らなくちゃいけなくても?」

ジョージは気力をかき集めたといったふうな笑みを作った。「ああ。きっと二週間もすれば、うちの前が坂道だってことも忘れてるだろう」

本気でそう思っていたわけではないだろう——だが、事実そのとおりになった。とはいえ、ジーンがようやく自動車を懐かしがらなくなり、また家にキッチンがあればどんな料理をテーブルに並べられるかを知って張り切るようになったのは、それから一月《ひとつき》がたってからだった。

ニューアテネは、その名の由来となった都市とは違い、自然発生的に成立した町ではない。コロニーのすべてが人工的に計画されたもの、著名な専門家のグループが何年もかけて研究を続けた成果だった。それはオーヴァーロードに対する公然たる陰謀――その力に対するとまではいかなくとも、政策に対する無言の挑戦だった。当初、コロニーの出資者は、カレランは彼らの計画をあっけなくつぶすことだろうとなかば確信していた。ところが総督は黙って見ていた。何の手出しもしなかった。そのことがかえって不安を与えた。カレランには時間がたっぷりある。ひょっとしたら、時間をおいて反撃しようと準備しているのかもしれない。あるいは、プロジェクトはかならず失敗すると確信していて、対処する必要を感じていないのかもしれない。

コロニー建設は失敗に終わるというのが一般的な予測でもあった。しかし、社会力学の理論が確立されるはるか以前にも、宗教的、哲学的理想を掲げたコミュニティは存在した。失敗する例がほとんどだったが、それでも生き残ったものは少数ながらあったし、ニューアテネの基盤は、現代科学の粋《すい》を集めた確固たるものだった。

建設地として島を選んだ背景には多くの理由がある。なかでも、心理学的な理由は大きかった。どこへでも飛行機で移動する時代には海は物理的な障壁ではないとはいえ、それに囲まれていればやはり隔絶感があるe。さらに、土地に限りがあるという事実が、コロニーで暮らせる人数をも制限した。人口は最大で十万と定められた。それを超えると、小さく緊密なコミュニティの利点が失われてしまう。創建者の目標の一つは、ニューアテネのすべてのメンバーが同じ関心を持つ全員——プラス残りのメンバーの一から二パーセント——と交友関係を結ぶことだった。

ニューアテネ建設の推進力となった人物はユダヤ系だった。そしてモーセと同様、彼が約束の土地に実際に暮らすことはなかった。コロニーが完成する三年前に世を去ったからだ。

彼は地球で最後に独立した——ゆえにもっとも短命だった——国家、イスラエルで生まれた。イスラエル国民は、世界中のどの国の人々よりも、国家主権時代の終焉を無念に感じたことだろう。何世紀にもわたる努力がついに実を結んだ直後に夢を奪われたのだから。

ベン・サロモンは決して狂信者ではなかった。しかし、彼が実践しようとしていた哲学に、子ども時代の経験が多大な影響を与えたことは間違いないだろう。サロモンはオーヴァーロードの出現以前の世界がどんなだったか、はっきりと記憶していた。その時代には決して逆戻りしたくないと思っていた。だが、ほかの大勢の善意ある知的な人々と同じく、カレランが人類に与えた恩恵に感謝する一方で、カレランが目指しているものについては不満を抱いていた。しばしばこう自問した。オーヴァーロードは計り知れない知性を備えてはいるが、実は人類をきちんと理解していないのではないか。動機は善であるかもしれないが、取り返しのつかない間違いを犯そうとしているのではないか。正義と秩序に対する愛他的な情熱ゆえにこの世界を創造し直そうと決めたはいいが、実は人類の魂を破滅に追いやろうとしていることにいまだ気づいていないのだとしたら？

人類の退化は始まったばかりだった。しかし、衰えの最初の兆しを見つけるのは難しいことではなかった。サロモン自身は芸術家ではなかったが、深い造詣があり、どの分野に目を向けようと、いまの時代の芸術が過去何世紀かのそれにはるか及ばないという認識を抱いていた。おそらく、オーヴァーロードの文明との遭遇の衝撃さえ薄らげば、やがては自然とよい方向へ向かうのだろう。しかし、かならずそうなるとはかぎらない。用心深い人物なら保険に入ることを考慮するような状況だった。

その保険がニューアテネだった。完成には二十年の歳月と数十億の十進法ポンド——世界全体の富を考えればかなりささやかな額ではあるが——がかかった。最初の十五年間は何も起きなかった。最後の五年間にすべてが起きた。

彼の計画が堅実なものであることを世界でもっとも有名な芸術家数名が納得してくれていなかったら、サロモンの企ては頓挫していたことだろう。芸術家たちが共感したのは、人類の利益になると考えたからではなく、彼の計画にエゴをくすぐられたからだった。とはいえ、世界は彼らの主張にならば耳を傾け、そして精神的、物質的な支援を与えた。灰汁《あく》の強い才能がずらりと並んで前方を固め、その陰でコロニーの真の建設者たちが計画を練った。

人間が集まった社会における個人の行動は予測不可能だ。しかし、個人という基本単位が集まって、充分な数の集団になると、はるか昔に生命保険会社が発見したように、ある程度信頼のおける法則が浮かび上がってくる。ある日付までに誰と誰が死ぬかは予想できないにしても、グループのうち何人が死ぬかはかなりの精度で予想できる。

ほかにも目に見えにくい法則はいろいろある。二十世紀初めにワイナーやラシャヴェスキーのような数学者がかいま見たようなものだ。二人の数学者は、不景気、軍拡競争の結果、社会集団の安定性、選挙といった現象は、適切な数学理論を用いれば予想が可能であると論じた。最大の困難は、膨大な数の変数が存在すること、しかもそのほとんどは数字では定義できないものであることだ。たとえば、曲線を何本か描いて見せ、「統計がこの線に達したら戦争が起きる」などと予言することはできない。また、要人の暗殺や、科学的発見とその影響など、まったく予想不可能な現象をあらかじめ考慮に入れることは不可能だ。ましてや地震や洪水といった、大勢の人々と彼らが属する社会集団に甚大な影響を及ぼしかねない天災となればなおさらだ。

それでも、過去百年をかけて根気よく積み上げられた知識のおかげで、かなり精確な予想ができるようになった。人間なら千人は必要な複雑な計算を、巨大コンピューターがほんの数秒で片づけてくれるおかげだ。コロニーの計画立案にもコンピューターは徹底活用された。

とはいえ、ニューアテネの創建者たちにできたのは、大事に育てていくつもりの植物が無事に花を咲かせてくれそうな――その期待は裏切られることになるかもしれないが――土壌と気候を用意することだけだった。サロモン自身がこう発言している。「才能ある人々を集めることはできる。しかし、天才は作ろうと思って作れるものではない」しかしそのような凝縮されたコミュニティで興味深い化学反応が起きる確率は高いと言えるだろう。孤独のなかで豊かな作品を生み出す芸術家はめったにいない。似たもの同士が触れ合い切磋琢磨《せっさたくま》することこそ、もっとも強力な刺激になる。

そういった前向きな意味での競争は、これまでのところ、造形芸術、音楽、文芸批評、映画製作の分野で注目に値する結果を生み出している。しかし、歴史研究グループが、簡単に言えば過去の業績を評価し直すことを通じて人類の誇りを取り戻したいと考えているコロニーの支援者たちの期待に応えられるかはまだわからない。絵画の世界はまだ活気を取り戻していない。そのことは、動かない二次元の芸術に将来はないとすでに見切りをつけた人々の主張を裏づけていた。

コロニーの芸術活動の最大の成功に、時間的要素が欠くことのできない役割を果たしているのは明らかだった。とはいえ、なぜそうなのか、納得のいく説明はまだない。コロニーで製作された造形美術作品はほとんどが動くものだった。たとえばアンドルー・カーソンの作品の、魅惑的な量感と曲線は、鑑賞はできるがその規則性を完全に理解することはできない複雑なパターンに従って、ゆっくりと形を変えた。カーソン当人も、自分の作品は前の世紀に数多く製作されたモビールを究極の形に昇華させたもので、結果、彫刻とバレエがついに合体したのだと主張した。それはある意味真実だったろう。

コロニーでの音楽的実験では、〝タイムスパン〟とでも呼ぶべきものが意図的にテーマに取り上げられた。人の耳がとらえられる最短の音は何か。退屈せずに聴いていられる最長の音は何か。その結果は、実験環境によって、あるいは楽器の選択や組み合わせによって変化するのか。そういった問題がとことん時間をかけて議論され、しかも空理空論では終わらなかった。きわめて興味深い楽曲として実を結んだのだ。

ニューアテネで行なわれた実験のなかでもっとも目覚ましい成果を上げたのは、無限の可能性を持つアニメ映画の分野だった。ディズニーから百年が経過しても、この何よりも柔軟な表現様式はまだ本領を発揮していなかった。純粋な写実主義を追求すれば実写と区別がつかない作品の製作も可能になっていたが、アニメ映画を抽象主義に沿って進化させようとしている人々からは大きな軽蔑を買った。

アーティストと科学者から成るグループが行なった研究のなかで、成果が一番少ないながら、最大の関心と警戒心を呼び起したものがあった。そのチームの研究テーマは〝トータルアイデンティフィケーション〟――完全な一体感だった。着想のもとは映画の歴史にあった。まず音が、次に色が、立体映像が、シネラマが、古い〝活動写真〟を着実に現実に近づけた。その発展の歴史の終着点はどこか。それは言うまでもなく、観衆が観衆であることを忘れ、映画の一部になることだろう。それを実現するには、五感のすべてを刺激したうえで、おそらくは催眠術も利用する必要がある。それでも、多くの人々がそれは実現可能だと考えていた。その目標が達成された暁には、人間の経験は一足飛びに豊かになる。映画を観ている間はどんな人物にでもなれる。現実のものであれ架空のものであれ、想像の及ぶかぎりの冒険に参加できる。人間以外の生物の感覚印象をとらえ、記録することさえ可能になれば、植物や動物にもなれるだろう。そして〝映画〟を見終えたとき、現実に経験したのと変わらない――それどころか現実と区別のつかない――記憶が残る。

それが実現したらどんなにすばらしいことか。しかし、恐怖心からその研究の失敗を願う声も多かった。とはいえ、誰もが心の奥底では知っていた。科学がいったん何かを可能であると宣言してしまったら最後、遅かれ早かれそれはかならず実現する……。

ニューアテネとはそういう場所だった。そういう夢を抱いていた。彼らが目指したのは、奴隷の代わりに機械が、迷信の代わりに科学があったら、古代アテネが実現していたであろうことだった。しかし、実験が成功するかどうかを予言するには、まだまだ早すぎた。

## 16

ジェフリー・グレグソンは、島の大人たちの二大関心事である美と科学のいずれにも現在のところ関心を持っていない。しかしコロニーの暮らしは心底気に入っていた――ごくごく個人的な理由から。島のどこからでも数キロも行けば見られる海に魅了されていた。これまでの短い人生の大部分を内陸部で暮らしてきたジェフリーにとって、海に囲まれた生活はいまもまだ新鮮な体験だったのだ。泳ぎは上手かった。フィンと水中マスクを抱え、似た年ごろの友だちと連れ立って、入り江の浅瀬を探検しに自転車で出かけていくこともたびたびだった。ジーンは初めのうちこそ心配したものの、自分も何度か潜ってみると、海やそこに棲む見慣れない生物に対する恐怖心はきれいに消え、息子を安心して送り出すようになった。ただし、一人きりでは絶対に海に入らないという条件付きで。

この環境の変化を歓迎したグレグソン家のメンバーはほかにもいた。美しいゴールデンレトリーバーのフェイだ。名目上はジョージの犬だが、ジェフリーにくっついて歩いているほうが多かった。昼も――一緒に寝るのをジーンが断固として禁じた日は別として――夜も、一人と一匹はいつも一緒だった。フェイはジェフリーが自転車で出かけるときは家に残ったが、ジェフリーが帰ってくるまでの間ずっと、落ち着かない様子でドアの前に寝そべり、鼻先を前足に載せて、いまにも涙を落としそうな悲しげな目を坂道の先に向けていた。ジョージとしては納得がいかない気持ちだった。大枚はたいてフェイを買ったのも、餌代を負担しているのもジョージなのだ。自分の犬を持つには、新たな世代の誕生――三カ月先の予定だった――まで待たなければならないようだった。ジーンはジョージとはまた別の見かたをしていた。フェイのことは気に入っていたが、犬は一家に一匹で充分と考えていた。

グレグソン家のもう一人のメンバー、ジェニファー・アンは、コロニーでの暮らしに対する評価を保留していた。それも不思議ではない。彼女の世界はまだベビーベッドのプラスチックの囲いの内側に限定されていたし、その向こうにもっと広い世界があろうとは露ほども思っていないのだから。

ジョージ・グレグソンが過去を振り返ることはめったにない。未来を思い描くのに忙しかったからだ。それに、仕事と育児にも時間を取られる。アフリカで過ごしたあの夜の記憶が脳裏をよぎったことはほとんどなかったし、ジーンともあれ以来その話は一度もしていない。双方の暗黙の合意のもと、その話題は避けていた。幾度となく招待は受けていたが、ボイス家にはあれきり遊びにいっていない。年に数度ルパートに電話をかけ、新しくひねり出した口実を並べて断り続けているうち、ルパートも誘ってこなくなった。マイアとの結婚生活は、周囲の予想を裏切っていまも順調らしい。

あの夜の経験を境に、ジーンは未知の科学との境界線上にある神秘に対する興味をすっかり失っていた。彼女をルパートと彼の実験に惹きつけていた無邪気かつ無批判な好奇心は完全に消えていた。もしかしたら、あれ以上の証拠は必要ないと納得したのだろうか。だが、ジョージはあえて追及しようとしなかった。ことによると、母親になったことと引き換えにそういった関心を忘れたということなのかもしれない。

解決できない謎にいつまでも頭を悩ませていても意味はない。それでも、風の音一つ聞こえない夜にふと目を覚まし、思考をたどってみることはあった。ジョージは、ルパートの家の屋上で、ジャン・ロドリクスに偶然に会ったことを覚えていた。オーヴァーロードの禁止令に逆らうことに唯一成功した人間と交わした短い会話の内容も。あれから十年近くが経過したのに、いまごろ宇宙のはるかかなたにいるジャンはたった数日しか歳を取っていないはずだという単純な科学的事実は、どんな超自然現象よりもよほど不気味に思えた。

宇宙は広い。だがジョージを怯えさせるのは、その事実より、そこにある謎だった。そのようなことを深く考えるたちではないとはいえ、人類は、外の世界の過酷な現実から隔絶され守られた公園で遊びに夢中になっている子どもだという気がすることがあった。ジャン・ロドリクスはその保護を嫌って逃げ出した――逃げ出した先がどんなところなのか、誰にもわからないが。しかしこの件に関しては、ジョージはオーヴァーロード寄りの意見を持っている。科学というランプから広がる小さな光の輪のすぐ外に広がっている未知の闇の奥をうろつくものの顔を確かめたいとは少しも思わない。

「まったく、どうしてなんだ?」ジョージが悲しげにつぶやいた。「たまに僕がうちにいるときにかぎってジェフはうちにいない。今日はどこに行った?」

ジーンは編み物の手を止めて顔を上げた。少し前から編み物という古風な趣味がブームになっていた。島の流行はめまぐるしく移り変わっていく。今回の熱狂的な流行によって、男たちは漏れなく色とりどりのセーターを贈られることになった。日中は暑くてとても着ていられないが、陽が落ちたあとはなかなか役に立つ。

「ジェフならお友だちとスパルタ島に行ってるわ」ジーンは答えた。「夕ご飯には帰ってくる約束よ」

「早く帰ったのは仕事をするためだった」ジョージが思案ありげに言った。「しかし、いい天気だし、僕もちょっと行ってひと泳ぎしてこようかな。獲ってくるとしたら、どんな魚がいい?」

ジョージが魚を捕まえたためしなど一度もなかったし、入り江にいる魚は知恵がついていて罠になどかからない。ジーンがそう指摘しかけたとき、この平和な時代においてもやはり人の背筋をぞくりとさせ、うなじの産毛を逆立てる力を持った音が午後の静けさを引き裂いた。

それはサイレンの音だった。高くなったり弱くなったりを繰り返し、非常事態発生のメッセージを同心円状に広めながら、海へと向かっていた。

海底の地中深くの燃える暗闇では、およそ百年分のひずみが累積していた。はるか遠い地質時代に形成された海底峡谷のあちこちで、圧力の拷問に耐えかねた岩がつねに新しい落ち着き先を求めている。その地層は、もとより不安定なバランスが想像を絶する水の重量によって危険にさらされるごとにきしみ、重心を移動してきた。いまもまた、そろそろ身をよじらせようとしていた。

ジェフはスパルタ島の細長い海岸で潮溜まりをのぞいて歩いていた。そうしているとつい夢中になって、時間がたつのも忘れてしまう。太平洋から果てしなく打ち寄せる波を避けて浅瀬でひと休みしていく珍しい生物がいつどこで見つかるともわからない。子どもにとってはまさに不思議の国だった。友だちはみな丘を登っていってしまい、ジェフは不思議の国を独り占めしていた。

穏やかでのどかな日だった。風はなく、入り江のかなたから絶え間なく聞こえてくる波のおしゃべりも、くぐもったささやきにしか聞こえない。西に傾き始めた太陽は容赦なく照りつけていたが、マホガニー色に灼けたジェフの体は、その攻勢にもすでに免疫ができていた。

奥行きのせまい海岸は、入り江に向けて急角度に下っている。ガラスのように透明な水をのぞきこむと、底に没した岩が見えた。それは島のほかの岩層と同じく、ジェフにとっては見慣れたものだった。十メートルほど沖に、帆船が沈んでいる。藻のからまる肋材《ろくざい》が、二世紀前に別れを告げた世界に向かって弧を描きながら突き出していた。友達と一緒に何度かその難破船を探検したが、秘宝が見つかるのではないかという期待はことごとく裏切られた。回収できたのは、フジツボに覆われたコンパス一つだけだった。

そのとき、何かがふいに海岸をむんずとつかんだような気配があった。海岸は一度だけ揺れた。その揺れは、気のせいだったかと思うほどすぐにおさまった。いまのはきっとただの軽いめまいだ。周囲のものには何一つ変化がない。入り江の水面は波打っていたりしなかったし、空には雲も不穏な気配もなかった。しかし次の瞬間、ひどく奇妙なことが起きた。

海面が、単なる下げ潮とは思えぬ勢いで海岸から遠ざかっていこうとしていたのだ。わけがわからず、したがって恐怖を感じぬまま、ジェフはじっと目を凝らした。露《あらわ》になった濡れた砂が降り注ぐ太陽にきらめいている。ジェフは遠ざかっていく海を追いかけて歩き始めた。どんな奇跡が起きたにしろ、せっかく海中の世界が目の前に開けたのだ。この機会に探検しなければ損だろう。海面はいよいよ低くなり、あの古びた難破船の折れたマストまで空気中に顔を出していた。水の浮力を失った藻はだらりと力なく垂れ下がっている。ジェフは足を速めた。次はどんな驚くべき光景が見られるのか、期待に胸が高鳴った。

そこで初めて気づいた。入り江から音が聞こえている。そんな音を聞くのは初めてだった。足を止めて首を傾げた。素足が濡れた砂にゆっくりと沈んでいく。数メートル先で大きな魚が死の苦しみにのたうち回っている。しかし、ジェフはそれに目をやることもしなかった。ただそこに立ち、一心に耳を澄ましていた。入り江から聞こえる音は、しだいに大きくなっていく。

水を吸いこむような、ごぼごぼという音。幅のない川床を逆巻きながら流れる川の水のような。それは不本意な退却を強いられた海の声だった。本来は自分のものである土地を、たとえ一時のことであれ、譲り渡さねばならないことに怒っているのだろう。サンゴの優美な枝の間を通り、水中の隠された洞窟を抜けて、何百万トンもの海水が入り江から広大な太平洋へ放たれていく。

その水は、ほどなく、しかも猛スピードで、戻ってくるだろう。

数時間後、救助隊の一つが、ふだんの水位から二十メートルも高い所に投げ出された大きなサンゴの塊の上でジェフを見つけた。とくに怯えた様子はなかったが、自転車をなくしたことにむくれていた。ひどい空腹も訴えていた。海上道路の一部が破壊されたために、家に帰れなくなっていたからだ。救助されるころには、ジェフは泳いでアテネ島に戻ろうと考え始めていた。潮の流れが大きく変わったりしていなければ、まず間違いなく無事に泳ぎ渡っていたことだろう。

ジーンとジョージは、津波が島を襲う一部始終を目撃していた。アテネ島の低地部分は壊滅的被害を受けたものの、死者は一人も出ずにすんだ。地震計の警報は、早くても十五分前にしか発令できない。それでもその十五分で、全住民が危険ラインより高い場所に避難できた。いまコロニーは傷口を舐めつつも、体験談の収集にとりかかっていた。それらはこれからの何年かで尾ひれをつけて、なおいっそう身の毛のよだつ物語に成長していくことだろう。

息子は海にさらわれてしまったに違いないとなかば確信していたジーンは、無事に連れ戻されたジェフを見るなりわっと泣き伏した。てっぺんに白い泡を載せた黒い水の壁が低いうなりとともに水平線から立ち上がり、泡粒と水しぶきを散らしながらスパルタ島のふもとを覆い尽くすのをその目で見ていた。あの短時間で、ジェフが安全なところに逃れたとはとても思えなかった。

何が起きたのか、ジェフは順序立てて説明することはできなかったが、それも無理はないだろう。食事をすませ、息子をベッドに入れてやると、ジーンとジョージはその傍らに腰を下ろした。

「寝なさい。寝ればみんな忘れてしまえるから」ジーンが言った。「もう安心なのよ」

「でも、面白かったんだよ、ママ」ジェフが抗議するように言った。「僕、ちっとも怖くなんかなかった」

「そうだろう」ジョージが言った。「おまえは勇敢な子どもだからね。それに、すぐに逃げたというのは冴えてたな。津波のことは、話だけは聞いたことがある。何がどうなってるのか潮の引いた海岸に見にいった人たちはみんな溺れ死んでしまうんだ」

「僕も見にいったよ」ジェフは打ち明けた。「誰が助けてくれたのかな」

「誰がだって？　いいか、おまえは一人きりだった。友だちはみんな丘の上のほうにいたんだぞ」

ジェフは困惑の表情を浮かべた。

「でも、誰かに逃げろって言われたんだ」

ジーンとジョージはいくらか警戒するように目を見交わした。

「声が——頭のなかで聞こえた？」

「よして、いまはそっとしておいてやりましょうよ」ジーンが不安げに言った。少し慌てているようでもあった。

だが、ジョージは譲らなかった。「はっきりさせておきたいんだ。なあ、ジェフ。

何があったのか、パパに話してみなさい」

「海岸にいたんだ。ほら、あの難破船のところ。そうしたら声が聞こえた」

「何て言われた？」

「よく覚えてないけど、こんな感じ。〝ジェフリー、大急ぎで丘に登りなさい。ここにいると溺れ死ぬぞ〟。ジェフじゃなく、ジェフリーって呼ばれたのは確かだよ。だから、知り合いじゃないな」

「男の人の声だったか？　どこから聞こえた？」

「すぐそばから。男の人の声に聞こえたけど……」ジェフはそう言ったきり口ごもった。

ジョージは先を促した。「それで？　海岸に戻ったつもりになってごらん。起きたことを一つ残らず話してくれ」

「聞いたことのない声だった。たぶん、ものすごく体の大きい人だな」

「ほかに何か言われたか？」

「ううん――丘に登り始めるまでは、それだけ。だけど、そこでまた変なことが起きたんだ。崖を登る道は知ってるよね？」

「ああ、知ってる」

「あの道を走って登ってた。あれが一番の近道だから。もう何が起きるかわかってた。そのときには、大きな波が近づいてくるのが見えてたんだ。ものすごい音もしてたしね。でも、道の途中に大きな岩があったんだ。前はそんなものはなかったんだけど。それが邪魔をしてて、先に進めなかった」

「地震で落ちてきたんだろう」ジョージが口をはさんだ。

「あなたは黙ってて、ジョージ。ジェフ、それから？」

「どうしていいかわからなかった。波の音はどんどん近づいてきてた。そしたらまたあの声が聞こえたんだ。〝目をつぶれ、ジェフリー〟。手を顔の前に持ち上げなさい〟。馬鹿みたいと思ったけど、言われたとおりにしてみた。そしたら、大きな稲妻が光ったみたいな感じがして――体中で感じたよ――目を開けたら、岩がなくなってた」

「なくなってた？」

「そう。消えてたの。だからまた走りだした。足を火傷《やけど》しかけたよ。道がものすごく熱かったんだ。海の水が道に押し寄せたとき、じゅうって音がしてた。でも僕は水に捕まらずにすんだ――崖の上のほうにいたからね。それだけだよ。水が引くのを待って崖を下りた。そしたら自転車がなくなってた。うちに帰る道も壊れちゃってた」

「自転車のことは心配しないで」ジーンは心のなかで天に感謝を捧げながら息子を抱き締めた。「新しいのを買ってあげるから。あなたが無事だった、それだけで充分だわ。パパもママも、あなたが助かった理由なんかどうだっていいのよ」

それはもちろん事実ではなかった。その証拠に、子ども部屋を出るなり、夫婦会議が開かれた。結論は出なかったが、その会議には二つの後日談があった。翌日、ジョージには何も相談しないまま、ジーンは幼い息子をコロニーの児童心理学者のところに連れていった。児童心理学者は、ジェフの話を丹念に聞いた。ジェフは新しい環境に物怖じすることもなく、前夜と同じ話を繰り返した。そのあと、何も知らない患者が隣の部屋でいろんな玩具を手に取ってみては放り出している間に、心理学者はジーンに安心するよう言い聞かせた。

「息子さんには精神異常の兆候は何一つ見受けられません。恐ろしい体験をしたのに、その体験を驚くほどうまく処理していますよ。ずば抜けて想像力の豊かなお子さんのようですから、おそらく話しているとおりのことを本気で信じているのでしょう。ですから、そのまま受け止めてあげてください。何か後遺症でも出ないかぎり、心配することはありませんよ。万が一何かおかしなところがあったら、すぐにご連絡ください」

その晩、ジーンは心理学者の診断を夫に伝えた。ジョージはジーンが期待していたほど安心した様子ではなかった。きっと彼が情熱を注いできた劇場の被害が気になってしかたがないからだろう。ジョージは「それはよかった」とうなるように言っただけで、『ステージ・アンド・スタジオ』の最新号を手にソファに身を沈めた。息子の問題にはまるで関心がないかのようで、ジーンはかすかな憤りを感じた。

ところが三週間後、海上道路が開通するなり、ジョージは自転車を駆ってスパルタ島に向かった。海岸にはまだ折れたサンゴなどのがらくたが散らかっていたし、入り江そのものが崩れたように見える箇所もあった。根気強いポリプの軍勢が片づけを終えるのにどのくらい時間がかかることだろう。

崖の表面には一本しか道がない。呼吸が落ち着くのを待って、ジョージはその道を登り始めた。岩の隙間に引っかかった乾いた海藻の切れ端が、津波がどこまで達したかを明確に教えてくれていた。

ジョージ・グレグソンはほかに誰もいない道に長いこと立ち尽くし、足もとの溶解した岩を見つめていた。長く休眠状態にあった火山のちょっとした気まぐれにすぎないと何度も自分に言い聞かせたが、まもなくその自己欺瞞の試みを放棄した。何年も前のあの夜の記憶が蘇った。ジーンと一緒にルパート・ボイスの馬鹿げた実験に参加した夜の記憶。いったい何が起きたのか、あのときは誰一人本当には理解していなかった。だが、ジョージはいま、確信していた——二つの不思議な出来事は、正体のわからない何かによってつながっている。初めはジーンの身に起きた。次はその息子だ。喜んでいいのか、それとも恐怖にすくみあがるべきなのか。胸のなかで、天に向けて静かにこうつぶやいた。「感謝しますよ、カレラン。ジェフを助けてくれたのはきっとあなたがたなんでしょう。しかし、私としては、助けてくれた理由が知りたいな」

ゆっくりと海辺に下りた。投げ与える食べ物を持ってこなかった彼に怒っているのだろう、大きな白いカモメの群れが頭上を猛然と旋回していた。

# 17

コロニーの創設以来、いつ来てもおかしくないものだったとはいえ、カレランの要請は爆弾級の衝撃とともに届けられた。それがニューアテネに訪れた転機を象徴していることはコロニーの全員がはっきり認識していたものの、果たして吉と出るのか凶と出るのか、それは誰にもわからなかった。

ここに至るまで、オーヴァーロードたちはコロニーにいっさい口出ししてこなかった。完全に放任してきた。もともと、社会の秩序を乱すものだったり、彼らが定めた行動規範を犯したりするような活動でないかぎり、コロニーの創建ばかりでなく、人間のすることにはいっさい干渉しなかった。コロニーの目指すものが秩序を乱すものであると言えるかどうかはわからない。コロニー自体は何の政治思想も掲げていなかったが、知的、芸術的な独立を求めて創設されたものであることは明言していた。その試みの行方が誰に予想できるだろう？　その創建者たちよりオーヴァーロードのほうが、ニューアテネの未来を正確に見通しているのかもしれない。そして、その未来予想図に危機感を抱いたのかもしれない。

もちろん、カレランが顧問なり監督官なりをコロニーに派遣すると決めたら、それを阻止する手立てはない。二十年前、オーヴァーロードは、すべての監視装置の使用を中止した、人類はもはや誰かに見られているという意識を持たなくていいと宣言した。しかし、そういった装置がいまだ存在するという事実は、オーヴァーロード側が監視を再開する気になれば、やはり人類は彼らの目から何一つ隠すことはできないということを意味していた。

コロニーの住民のなかには、カレランの部下の訪問を歓迎している者もいた。彼らは、オーヴァーロードの心理に関するささやかな疑問――芸術に対しどのようなスタンスを取っているのか――を解消する絶好のチャンスだと受け止めたのだ。人間の子どもじみた異様な営みと考えているのか。オーヴァーロードの世界にも芸術というものはあるのか。もしあるなら、今回の訪問は純粋に芸術的関心から行なわれるものなのか、それとも、カレランには何か底意があるのか。

準備期間を通じて、そういった問題が延々と討議された。やってくるオーヴァーロードに関する情報は何もなかったが、文化をあまねく吸収できる人物がやってくると考えて間違いないだろう。そこで、最小限の実験を試みることになった――慧敏《けいびん》な頭脳を持った一団がついて回り、実験対象の反応を一つ残らず観察する。

評議会の現会長は哲学者のチャールズ・ヤン・セン、皮肉屋だが底抜けに陽気な人物だった。年齢はまだ六十に届かず、人生の盛りをいままさに謳歌している。かのプラトンがセンを見たら、これぞ哲人政治家と称賛したことだろう。センのほうはプラトンはソクラテスの哲学を大きく曲解したまま後世に伝えたのではないかと疑問を持ち、さほど高く評価していなかったが。また、今回の訪問をチャンスと考えて最大限に利用しようと意気込んでいる住民の一人でもあった。人類はまだまだ主体性を失っていないこと、センの表現を借りればいまも〝家畜化〟されてなどいないことをオーヴァーロードたちにはっきりと示せるだけでも儲け物だ。

委員会方式は、民主主義の究極の形と言っていいだろう。コロニーでは、どんな決定も委員会を通じて行なわれた。ニューアテネは委員会の集合体であると定義した者もいたくらいだ。しかしそのシステムは、コロニーの真の創設者である社会心理学者たちの忍耐強い研究のおかげで、うまく機能していた。コロニーがさほど大所帯でないおかげで全住民がその運営に参加することができ、真の意味での〝市民〟になれたのだ。

芸術的ヒエラルキーのトップ集団に属するジョージが歓迎委員会のメンバーに加えられたのは、しごく当然のことだった。それでも、かならず誘われるよう、ジョージは事前に念には念を入れて根回しをした。オーヴァーロードがコロニーの調査に来るのなら、ジョージのほうも同じようにオーヴァーロードたちを調べたいと考えていたのだ。だが、ジーンはそれを快く思わなかった。ボイス家でのあの夜以来、なぜかと訊かれても明快な説明はできなかったが、オーヴァーロードに対して漠然とした敵意を抱くようになっていた。彼らとはできるかぎり関わりたくなかったし、この島の最大の魅力はオーヴァーロードからの独立を目指しているという点だった。その独立性がいま脅《おびや》かされようとしているのでは――ジーンは今回の訪問をそう受け止めていた。

オーヴァーロードは、ドラマチックな登場を予想していた人々の期待を裏切るかのように、人間の造った何の変哲もないフライヤーに乗って到着した。カレランその人だったということもありえる。人間にはオーヴァーロード個人々々を自信を持って見分けることはできないからだ。オーヴァーロードたちは、ただ一つの鋳型《いがた》から鋳造《ちゅうぞう》されたかのようにそっくりだった。ひょっとしたら、人間の知らない生物学的プロセスによって、そのとおりのことが行なわれているのかもしれない。

訪問二日めには、視察ツアー中の公用車が低い音を立てて目の前を通り過ぎていっても、誰も振り返らなくなっていた。訪問者の名前はサンサルテレスコといったが、繰り返し呼ぶには発音しにくい名前だったから、まもなくただの〝監査官〟と呼ばれるようになった。彼の統計値に対する底なしの好奇心と関心を考えると、その呼び名はまさにぴったりだった。

監査官をフライヤーに送り届けたあと——監査官はフライヤーに寝泊まりしていた——真夜中をとうに過ぎて帰宅したチャールズ・ヤン・センは疲れきっていた。だが、島の人間たちが睡眠の誘惑に抗しきれずに休んでいる間も、監査官はあのフライヤーで夜通し仕事を続けるに違いない。

夫を出迎えたセン夫人は気遣わしげな表情を浮かべていた。来客があったときなどに、センがふざけて〝クサンティッペ〟[2]と呼んだりすることはあっても、二人は仲の

2　ソクラテスの妻の名。口やかましい悪妻の典型と言われている。

いい夫婦だった。夫人のほうも、いつかドクニンジンを煎じて飲ませてやると繰り返し脅《おど》していたが、幸いなことに、古代アテネではありふれていたドクニンジン茶は、新しいアテネでは常飲されてはいなかった。

「うまくいきましたか」夫が遅い夕餉《ゆうげ》のテーブルにつくと、夫人は尋ねた。

「ああ、私としてはうまくいったと思う。しかし、彼らの非凡な頭脳が何をどう感じてるか、人間には決してわからない。まあ、何を見ても興味深そうにしていたよ――表向きだけだとしてもね。そうそう、夕食に招けなくて申し訳ないと言ったんだ。そうしたら、お気遣いなく、お宅の天井を頭でぶち抜いたりしたくありませんから、だとさ」

「今日はどこに案内したの？」

「コロニーの実務的な一面を見せたよ。私はいつも退屈だと思うんだが、そうでもなかったらしい。生産に関してありとあらゆる質問をされたよ。どうやって収支を釣り合わせているのかとか、鉱物資源はどう確保しているのかとか、出生率はどのくらいかとか、食料はどうやって調達しているのかとか。書記のハリソンが同行してくれていて助かった。コロニー創設以来の年次会計報告書を全部用意してきていたんだ。あの二人が統計データをやり取りしてるところを見せたかったな。監査官は帰り際に会計報告書を一揃い借り出していったよ。賭けてもいい。明日また顔を合わせるときには、向こうが報告書のなかの数字を自在に引き合いに出せるようになっているだろうな。そうやって知力の差をまざまざと見せつけられると、おそろしく気が滅入る」

センは一つあくびをしたあと、申し訳程度に料理を口に運んだ。

「明日はもう少し面白くなると思うよ。学校や大学を案内する予定だからね。今度はこっちが質問してやる番だ。オーヴァーロードはどうやって子どもを育てているのか知りたいね――もちろん、向こうの世界にも子どもがいるんだとしての話だが」

チャールズ・ヤン・センのその問いに答えが与えられることはなかったが、ほかの話題に関しては監査官はいつになく饒舌《じょうぜつ》だった。答えにくい質問は、傍で見ていると吹き出しそうになるくらい見え透いた態度ではぐらかしたが、話題がほかへ移ったとたん、今度はそこまで話して大丈夫なのかと心配になるくらいおしゃべりになった。

オーヴァーロードの本音が初めて出たのは、コロニーの最大の誇りの一つである学

---

3　ソクラテスは獄中でドクニンジンを煎じた茶を飲んで死んだとされる。

校の視察を終えた車中でのことだった。「未来のために若い世代を教育するのは、大きな責任です」セン博士は言った。「幸いにも、人間はきわめて順応性の高い動物です。よほどおかしな育てられかたをしないかぎり、人格が永久に損なわれるということはありません。私たちの教育方針が間違っていたとしても、小さな犠牲者たちはおそらくちゃんと立ち直るでしょう。それに、先ほどごらんいただいたように、子どもたちは心底満足しているようです」センはそこで一息入れ、そびえ立つような体軀をした客の顔色をちらりとうかがった。監査官は光を反射する銀色の服を着こんでいる。照りつける陽射しを防ぐためだろう、素肌はわずかものぞいていない。サングラスの奥の目は、無表情に――あるいは、センには決して理解のできない感情を浮かべて――こちらを見つめているはずだ。「私たちが抱えている教育の問題と、あなたがたが人類を治める際の問題は、ひじょうによく似ているのではないかと思いますが、いかがです?」

「似ているところもあります」オーヴァーロードは重々しい声で答えた。「それ以外の点では、あなたがたの植民地支配の歴史とよく似ているのではないかと思いますよ。それゆえ、私たちはローマ帝国と大英帝国に大いに関心を抱いてきました。とりわけインドの例には学ぶところが多い。私たちとインド統治時代のイギリスとの最大の違いは、イギリスにはどうしてもインドに進出しなくてはならない理由がなかったという点です。彼らには、理性的な目的はなかった。貿易とか、ほかのヨーロッパ諸国に対する競争心といった、些細で一過性の動機があっただけです。気がつくと一大帝国の支配者として君臨していたわけです。だが、その力の扱いかたはわからず、ついにそれを手放すときまで、悶々としたまま過ごしました」

「あなたがたも、時が来れば帝国を手放すということでしょうか」センは尋ねた。このチャンスをみすみす逃すことはできなかった。

「そう、迷うことなく手放すでしょう」

センは博士はそれ以上追及しなかった。監査官の率直な答えはかならずしも歓迎できるものではなかったからだ。それに、車は大学に到着していた。そこには教師たちが集まって、本物の生きたオーヴァーロードを相手にウィットのあるところを見せようと待ちかまえていた。

「私たちの尊敬すべき同僚がすでにご説明申し上げたとは存じますが」ニューアテネ

大学学部長チャンス教授は言った。「この大学の目的は、住民の頭脳をつねに冴えた状態に保つこと、そしてそれぞれの潜在能力に気づくきっかけを与えることです。この島の外の」――教授の身ぶりは、島の外の世界を示すと同時に切り捨ててもいた――「人々は主体性をあらかた失ってしまっているのではないでしょうか。平和ではありますし、物質的にも豊かですが――広い視野《ホライズン》に欠けている」

「しかしここは島だから、周囲は水平線《ホライズン》だらけ……?」オーヴァーロードがそつなく間《あい》の手を入れた。

ユーモアのセンスというものと無縁で、しかもそのことをいくらか自覚もしているチャンス教授は、胡散臭《うさんくさ》そうな目で客を見返した。「ここでは、余暇は悪だという旧式な価値観にはとらわれずにすんでいます。しかし、娯楽を与えられるがままに受け取るだけで充分だとも考えていません。

この島の住民はみな同じ野心を抱いています。それを要約するのは簡単です――どんなに小さなことであれ、何かをほかの誰よりもうまくやってのけたい。もちろん、それは理想にすぎません。みなが達成できるわけではないのです。しかし現代社会では、理想を持つことは、それ自体が素晴らしいことです。実現したかどうかは、それに比べたらさして重要なことではありません」

監査官にはとくに意見を差しはさむつもりはなさそうだった。保護服は脱いでいたが、談話室の仄暗い照明のなかでもサングラスははずさなかった。学部長はその様子を見て思った。サングラスは生理学的に必要なものなのだろうか。それとも単なる変装なのだろうか。オーヴァーロードの本心はもとより読み取りにくい。サングラスはそれをさらに困難にしていることは確かだった。とはいえ、たったいま学部長が投げつけたいくらか挑戦的な言葉にも、彼らの地球統治の方針に対する遠回しの批判にも、反論する気はないらしい。

学部長が攻撃を押し進めようとしたとき、理学部長のスパーリング教授が、どうせなら三つ巴の戦いにしてやれとでも考えたのか、こう言って割りこんだ。「よくご存じのことでしょうが、我々の文化が抱える最大の問題の一つは、芸術と科学の対立です。この点について、ぜひともお考えを聞かせていただきたい。芸術家はみな〝異常〟だという見解に賛成なさいますか。芸術作品は――あるいは、どんなものであれ、その背後にある衝動は――根深い心理的欲求不満の表れであると思われますか」

チャンス教授がたしなめるかのように一つ咳払いをしたが、監査官はそれを制して即座に答えた。「程度の差こそあれ、人間は誰しも芸術家であると聞いています。ごく初歩的なレベルであろうとも、すべての人間が創造する力を備えていると。たとえば先ほど視察させていただいた学校では、絵や工作を手段として自己表現する訓練に重点が置かれているようでした。衝動にしても、ほとんどすべての人間が持ち合わせているらしい――科学の専門家になるべくして生まれてきた人間も。つまり、芸術家はみな〝異常〟で、さらに人間はみな芸術家なのだとしたら、導き出される結論は……」

その場の全員が先を待った。しかしそこでオーヴァーロードは言葉を止めた。彼らはそのほうが好都合だとなれば、完璧なまでの如才なさを発揮することができる。

監査官は、交響楽団のコンサートもそつなく切り抜けた。客席にいた人間の大部分よりはるかに優れた聴き手だった。観客のポピュラー志向に合わせた演目はストラヴィンスキーの『詩編交響曲』だけで、ほかは観客の神経を逆撫《さかな》でするつもりなのかと思うような前衛音楽ばかりだった。曲に対する評価はどうであれ、演奏は最高の出来と言えた。世界一優秀な音楽家が集まっているというのがコロニーの自慢だったが、それは決して誇張ではなかった。その日の演目に選ばれる栄誉を巡って、多くのライバル作曲家の間で争いが起きた――一部の冷笑家は、果たして栄誉なのだろうかと首を傾《かし》げたが。誰もがそんなことはまずないだろうとは思っていたものの、オーヴァーロードたちは音楽というものをまるで理解しないかもしれないからだ。

しかし、コンサートの終了後、サンサルテレスコは会場に来ていた三人の作曲家を探し出し、〝創意工夫に富んだ天才〟と褒めちぎった。作曲家たちは喜びながらも、どこか困惑したような表情で立ち去った。

ジョージ・グレグソンが監査官に会う機会を得たのは、三日めだった。劇場は、一品料理というより、得意料理の盛り合わせとでも呼ぶべきプログラムを組んでいた。一幕から成る芝居二つ、世界的に有名な物まね演芸家の寸劇一つ、それにバレエの一シーン。前日のコンサート同様、パフォーマンスは申し分のない出来で、「少なくともオーヴァーロードにあくびというものができるかどうかは確かめられるだろう」というある批評家の予言はみごとに外れた。監査官は何度か――それもちゃんと笑うべき場面で――笑ったのだ。

それでもやはり、結論を出すことはまだできなかった。監査官も、未開の種族の儀式に参加した人類学者のごとく、申し分のない芝居をしているだけのことかもしれないからだ。芝居の筋を追っているだけで、人間には理解できない感情はまるで揺り動かされていないのかもしれない。笑うべき場面で笑い、狙いどおりの反応を示したという事実は、その事実以上の何かを証明しているわけではない。

ジョージは是が非でも監査官と話をしようと気負い立っていたが、できないまま終わった。演目がすべて終了したあと、互いに自己紹介しただけで、監査官はさらわれるようにして行ってしまった。取り巻きから監査官を引き離す隙などどこにも見つからなかった。ジョージは欲求不満を抱えて帰宅した。たとえ話ができていたところで、何を伝えたいのか自分でもよくわからなかったが、話題をジェフのことに持っていくことはできるだろうと思っていた。だが、その機会は失われてしまった。

ジョージの不機嫌は二日続いた。互いに盛んに礼の言葉を並べ合ったあと、監査官のフライヤーは離陸していった。そのあとになって、夫婦会議が生んだもう一つの後日談が明らかになった。ジェフにそれを尋ねようとは誰も思いつかずにいたし、ジェフもジョージに打ち明けるまでずいぶん迷ったのだろう。

「パパ」一夜、ベッドに入る前にジェフが切り出した。「視察に来たっていうオーヴァーロードのことなんだけど」

「何だ?」ジョージはそっけなく答えた。

「学校にも来たんだよ。先生たちと話してた。何の話をしてたのかは知らないけど――聞いたことのある声だと思ったの。大きな波が来たとき、逃げろって言った声だった」

「絶対に確かか」

ジェフは一瞬ためらった。「絶対とは言えないかな――だけど、あの人じゃないとしたら、きっと別のオーヴァーロードだったんだ。お礼を言ったほうがいいのかなと思って。でも、もう帰っちゃったんだよね？」

「ああ、残念ながらね」ジョージは答えた。「しかし、いつかまた機会があるだろう。さあ、いい子だからもう寝なさい。そのことは心配しなくていいんだ」

無事にジェフを子ども部屋に追い払い、ジェニーの世話をすませると、ジーンは戻ってきてジョージの椅子のそばの敷き物にじかに座り、彼の脚にもたれた。ジョージにしてみれば、それはうっとうしいほどセンチメンタルな習慣だったが、いちいち騒ぎ立てるほどのことではない。膝をできるだけこわばらせて居心地を悪くしてやるのがせいぜいだった。

「ねえ、どう思う？」ジーンが疲れのにじむ平板な声で訊いた。「あれはほんとに起きたことだったってこと?」

「ああ、本当にあったことなんだろう」ジョージは答えた。「だが、心配してもしかたがない。考えてもごらん。ふつうの親なら感謝するところだろう——僕はありがたいと思ってるよ。簡単に説明のつくことかもしれないしね。オーヴァーロードたちがこのコロニーに関心を持ってることは確かだ。となれば、例の装置を使って島を監視してると考えて間違いない。監視はやめたとは言ってるがね。たとえば、あの千里眼の道具を使って島のあちこちをのぞいてたオーヴァーロードの一人が、津波が接近してくるのを見た。そう考えると、危険な場所にいる人間に警告するのはごく自然な話だろう」

「でも、ジェフの名前を知ってたのよ。そのことを忘れないで。それに違うわ、監視されてるのは島じゃなくて私たちよ。私たちには他人《ひと》とは違ったところがあるんだわ。オーヴァーロードの注意を引くようなところが何かあるのよ。ルパートのパーティ以来、ずっとそう感じてた。不思議なものよね。あのパーティがきっかけで、私たちの人生は大きく変わった」

ジョージは共感の眼差しを妻に向けた。だが、そこにそれ以上の感情はこもっていなかった。人がこれほど短期間のうちにここまで変わるとは。ジーンに情は感じている。何と言っても、彼の子どもたちを産んだ女なのだ。彼の人生の一部でもある。しかし、もはや忘却のかなたに遠ざかりつつあるジョージ・グレグソンという人物が、ジーン・モレルという名のはかない夢に抱いていた愛情のうち、どれだけがいまも残っているだろう。彼の愛の半分は、ジェフとジェニファーに注がれていた。そして残り半分は、キャロルに捧げられている。ジーンがキャロルとのことを知っているとは思えない。噂としてジーンの耳に入る前に、ジョージから打ち明けるつもりではいた。しかしこれまでのところ、なかなかその覚悟が決まらない。

「いいだろう。監視されてるのはジェフだ。いや、保護されてると言ったほうがいいかな。僕らはそれを誇りにすべきだとは思わないか。オーヴァーロードたちは、あの子の将来に何か大きな計画を用意してるのかもしれないよ。どんな計画なのかは想像もつかないが」

ただジーンを安心させたい一心で言っているだけだということは、自分でもよくわかっていた。ジョージとしては、心配するようなことはないと思っている。もちろん、当惑しつつも好奇心はくすぐられていたが。そのとき、ふいに別の考えが頭に閃いた。

なぜもっと前に気づかなかったのだろう。ジョージは無意識のうちに子ども部屋のほうを見やっていた。

「彼らが監視してるのは、ジェフだけなのかな」

ことは順調に運び、監査官は視察の報告書を提出した。もしその内容を知ることができるとなれば、島の住民たちはどんなことでもしただろう。統計データや記録は、大型コンピューターの食欲旺盛なメモリーに一つ残らず入力された。そのコンピューターこそ、カレランの見えざるパワーの、すべてではないにしろ、一部をなすものだった。しかし、その人格を持たない電子の頭脳が結論を弾き出す前に、監査官は意見書を書き上げていた。人間の思考と言語で表現すれば、その内容は次のようなものだった。

〝コロニーに何らかの措置を取る必要はないと思われます。興味深い実験ではありますが、未来に影響を及ぼす可能性は皆無です。島で行われている芸術活動は我々の関知するところではなく、また危険な方角に向かいかねない科学研究が進行中であるという証拠もありませんでした。

事前の計画どおり、疑いを抱かれることなくサブジェクト・ゼロの成績表を確認することができました。関連する統計を参考までに添付しますが、現時点では非凡な発育の兆しはいっさい見つかりません。しかし、ご存じのとおり、ブレイクスルーの兆候は事前にはほとんど見られないのが通例です。

サブジェクト・ゼロの父親にも会う機会がありました。私と話したそうにしていましたが、幸いにもそれを避けることができました。父親が怪しみ始めていることは間違いありません。しかし、真実を推測することは絶対に不可能でしょうし、また結果に影響を与えることもないでしょう。

彼らに対する同情が募るばかりです。〟

ジェフにはふつうの子どもと違ったところはないという監査官の結論に、ジョージ・グレグソンもおそらく同意したことだろう。説明のつかない出来事がたった一つ起きたにすぎない。時間がゆったりと流れる穏やかな日に突然稲妻が閃いたかのようにぎくりとはさせられたが、それだけだ。しかもあれ以来、妙な事件はない。

ジェフは七歳の少年らしいエネルギーと好奇心にあふれていた。本人がやる気になれば、頭もいい。とはいえ、何がどうなろうと天才に育つとは思えなかった。ジーンはこんなことを考えて少々うんざりすることがある。ジェフは古典的な腕白小僧のレシピを使って作ったみたいな子どもだ――〝砂ぼこりを引き連れた騒音の塊〟。まあ、砂ぼこりに関しては、すぐにそれとわかるということはない。季節を問わず小麦色をしているジェフの肌に茶色の砂ぼこりが見てわかるほどたまるには、相当に時間がかかることだろう。

にこにこしているときもあれば、不機嫌なときもある。無口かと思えば、急におしゃべりになったりもする。父母のいずれかにだけなつくといったことはなく、妹が生まれても嫉妬することもなかった。医療記録はきれいなものだ。生まれてこのかた、病気一つしたことがない。しかしこの時代にこういった気候の地域に暮らしていれば、それは決して特別なことではなかった。

一部の子どもと違い、父親といてもすぐに飽きて、隙を見ては同年代の友だちのところに逃げるというようなところはなかった。ジョージの芸術の才能を受け継いでいることは明らかだった。島に来ると同時にコロニーの劇場のバックステージの常連になっていた。それどころか、ジェフは劇場の非公式のマスコットだった。七歳のいまでは、舞台や映画で活躍する俳優が訪れた際の花束贈呈も手慣れたものになっていた。

そう、ジェフはどこをどう見てもふつうの少年だった。ジョージは、せまい島のあちこちに散歩や自転車乗りに出かけた折りに、そのことにあらためて納得しては安堵した。有史以来のすべての息子と父親がしてきたように話をした――ただし、話題はかつてなかったほど豊富だった。ジェフは一度も島を出たことがないものの、カメラという目を至るところに持つテレビを通じて、外の世界を好きなだけ見ることができた。コロニーの住民の誰もがそうだったが、ジェフもまた、外に暮らす人類に軽い軽蔑を抱いていた。自分たちこそ進化の先端にいるエリートだと考えていた。オーヴァーロードが達した高みまで――あるいはそれを超えたところまで――人類を連れていくのは自分たちだ。明日は無理でも、いつの日か……。

その日がそれほど早く訪れようとは、彼らの誰一人予想していなかった。

## 18

夢は六週間後に始まった。

亜熱帯の夜の暗闇のなか、ジョージ・グレグソンは意識の水面に向けてゆっくりと泳いでいた。なぜ目が覚めたのかわからない。しばらくの間、困惑のなかでぼんやりしていた。やがて気づいた。ベッドには彼一人だった。ジーンは起き出して、足音を立てないように子ども部屋に行ったらしい。ジェフに話しかけている声がかすかに聞こえている。何を言っているのかは聞き取れない。

ジョージは重たい体を持ち上げるようにしてベッドから下りると、子ども部屋に向かった。ジェニファーが泣いたりしてジーンが夜中に起き出すことは珍しくなかったが、そういった騒ぎの間にジョージの目が覚めたためしはない。しかし、今回はいつもとはまるで違う雰囲気を感じた。ジーンはどうして目を覚ましたのだろう。

子ども部屋を照らしているのは、壁の蛍光塗料の模様だけだった。そのほのかな光が、ジェフのベッドに腰かけたジーンの姿を浮かび上がらせている。ジョージが入っていくと、ジーンが振り返ってささやいた。「しーっ。ジェニファーは寝てるの」

「いったいどうしたんだ?」

「ジェフに呼ばれたのよ。それで目が覚めた」

その当然の事実を述べているだけというような何気ない口ぶりに、ジョージは胸の悪くなるような不安を感じた。〝ジェフに呼ばれた〟。呼ぶ声でも聞こえたというのか?　そう訊き返したかったが、代わりにこう尋ねた。「怖い夢でも見たとか?」

「わからない」ジーンが答える。「でも、もう落ち着いたみたい。私が来たときは怯えてたけど」

「怖くなんかなかったってば、ママ」憤然としたような小さな声が聞こえた。「でも、すごく変なとこだった」

「変なとこ?」ジョージは訊いた。「パパに話してごらん」

「山があるの」半分眠っているような口調だった。「見たこともないくらい高い山なんだけど、てっぺんに雪はなかった。いままで見た高い山には、いつも雪が積もってたのに。燃えてる山もあった」

「燃えてた──火山だということか?」

「ううん、違う。山全体が燃えてるの。不思議な青い色をした火だった。燃えるのを見てたら、陽が昇った」

「それで?──続きは話してくれないのか?」

ジェフは困ったような目を父親に向けた。「だって、これも変な話なんだよ、パパ。

その太陽はものすごい勢いで昇ってきたし、ものすごく大きかったの。それに――色も妙だったな。きれいな青なんだ」

長い、心を凍りつかせるような沈黙があった。しばらくして、ジョージは静かに尋ねた。「それでおしまいか?」

「うん。僕、何ていうのかな、淋しくなっちゃって。そしたら、ママが来て起こしてくれた」

ジョージは息子の乱れた髪を片手でくしゃくしゃと撫でてやりながら、もう片方の手で部屋着の前をかき合わせた。ふいに寒気がした。自分がやけにちっぽけに思えた。それでもふだんと変わらぬ口調で息子にこう言い聞かせた。「ただのおかしな夢だよ。きっと晩ごはんを食べすぎたんだろう。夢のことは忘れて、また眠りなさい。な、いい子だから」

「うん、わかった、パパ」ジェフはうなずいた。しかし、少し間があって、考え深げにこう付け加えた。「またあそこに行けるかやってみよう」

「青い太陽だと?」カレランは訊き返した。ジェフが夢のことを話してから、何時間とたっていなかった。「その正体ならきみにもすぐわかったろう」

「はい」ラシャヴェラクは答えた。「アルファニドン２と考えて間違いないでしょう。硫黄山《サルファー・マウンテン》という裏づけもありますし。さらに、時間の尺度の歪みも興味深いところです。あの惑星の自転速度は相当に遅い。つまり、あの子はほんの数分のうちに数時間分を見たことになります」

「わかったのはそれだけか」

「はい。本人からじかに話を聞ければ別でしょうが」

「それは危険だ。私たちは介入せず、なりゆきに任せるしかない。その子どもの両親のほうから相談を持ちかけてくるようなら――その場合にかぎって本人から話を聞ける」

「私たちに相談してくることはないでしょうね。してきたとしても、きっとそのころには手遅れです」

「残念ながら、それはどうしようもないことだ。忘れてはいけないぞ――この件に関しては、私たちの好奇心など重要ではない。人類の幸福よりもなお無視すべきものなのだ」

カレランは通信を終了しようとボタンに手を伸ばした。「むろん、監視は続けてくれ。結果はすべて報告してもらいたい。だが、決して手出しをしてはいけない」

その後も、目を覚ましている間は、ジェフに前と変わったところは見受けられなかった。少なくともそれはありがたいことだった。しかし、ジョージの胸の奥では恐怖がふくらみ始めていた。

ジェフにとって、それはただのゲームだった。まだ恐怖を感じてはいなかった。どれほど奇妙なものであっても、夢は夢にすぎない。眠りによって開かれた新しい世界で孤独を感じることはもはやなくなっていた。ジェフが二人の間に横たわる未知の深淵を超えてジーンを呼んだのは、あの最初の夜だけだった。いまは目の前にどんどん広がっていく世界を一人果敢に探検していた。

毎朝、ジョージとジーンはジェフに質問をした。ジェフは思い出せるかぎりのことを答えた。夢で見た光景を描写しようとして、言葉に詰まることもたびたびだった。ジェフ本人が体験したことがないというだけでなく、人間の想像を超えた光景であることは明らかだった。そういうとき、ジョージとジーンは新しい言葉を挙げたり、写真やさまざまな色を見せたりして、ジェフが記憶を呼び覚ます手助けをし、ジェフの返事に何らかのパターンを見出そうとした。何の成果もないことも多かったが、それでもジェフの心のなかでは、夢の世界は明瞭そのものらしかった。ただ、両親にもわかるように言葉で描き出すことができないだけなのだ。それでも、ときにはジョージやジーンの脳裏にも鮮明に浮かぶ光景もあった……。

宇宙——惑星はなく、周囲の風景も見えず、足もとに地面はない。ベルベットを思わせる夜の闇にちりばめられた星だけがあった。それを背景に浮かぶ大きな赤い太陽は、心臓のように脈打っている。巨大だが希薄なガス体だったそれは、次の瞬間、ゆっくりと縮み始めた。同時に、まるで内にある炎に新たな燃料が注ぎこまれたかのようにまぶしく輝いた。その色は光学スペクトルを駆け上がり、黄色帯の下限でためらったあと、今度は同じサイクルを逆向きにたどっていった。拡大し、冷えきって、力ない炎にも似た赤い雲に戻り……。

(「典型的な脈動変光星です」ラシャヴェラクが熱意を帯びた口調で言った。「今回もやはり早回しの状態で見ていますね。正確なところは特定できませんが、特徴が合致する地球から一番近い星は、ラムサンドロン9です。ファラニドン12の可能性もありますが」

「いずれにせよ」カレランが答える。「その子どもは地球からどんどん離れていっているらしいな」

「ええ、かなり遠く離れたようです」ラシャヴェラクは言った……)

そこは地球なのかもしれない。雲が点々と散った青い空に白い太陽が浮かんでいた。嵐の前触れなのか、雲は猛烈なスピードで流れている。なだらかな丘が海へと下っていた。猛り狂う風が海面を乱し、波は砕けてしぶきを散らしている。それでも、動くものはない。稲妻が閃いた一瞬に目に焼きついた風景のように、何もかもが凍りついていた。はるかかなたの水平線に、地球のものではない物体が見えている。白い霧にふわりと覆われた柱の列だ。海面から上に向かうにつれてほんのわずかに細くなっていて、頂は雲の向こうに消えている。柱は惑星の輪郭に正確な間隔をおいて並んでいた。生物による建造物と考えるには大きすぎ、自然の産物にしては整然としすぎている。

（「シデニウス4と〝暁の柱〟でしょう」ラシャヴェラクが言った。その声には畏敬の念が感じられた。「あの子はこの宇宙の中心まで行ったということです」

「まだ出発したばかりだというのにな」カレランは答えた。）


その惑星は完全に平らだった。はるか昔、尋常ではない重力が、燦然たる青年期にさしかかった山々——もっとも強靭な山でも、標高数メートルまでしか成長しなかった——を押し潰して、すべて同じ高さにしてしまったのだ。しかし、この星には生物がいた。地表は無数の幾何学模様が刻まれているように見える。その模様は這い、うごめき、色を変えていた。ここは二次元の世界だ。この世界で暮らせるのは、厚させいぜい数ミリまでの生き物だけだった。

空を見上げると、アヘンが見せる妄想のなかにも現れないような太陽があった。白く輝くには温度が高すぎて、紫外線との境界をさまよう灼熱の亡霊と化していた。それを中心に回る惑星に照りつける熱は凄まじく、それを浴びようものなら、地球の生物はたちまち焼け死ぬことだろう。太陽を覆う厚さ数百万キロのガスと塵のベールは、紫外線の突風が吹き抜けるたびに無数の蛍光色を帯びてきらめいた。これに比べたら、地球の弱々しい太陽など昼間のホタルでしかない。

(「ヘキサネラクス2ですね。それ以外に考えられない」ラシャヴェラクが言った。「そこまで到達した私たちの船は、ほんの一握りです。いずれも着陸の危険は冒しませんでした。あんな星に生物がいるとは誰も想像しませんからね」

「どうやらきみたち科学者は」カレランが言った。「自分で考えているほど完璧ではないようだな。もしその——〝模様〟が知的生命体なのだとすれば、意思疎通をどうやって行なっているのか、実に興味深いね。果たして三次元というものが存在することを知っているのかな」)

それは夜と昼の意味、年や季節の意味を理解することは決してないであろう世界だった。それぞれ色の違った六つの太陽が一つの空に共存している。だから、光の色が変わることはあっても、闇が訪れることは決してない。相争う重力場が衝突し、引き合っているために、その惑星は、輪や弧を無限に連ねた想像を絶する複雑な軌道を描いて公転し、しかも同じ道筋をふたたび通ることは絶対になかった。あらゆる瞬間が二度と見ることのできないものだった。六つの太陽が同じ配置を取ることもまた決してないからだ。

だが、ここにも生物はいた。ある時代にはもっとも近い太陽によって熱の塊となり、また別の時代には長く遠日点《えんじつてん》にあって凍りつきもしたが、それでもこの星は知的生命体の住処であり続けた。巨大な多面性の結晶体は、寒冷期には複雑な幾何学模様を描いてひたすら身を寄せ合い、暖かな時代がふたたび巡ってくると、鉱脈に沿ってゆっくりと成長した。その生物が一つの考えをまとめるのに千年かかるとしても、大勢に影響はないだろう。宇宙はまだ幼く、彼らの行く手には無限の時間が果てしない道のように延びているのだから……。

（「すべての記録に当たってみました」ラシャヴェラクが言った。「そのような世界も、そのような組み合わせの太陽も、見つかりませんでした。この宇宙に存在するものなら、私たちの船では行けない場所にあったとしても、天文学者が発見しているはずです」

「あの子は銀河系を出たらしい」

「そのようです。その時は近いと見て間違いないでしょう」

「楽観はできないぞ。いまのところはまだ夢を見ているだけだ。目を覚ませばふつうの子どもに戻る。あの子はまだ第一段階にいるにすぎない。だが、変化が始まれば、私たちにもすぐにわかるだろう」）

「前にもお会いしましたね、ミスター・グレグソン」オーヴァーロードは厳かな声で言った。「ラシャヴェラクです。覚えていらっしゃるでしょう」

「覚えてます」ジョージは答えた。「ルパート・ボイスのパーティでお会いしました。忘れたくても忘れられませんよ。きっとまたお会いすることになるだろうと思ってましたし」

「一つ教えてください――今回の面談を要請なさったわけは？」

「とうにご存じでしょうに」

「ええ、そうかもしれません。しかし、やはりあなたなりの言葉で説明していただいたほうがお互いに話を進めやすい。驚かれるかもしれませんが、私も事態を理解しようと努力しているところですし、ある意味ではあなたと同じくらい何も知らないとも言えるんです」

ジョージはびっくりしてオーヴァーロードを見返した。彼も何も知らないとは。

オーヴァーロードはあらゆる知識を所有し、あらゆる力を身につけているものと無意識のうちに決めつけていた――ジェフの身に起きている現象を、彼らは理解していると。その原因は彼らにあるのだろうと。

「私がコロニーの心理学者に渡した報告書はごらんになったんでしょう。つまり、夢のことはご存じのはずだ」

「ええ。夢のことなら知っています」

「あの夢が単なる子どもの想像の産物だとはとても信じられません。あまりにも荒唐無稽で――何を馬鹿なとおっしゃるかもしれませんが――何らかの現実に基づいたものだとしか思えないのです」

ジョージは不安を感じながらそう言ってラシャヴェラクを見つめた。肯定と否定、どちらの答えを期待していいものかよくわからない。オーヴァーロードは無言だった。ただあの大きな穏やかな目でジョージを見返しているだけだ。二人の顔はほぼ同じ高さにあった。部屋の床は半分ずつ高さが違っていて――このような面談のために設計されたものであることは明らかだ――オーヴァーロードの巨大な椅子は、ジョージの椅子より一メートルは下に置かれていた。それは好意的な配慮と言える。こういった話し合いに臨む人間はまず間違いなく不安を抱えているだろうが、これならそれもいくぶんか和らぐからだ。

「もちろん気にはなりましたが、初めはさほど心配していませんでした。起きているときのジェフはまったくふつうでしたし、夢のせいで動揺するようなこともなかったからです。ところがある晩……」――ジョージは口ごもり、言い訳でもするようにオーヴァーロードをちらりと見た――「私は超自然現象を信じたことはありません。科学者ではありませんが、すべての現象には合理的な説明があると信じています」

「おっしゃるとおりです」ラシャヴェラクが言った。「ところで、あなたが何を目撃したかは知っていますよ。見ていましたから」

「ああ、やっぱり。しかし、カレランが約束したはずでしょう。例の装置を使って人間をスパイすることは二度とないと。なぜその約束を破ったんです?」

「破ってはいませんよ。総督は、人類が監視下に置かれることは二度とないと言ったんです。その約束は破っていない。私が監視していたのはあなたのお子さんたちです。あなたがたではなく」

ラシャヴェラクの言わんとしていることはすぐにはぴんとこなかった。しかし理解したとたん、ジョージの顔から血の気がゆっくりと引いていった。

「ということは……?」ジョージは息を吞んだ。声がかすれて、初めから言い直さなければならなかった。「ということは、うちの子どもたちはいったい何だというんです?」

「それなんです」ラシャヴェラクは重々しい声で答えた。「私たちはそれを見きわめようとしているんですよ」


以前から〝ポペット〟という愛称で呼ばれているジェニファー・アン・グレグソンは、仰向けに横たわって目をしっかりと閉じていた。ずいぶん前から目を開けたことがなかった。この先もずっと開くことはないだろう。光のない深海に棲むほかに多くの感覚器官を備えた生物と同じく、視覚はもはや必要なものではなくなっていたからだ。彼女は周囲の世界の存在をはっきりと認識していた。それどころか、それを超えたところにあるものも認識していた。

発育過程にある何らかの不思議な作用が働いたのか、短かった赤ん坊時代に身についた習慣的な反応が一つだけ残っていた。かつて彼女を喜ばせた玩具のがらがらはいま、ベビーベッドのなかで、しきりに変化する複雑なリズムを刻みながら絶え間なく鳴り続けている。ジーンの目を覚まさせ、子ども部屋に駆けつけさせたのは、その奇妙なシンコペーションのリズムだった。しかし、ジーンに悲鳴のような声で夫を呼ばせたのは、その音だけではなかった。

鮮やかな色のありふれたがらがらは、空中にぽつんと浮かんでひたすら音を鳴らしていた。周囲のあらゆる物体から五十センチは離れている。ジェニファー・アンは、ぽっちゃりした手をぎゅっと握り、満足げに穏やかな笑みを浮かべてベッドに横たわっていた。

ジェニファー・アンのスタートは遅かった。しかし、進歩は速かった。まもなく兄を追い越すことだろう。まだほとんど何も学んでいない彼女のほうが、忘れなくてはならないことが少ないからだ。

「賢明な判断でしたよ」ラシャヴェラクが言った。「玩具に触らずにおいたのは。どのみち、あなたがたに動かせたとは思えませんが。しかしもし動かしていたら、彼女を怒らせていたでしょう。そのあといったいどんなことが起きていたことやら」

「それはつまり」ジョージはぼんやりと訊いた。「あなたがたには何もできないということでしょうか」

「あなたには本当のことを話しましょう。私たちには観察することはできます。事実、すでにそうしてきました。しかし、干渉はできないのです。理解できないからです」

「となると、私たちはどうすれば？　なぜ私たちにこんなことが起きたんです？」

「誰かに起きなければならなかったからです。あなたがたに何か特別のものがあるわけではありません。原子爆弾のなかで連鎖反応を引き起こす最初の中性子と同じです。たまたまそれが最初の一つになっただけで、実はきっかけになるのはほかのどの中性子でもかまわないように、ジェフリーでなく、世界中にいるほかのどの子どもでもかまわなかったんです。私たちはこれを〝トータル・ブレイクスルー〟と呼んでいます。もう秘密にする必要がなくなって、私もほっとしています。私たちは、これが起きるのをずっと待っていました。地球に来て以来ずっと。それがいつどこで始まるか、予測することは不可能でした――偶然にもルパート・ボイスのパーティであなたがたに出会うまでは。あのとき、ほぼ間違いないだろうと確信しました。あなたの奥さんの子どもたちが連鎖の起点になるだろうとね」

「でも——あのときはまだ結婚してませんでした。結婚を意識したことだって——」

「ええ、わかっています。しかし、ミス・モレルの心は、たとえあのときかぎりのことであれ、当時生きていた誰も持っているはずのない知識を受け渡すための経路《チャネル》になっていたのです。その知識は、別の人物から、それも彼女にごく近しい人物から渡されたとしか考えられません。その人物がまだ生まれていなかったという事実は取るに足らない。時間というものは、あなたがたが考えているよりずっと不可解なものだからです」

「何となくわかり始めてきました。ジェフは誰も知らないことを知ってる——ほかの世界を見ることもできるし、あなたがたがどこから来たのかも知ってるんですね。そしてジーンはどういうわけかジェフの思考を受け取ることができた。ジェフはまだ生まれてなかったのに」

「それだけではありません。しかし、あなたがたにはいま以上に真実に近づくことはできないでしょう。時間と空間を超えるかのような不思議な力を持った人々は、太古の昔から大勢存在していました。しかし、人類はその力を理解できなかった。解明の試みは行なわれましたが、ほぼ例外なく見当違いなものに終わりました。これは確かですよ。私は全部読んだんですから！

しかし一つだけ――示唆に富んでいて参考になる比較論がありました。あなたがたの文献に幾度となく現れています。人間の心は海に囲まれた島だと考えてみてください。それぞれは隔絶されているように見えますが、実際には、海底の岩盤でつながっています。海の水が消えたら、島は一つも残らない。それまであったものはすべて一つの大陸の一部になるんです。ただし、個としての存在は失われます。

あなたがたがテレパシーと呼ぶものは、それに似ています。条件さえ整えば、複数の心が一体化して、互いの内にあるものを分かち合うことができるのです。そしてふたたび一つずつに分かれたとき、その経験の記憶が残ります。この力は、もっとも高いレベルにおいては、ふだんは存在する時間と空間の制限から解放されます。ジーンがまだ生まれていない息子の知識を受け取ることができたのは、そういうわけです」

長い沈黙があった。ジョージはその驚くべき概念をなんとか理解しようと格闘した。構図が輪郭を結ぼうとしていた。にわかには信じがたいものだった。しかし、それなりに筋は通っていた。それにあの夜、ルパート・ボイスの家で起きた出来事を――このように理解しがたいものにその言葉が適切かどうかはわからないが――説明していた。さらに、そうだ、ジーンが超常現象に惹かれる理由もこれでわかる。

「始まりは何だったんです?」ジョージは訊いた。「これからどうなるんです?」

「私たちにもわかりません。ただ、宇宙には多くの種族がいます。その一部は、地球の人類が——もしくは私たちが——この世に出現するずっと以前にそういった力を発見しています。そしてあなたがたが同じように発見して彼らに加わる時をじっと待っていました。ようやくその時が来たのです」

「あなたたちの役割は?」

「人類の大部分と同じように、あなたも私たちを〝主人〟と見なしてきたことでしょう。しかし、それは間違いです。私たちは単なる保護者にすぎません。その——上から与えられた職務を実行していただけなのです。その職務を定義するのは難しい。そうですね、困難なお産に立ち会う助産婦のようなものと考えればわかりやすいでしょう。私たちは新しくて素晴らしいものの出産を手伝っているのです」ラシャヴェラクはそこでためらった。言うべきことを探しているようにも見えた。「そう、私たちは助産婦です。ただし、私たち自身は子を産むことができない」

その一言を聞いた瞬間、ジョージは、自分の悲劇よりもっと大きな悲劇を前にしていることを悟った。信じがたいことではあった。だが、不思議と納得がいった。あれだけの力と知性を持ちながら、オーヴァーロードたちは進化の袋小路にとらわれているのだ。彼らは偉大で気高い種族だ。あらゆる点で人類より優れている。しかし、彼らに未来はない。そして当人たちもそのことを知っている。そう考えると、彼の抱えている問題などひどく小さなものに思えた。

「ようやくわかりました」ジョージは言った。「あなたたちがジェフリーを監視していた理由が。あの子は実験の標本だったわけだ」

「そのとおりです。ただ、私たちにはその実験をコントロールすることはできません。始めたのは私たちではない。ただ観察しようと努めてきただけです。どうしてもしかたがない場合を除いて、干渉もせずにいた」

しかたがない場合——津波か。貴重な標本が破壊されるのを黙って見ているわけにはいかなかったわけだ。内心でそうつぶやいたとたん、自分が恥ずかしくなった。彼はそんな皮肉を言える立場にはない。

「もう一つだけうかがいたいことが」ジョージは言った。「子どもたちとどう接したらいいいんでしょう」

「一緒にいられる時間をせいぜい楽しむことです」ラシャヴェラクは優しい口調で答えた。「あの二人があなたがたのものでいられる時間は短いのですから」

その助言は、過去のどの時代のどの親にも与えられてきたものと同じではあったかもしれない。しかし、ラシャヴェラクの口から出たそれは、これまでにはなかった脅威と恐怖を含んでいた。

## 19

やがてその日は来た。ジェフリーの夢の世界と日常生活との境界線は曖昧になり始めた。ジェフはもう学校には行かなくなっていた。ジーンとジョージの生活リズムも完全に壊された。まもなく、世界中の人々の生活リズムも同じように壊されることになる。

夫婦はいっさいの友人づきあいを断った。まるで、じきに誰も他人の悲劇に同情するゆとりなどなくなることを見越したかのように。誰とも行き会わずにすみそうな夜の静かなひととき、一緒に長い散歩に出ることもあった。ほどなく一家を呑みこむであろう未知の悲劇を前に、二人は新婚のころ以上の親密さを取り戻していた。

　初めのうちこそ、眠っている子どもたちを家に残して外出することに後ろめたさを感じた。しかし、ジェフとジェニーは、両親には理解の及ばない方法で自分たちの身を守ることができるのだ。それに、オーヴァーロードたちも見ている。そう思うと安心できた。自分たちは二人きりではないのだ、あの賢く思いやりにあふれた目も見張りの任を分かち合ってくれているのだと思えた。

　ジェニファーはひたすら眠り続けた。いまの状態を表す言葉はそれしかない。外見は赤ん坊のままだったが、ジェニファーの周囲には目に見えない力の壁があるように感じられて、ジーンはそれに怯え、子ども部屋に入ることさえできなくなっていた。

　だが、入る必要はなかった。少し前までジェニファー・アン・グレグソンだった生命体は、まだ成長の途上にはあったものの、繭の内側にいながらにして周囲の環境をコントロールし、あらゆる欲求を満たすことができた。一度だけジーンが食事を与えようとしたことがあったが、拒まれた。ジェニーは好きなときに好きな方法で栄養を摂取することを選んだのだ。

　というのも、冷凍庫から食料品がゆっくりと着実に消えていたからだ。しかしジェニーがベビーベッドから出ることは一度もなかった。

がらがらの音は止まっていた。がらがらは子ども部屋の床に転がっていたが、誰もそれに触ろうとしなかった。ジェニーがいつかまたそれで遊ぶこともあるかもしれないと恐れたからだ。ときおり、ジェニーが家具を妙な具合に配置し直していることもあった。またジョージの目には、壁の蛍光塗料が以前よりずっと明るく輝いているように見えた。

世話の焼けることはなかった。ジェニーは両親の手を必要としていなかったし、両親の愛の届かないところに行っていた。すでに時間はわずかしか残されていないことは明らかだった。ジーンとジョージは、ジェフにすがりつくようにして残りの時間を過ごした。

ジェフも変化を続けていたが、両親のことはまだ覚えていた。彼らが形のないもやのような赤ん坊時代から成長を見守ってきた少年は、人格を失い始めていた。刻一刻と溶解していくのが目に見えるようだった。それでも、昔と変わらない口調で話しかけてくることもあったし、これからのことなどまるで知らないかのように玩具や友だちの話をすることもあった。とはいえ、一日のほとんどの時間、ジェフの目は両親を見ていなかった。二人の存在を認識しているそぶりさえ示さなかった。眠ることもなくなっていた。ジーンとジョージは、残りわずかになった時間を無駄にしたくないという抗しがたい衝動を抑えつけ、無理にでも眠らないわけにはいかなかったが。

ジェニーとは違い、ジェフには物体を動かす超能力は備わっていないようだった。おそらく、すでに肉体的にいくらか成長していたために、その必要がほとんどないからだろう。ジェフの異常は、精神にのみ現れた。そしてその精神生活に夢が占める割合は、ごく小さなものになっていた。ジェフは何時間も身動き一つせずに座っていた。目をぎゅっと閉じ、ほかの誰にも聞こえない音に聴き入っているかのように。ジェフの心には、知識が鉄砲水のごとき勢いで流れこんでいた——どこからなのか、あるいはどの時代からなのかは分からないが。その大量の知識はまもなく、かつてジェフリー・アンガス・グレグソンだった成体になりきっていない生き物を屈服させ、破壊することだろう。

そして犬のフェイはその足もとに座り、哀しみと困惑の浮かぶ目で彼をじっと見上げていた。自分の主人はどこへ行ってしまったのか、いつ戻ってきてくれるのかと考えているような顔つきで。

ジェフとジェニーは、全世界で最初の二人だった。しかしまもなく、二人きりではなくなった。ちょうど大陸から大陸へと瞬く間に勢力を拡大する伝染病のように、変態《メタモルフォーゼ》は全人類に蔓延した。十歳以上には影響はなかったが、それ以下の子どもはほぼ全員、この〝病〟から逃れられなかった。

それは文明の終わりを、有史以来人類が苦心して築き上げてきたものの終焉を意味した。ほんの数日のうちに、人類は未来を失った。どんな種族であれ、子どもを奪われれば、心は打ち砕かれ、生き伸びようという意思を完全になくしてしまうものだからだ。

一世紀前なら起きたであろうパニックはなかった。世界はただ麻痺していた。大きな都市も身動き一つせず、声一つ立てなかった。機能を続けたのは、なくては生活が立ち行かなくなる産業だけだった。地球全体が二度と戻らぬものの死を嘆いて喪に服しているかのようだった。

そしてこのとき、カレランが全人類に向けて最後の演説を行なった——いまとなっては忘却のかなたに消えた時代にたった一度だけしたように。

# 20

「ここでの私の仕事は終わろうとしている」百万のラジオからカレランの声が流れ出した。「百年が経過してようやく、その仕事とはいったい何だったのかをこうして打ち明けることができる。

きみたちから隠しておかねばならないことは多数あった。たとえば、地球に滞在した時間の半分を、私たちは姿を隠したまま過ごした。きみたちのなかには、姿を隠す必要などないと感じた人々もいただろう。きみたちの世代は私たちの存在に慣れきっている。もしも先祖が私たちを見ていたらどのような反応を示したか、想像さえできないに違いない。しかし、少なくとも、私たちが姿を隠した意図は理解できるだろうし、そうするしかなかった理由も察してくれることだろう。

これまできみたちに明かさなかった秘密のなかでも究極の一つは、私たちが地球に来た目的だ。それについては数限りない憶測が飛び交った。だが、今日までは隠しておくしかなかった。それを明らかにする権限は私たちにはなかったからだ。

百年前、私たちはこの世界にやってきて、自滅の道をたどっていたきみたちを救った。その事実は誰にも否定できないだろう。だが、どのように自滅しようとしていたかを言い当てた者はいなかった。

私たちは、あのころきみたちが兵器庫にせっせと積み上げていた核兵器を初めとする死の玩具の使用を禁止した。それで物理的な全滅の危険は去った。きみたちは、それで危険はなくなったと考えた。私たちの狙ったとおりだった。しかし、危険はそれ一つではなかったのだ。きみたちが直面していた最大の危険は、まったく別の種類のものだった。しかもそれは、地球の人類だけの危険ではなかった。

多くの世界が核開発の岐路に立ち、悲劇を回避して、平和で幸福な文明を築く道を歩んだ――そしてその後、予想もしていなかった力によって滅亡に追いこまれた。二十世紀に至って初めて、人類はその力を本格的にもてあそび始めた。何らかの手を打つ必要が生じたのはそのためだった。

二十世紀を通じて、人類はゆっくりと崖の縁《ふち》に近づいていこうとしていた――そんなものが存在することにさえ気づかないまま。その崖の向こうの深淵に架かる橋は一つしかない。外からの手助けなくその橋を見つけられた種族はこれまでほとんどいなかった。ただ、危険と進歩の両方を避けて、手遅れにならないうちに引き返した種族はあった。彼らの世界は、努力なくして満足が手に入る桃源郷となり、宇宙の物語には二度と登場していない。しかし、きみたちの宿命——運命はそれとは違っていた。活力にあふれた人類が、そのまま引き返すはずがなかった。あのまま放っておけば、きみたちは破滅の淵へと突進していただろう。その際にほかの種族まで巻き添えにしただろう。きみたちには、たった一つだけ架かる橋を見つけられなかっただろうからだ。

残念ながら、これから私が話すことは、ほとんどすべてそのようなたとえで表現するしかない。きみたちは、私の伝えたい事柄の大部分を表す言葉も概念も持ち合わせていないからだ。そしてそれに関する私たち自身の知識も、悲しいほど不完全だからだ。

ここからの話を理解するには、過去に立ち返り、きみたちの先祖にとってはあるのが当然だったもの、しかしきみたちは忘れてしまっている多くのことを再発見しなければならない。実を言えば、私たちはそれらを故意に忘れさせた。私たちが地球に滞在していること自体が壮大な欺瞞——きみたちが直面する用意のない真実を隠しておくための目くらましだったからだ。

私たちがやってくる前の数百年に、地球の科学は物質界の秘密を次々と暴き、人類を蒸気エネルギーから原子力へと導いた。迷信の類は過去に置き去りにされた。人類にとって、科学こそ真の宗教になった。その西洋のごく一部の民族から人類全体への贈り物は、ほかのすべての信仰を滅ぼした。私たちが来たときにわずかに残っていたものも、すでに死に瀕していた。科学さえあればすべてが説明できると人類は信じていた。その射程にとらえることのできない力など一つとしてなかった。科学によって説明できない現象もなかった。宇宙の起源は永遠に解明されないままだったかもしれないが、それ以降に起きたことはすべて物理学の法則に従っていた。

しかしきみたちの神秘主義は、自らの妄想にどっぷりと浸かっていたとはいえ、真実の一部を見抜いていた。心には力がある。心を超えた力もある。きみたちの科学の枠組みに当てはめようとすれば、科学そのものが完全に崩壊してしまうような力だ。古代から現代に至るまで、不思議な事象は数えきれないほど報告されてきた。ポルターガイスト、テレパシー、予知。きみたちはそれらに名前を与えはしたものの、説明は加えなかった。五千年分の証拠が積み上げられているというのに、科学は初めそれらを無視した。その存在ごと否定した。しかし、それらは存在する。念のために言い添えておけば、宇宙のあらゆる理論がその存在を裏づけるはずだ。

　二十世紀前半になると、地球の科学者の一部がそういった事象を調べ始めた。彼らは気づいていなかったが、それはパンドラの箱の錠前をこじ開けるに等しい行為だった。もしも箱を開けてしまっていたら、そこから放たれた力は、原子力などは比較にならないほどの災いを招いていただろう。物理学はせいぜい地球を破滅させるくらいしかできない。しかし心霊物理学によってもたらされる大規模破壊の影響は、ほかの星々にも及ぶ。

　それは何としても食い止めなければならない。きみたちがどのような脅威を呼び寄せようとしていたのか、説明はできない。私たちにとってはそれは脅威とはなっていなかっただろう。したがって私たちにも理解しようがないからだ。ここでは、地球人はテレパシーの世界を冒す癌、知性の悪性腫瘍となっていただろうと言うにとどめておく。その悪性の塊はやがて溶解して膿みが染み出し、ほかのより優れた精神をも毒していただろう。

　私たちが地球にやってきた――派遣されてきたのはそういうわけだ。私たちは、あらゆる文化レベルにおける人類の進化を妨害した。超常現象に関する本格的研究にはとりわけ厳しく目を光らせた。もちろん、私たちの文明の圧倒的優位を誇示することが、結果的にほかのすべての形態の創造的な活動を抑圧したことはよくわかっている。しかしそれは副次的な効果であって、見過ごしてかまわないものだ。

これから話すことは、きみたちにとっては驚くべきこと、おそらくは信じがたいことだろう。潜在的能力、目に見えない力——そういったものを私たちは持っていないし、解明もしていない。私たちの知性はきみたちのそれをはるかに上回ってはいるが、きみたちの精神には、私たちが最後まで解明できなかったものがある。地球に来て以来、きみたち人類を観察し研究してきた。そして多くを学んだ。これからも研究を続けていくが、すべての真実を発見することは永遠にできないだろう。

私たち二つの種族には多くの共通点がある。私たちがこの仕事に選ばれた理由はそれだ。しかしそれ以外の点では、私たちは二つのまるで違った進化の結果を象徴している。私たちの精神は発達の限界に達している。同じように、きみたちの精神も、いまのままではこれ以上発達することはない。しかし次の段階へ一足飛びに進む方法はある。そこが私たちの違いだ。私たちの可能性は枯渇した。だが、きみたちの可能性はまだ引き出されてさえいない。その仕組みは私たちには理解不能ではあるが、きみたちのその可能性は、さっき話した力、いまきみたちの世界で目覚めつつある力と関係がある。

私たちは時の進みを止めた。その力が育ち、そのために用意されていた水路に滔々と溢れ出すときまで、人類を足踏みさせておいた。この惑星を発展させ、人類の生活水準を向上させ、秩序と平和をもたらすために私たちがしたこと――それらはすべて、きみたちの問題に介入することを強いられたときから、どのみちやらなければならないことではあった。だがその大きな変化は、真実からきみたちの目をそらし、私たちの仕事を進めやすくするのに役立った。

私たちは地球の保護者だ。それ以上のものではない。きみたちはしばしば疑問に思っていたことだろう――私たちの種族は宇宙のヒエラルキーのどのあたりに位置しているのかと。私たちはきみたちより上にいる。同じように、私たちの上にも別の種族がいて、彼らの目的のために私たちを利用している。その目的とは果たして何なのか、私たちが知らされることはない。それでも私たちはあえてそれに背くことなく、もう何世代にもわたってその道具に甘んじている。これまでにも幾度となく命令が下された。そのたびに私たちは文明のつぼみが花を開こうとしている世界に出向き、私たちがたどることのできない道——きみたちがまさにいまたどっている道——へと導いた。

そしてそのたびに、私たちの限界から逃れるための方法が何か見つかるかもしれないという淡い期待を抱きながら、派遣された先の種族の進化を見守ってきた。だが、これまでのところ、私たちにかいま見ることができたのは、真実のおぼろな輪郭だけだ。きみたちは、それがどれほど皮肉な呼び名か知らないまま、私たちをオーヴァーロード——君主たちを統べる君主と呼んだ。それにならって言うなら、私たちの上にはオーヴァーマインド——精神を統べる精神があって、陶芸家がろくろを道具とするように、私たちを利用している。

きみたちは、そのろくろの上でこねられている粘土なのだ。

これは仮説にすぎないが、オーヴァーマインドは成長を試みているのだろう。その力と宇宙に及ぼす意識を拡張しようとしているのだ。オーヴァーマインドはいまごろはもう無数の種族の集合体となっているに違いない。物質の束縛からはとうの昔に解き放たれているはずだ。それは、知性を決して見逃さない。どこにあろうとも、かならず見つけ出す。今回も、地球の人類の準備がほぼ整ったと見るや、それは私たちに指示を与えてここに派遣した——間近に迫ったメタモルフォーゼに備えさせるために。

人類が初期に経験した変化は、どれも長い年月をかけて進行した。しかし今度のは、精神のメタモルフォーゼだ。肉体のそれではない。進化の基準から言えば、並外れたスピードで進むだろう。そう、まさに一瞬にして完了することだろう。そしてそれはすでに始まっている。きみたちは、自分たちがホモサピエンスの最後の世代であるという現実を受け入れなければならない。

このメタモルフォーゼの性質について、私たちに語れることは少ない。どういう仕組みで起きるのか——機が熟したと判断したとき、オーヴァーマインドがどのような刺激を利用してそれを起こさせるのか、それも知らない。私たちが経験上知っているのは、かならずただ一つの個体から、それも子どもから始まるということ、それからまもなく、ちょうど飽和した溶液のなかで最初の核を中心に結晶ができていくように、爆発的に広がるということだけだ。成人はその影響を受けない。成人の精神は、すでに変更が不可能な鋳型にはめられているからだ。

数年後にはすべてが終わり、人類は二分されていることだろう。もはや引き返す道はない。きみたちがいま知っている世界に未来はない。人類の希望や夢、そのすべてが終焉を迎えたのだ。きみたちは跡を継ぐ者たちを世に送り出した。しかし悲しむべきことに、彼らを理解することは決してない——彼らの心と通じ合うことさえできないだろう。それ以前に、彼らはきみたちの考えているような心をそもそも持ち合わせていないのだ。彼らは全員で一つの統合体を成す。ちょうど、きみたち一人ひとりが無数の細胞から成っているように。きみたちは彼らは人間ではないと考えることだろう。それは当たっている。

こんな話をしたのは、きみたちがいまどのような事態に直面しているかを理解させたかったからだ。いまから数時間後、私たちに重大な転機が訪れる。私は彼ら、、、を守るという仕事、使命を帯びてここに派遣された。いま、彼らの力は目覚めようとしている。しかしその力をもってしても、周囲の多数の手から自分の身を守ることはできない——そう、彼らを生んだ親さえも、真実を知れば、子を抹殺しようとしかねない。だから、彼らを集め、隔離しなくてはならない。彼らを守るために。きみたちを守るために。明日、私たちのすべての船がその作業を開始する。それを阻みたい気持ちは理解できなくはない。だが、やるだけ無駄だと言っておこう。私など及びもつかない大きな力がいま、目覚めようとしているのだ。私は彼らの道具の一つにすぎない。

そしてそのあと――残存者たるきみたちを、用済みになった者たちを、私はどうすべきか。おそらくは全滅させるのがもっとも簡単で、しかも情けある処置と言えるだろう。きみたちが助からない傷を負った愛しいペットを安楽死させるのと同じだ。しかし、私にはそれはできない。きみたちの未来は、残された年月の間にきみたち自身が決めるべきだ。人類が、自分たちが生まれてきたのは無意味なことではなかったと納得し、余生を安らかに過ごせるよう祈っている。

きみたちがこの世に送り出そうとしている統合体は、きみたちとは性質を完全に異にする存在だ。おそらく、きみたちの夢や希望にはまるで共感を抱かないだろう。過去の偉業を稚拙な玩具と見なすだろう。それでもなお、その統合体は素晴らしいものだ。そして、それを生み出したのは、ほかでもない、きみたちなのだ。

歳月が経過して私たちの種族が忘れ去られたころも、きみたちの一部分はまだ生き残っているはずだ。だから、私たちがこれからせねばならないことで、私たちを非難しないでほしい。そして、このことだけはどうか記憶に留めておいてもらいたい――私たちはこれから先もずっと、きみたちを心からうらやましく思っているということを」

# 21

これまで何度泣いたことか。だが、ジーンはもう泣いてはいなかった。スパルタ島の二つの峰の上空に宇宙船がゆっくりと姿を現したとき、島は無慈悲で無感情な陽射しを受けて黄金色に輝いていた。その岩だらけの島で、少し前、彼らの息子は死の危険にさらされ、奇跡によって救われた。いまはその奇跡の意味がよくわかる。ときおりこんなことを思う。オーヴァーロードたちが傍観者に徹し、息子を運命の手に委ねてくれていたほうがよほど幸せだったのではないか。身近な人の死なら、前にも経験したことがある。死なら堪えられる。それは自然の摂理だからだ。しかし、これは死よりも不可解だった。しかも、死よりも終局的だ。今日に至るまで、無数の人が死んできた。それでも種族が絶えることはなかった。

子どもたちは何の音も立てていない。身動きをする気配もない。ただ海岸のあちこちに小さな集団を作って突っ立っている。互いに興味を示すことはなく、いままさに捨てようとしている家族に未練を残しているそぶりもない。多くの子どもが、まだ歩くことのできない赤ん坊を腕に抱いていた。歩くという行為を不必要にするほどの力を持ちながら、発揮する意思のない赤ん坊をと言ったほうが正確かもしれない。彼らに無生物を動かす力があるのなら、自分の体を動かすくらいのことはできるはずだからだ。そのことを考えると――ジョージは思った――オーヴァーロードの船がこの子どもたちを回収に来る必要がどこにあるのかわからない。

だが、理由など重要ではない。彼らは去っていこうとしている。そして、これが彼らの選んだ方法なのだ。そのとき、ジョージは記憶の奥底でうずいていたものが何だったのかに思い当たった。ずっと前、これとそっくりな集団移住を報じる百年前のニュース映画を見たことがある。あれは第一次世界大戦の、あるいは第二次世界大戦の初期の映像だったのだろう。長く連なった列車の車両が、子どもたちを満載して、危険の迫る都市からゆっくりと出発していった。親たちは後に残り、多数がそのまま生き別れになった。泣いている子どもはほとんどいなかった。小さな荷物をしっかりと胸に抱え、困惑したような表情をしている子どもはいた。だが、大部分は、大冒険の始まりに胸を躍らせているように見えた。

とはいえ、あれとこれを重ね合わせることはできない。歴史は繰り返すというが、これは違う。いま旅立っていく子どもたちは、何に変わってしまったにしろ、もはや子どもではない。そして、再会を果たす親子は一組たりともいないのだ。

宇宙船は波打ち際に着陸した。柔らかな砂に船体が深く沈む。大きな曲線を描くパネルの列が上方に滑るようにして一斉に開き、タラップが金属でできた舌のように砂浜に向けてするりと伸びた。散らばっていた言いようのないほど孤独な人影が溶け合い始め、まもなく、人間の集団とまったく同じように動く一つの影になった。

孤独？　なぜそんな言葉が浮かんだのだろう。あの子どもたちがこの先絶対に感じることのないもの——それは孤独だろうに。孤独を感じるのは個人だけ——人間だけだ。個という壁が取り払われたとき、人格が消えると同時に孤独も消える。大海原も、もとはといえば無数の雨粒だった。

ふいに感情を抑えきれなくなったのか、彼の手を握っているジーンの手に力がこもった。「見て」かすれた声だった。「ジェフだわ。あの二つめのドアのところ」

そのドアははるか遠くにあって、はっきりとは見えない。それになぜだろう、目がぼやけてなおさらよく見えない。それでもジェフだということはわかった。間違いない。いまとなってもまだ息子を見分けることはできた。金属のタラップに片足を載せている。

次の瞬間、ジェフが振り返ってこちらを向いた。その顔は、白くぼやけていた。これだけ離れていては、両親の姿に気づいた証、捨てていこうとしているものをいまも覚えている証がそこにあるかどうかもわからない。ジェフが顔をこちらに向けたのも、ただの偶然だったのかもしれない。彼らの息子ではなくなろうとしているこの瞬間に、彼らには決して入ることのできない土地に足を踏み入れようとしている息子の姿を両親が見送っていることを知っていたかどうかも、永遠にわからないだろう。

大きなドアが閉まり始めた。それに合わせるように、フェイが鼻先を持ち上げ、低く悲しげな声をあげた。それから澄みきった美しい瞳でジョージを見上げた。フェイは主人を失ったのだ。これでジョージにはライバルがいなくなった。


残された人々には多くの道があったが、行き着く先はたった一つだった。こんなことを言った者もいた。「それでも世界はやはり美しい。どのみちいつかはここを離れなくてはならないんだ。急ぐことはないだろう？」

しかし現在より未来を重んじた人々や、生き甲斐のすべてを失った人々は、留まることを望まなかった。彼らはそれぞれの性格によって、一人きりで、あるいは友人とともにこの世に別れを告げた。

ニューアテネも同じだった。島は火のなかで生まれた。そして火のなかで死ぬことを選んだ。島を去ることを選択した者は去ったが、大多数は壊れた夢の破片のなかで最期を迎えるために留まった。


その時がいつ訪れるのか、知る者は誰もいないはずだった。しかし、ジーンは夜の静けさのなかふと目を覚まし、しばらくじっと横たわったまま、天井に浮かぶ亡霊のようなきらめきを見つめていた。やがて手を伸ばすと、ジョージの手を握った。ジョージは眠りが深いたちだったが、このときは即座に目を覚ました。どちらも口をきかなかった。この瞬間にふさわしい言葉はどこにも存在しなかった。

ジーンの胸にもはや恐怖も哀しみもなかった。凪《なぎ》の海のごとく穏やかな心境に達していた。もう何の感情も彼女には届かなかった。しかし、やらなければならないことが一つだけ残っている。そして時間切れが迫っていた。

あいかわらず無言のまま、ジョージはジーンの後について、静寂に包まれた家のなかを歩いた。吹き抜けの天井から射しこんだ月光が作る水たまりを、天井が作る影に負けないくらい静かに横切り、がらんとした子ども部屋に入った。

何も変わっていなかった。ジョージが蛍光塗料で丁寧に描いた模様はいまも壁の上で光を放っている。ジェニファー・アンのものだったがらがらは、彼女の心が不可知の遠いところに行ってしまったときに放り出されたまま、同じ場所にいまも転がっていた。

あの子は玩具を残していった――ジョージはふと思った。だが、私たちの宝物は私たちとともにあの世に行く。五千年前、生前に愛した人形やビーズとともに埋葬されたファラオの子どもたちのことを考えた。今度も同じだ。私たちの宝を愛するものは誰もいない。だから一緒に持っていく。決して手放したりはしない。

ジーンがゆっくりとこちらを向き、彼の肩に頭を預けた。ジョージは彼女の腰にしっかりと腕を回した。かつての愛情が蘇ってきた。強くはないが、疑いようのない愛。かなたの山々に響くこだまのような。本来なら彼女に伝えるべきことがたくさんあったのに、もう手遅れだ。彼女を裏切ったことよりも、彼女に無関心でいたことのほうに大きな後悔を感じた。

やがてジーンが静かに言った。「さようなら、愛しい人」そして彼をきつく抱き締めた。答えを返す暇はなかった。だが、その最後の一瞬に、なぜ彼女はこの時が来たことを知っていたのだろうと思い、軽い驚きを覚えた。

はるか地中の岩の間で、ウラニウムのかけらが、決して叶うことのない融合を目指して猛烈な勢いで集合を始めた。

そして島は、起ち上がって夜明けを迎えた。

# 22

オーヴァーロードの宇宙船が静かに着陸態勢に入ろうとしていた。彗星の尻尾を思わせる輝きが竜骨座の中心を貫いている。船は外惑星帯に入った辺りから急激な減速を始めていたが、火星を通り過ぎたときもまだ、光速に少し欠ける程度のスピードを維持していた。太陽を取り巻く強い重力場がじりじりとそのスピードを吸収した。スタードライヴに取り残されたエネルギーが、百万キロ後方の空を炎の色に染めていた。

その船とともに、六カ月だけ歳を取ったジャン・ロドリクスが、八十年前に旅立った世界に帰ろうとしていた。

　今回は秘密の小部屋にひそんだ密航者ではない。三人の操縦士（どうして三人も必要なのだろう）の背後から、操縦室を占めている大きなスクリーンに現れては消える模様に見入っていた。そこに映し出される色や形は、ジャンには何の意味も持たなかった。おそらくそれらは、人間が作った乗り物なら、ずらりと並んだメーター類で示されるような情報を伝えているのだろう。スクリーンには、ときおり周囲の星々も映し出された。じきに地球も見えてくるはずだと思い、ジャンの胸は高鳴った。

　地球から逃げ出すためにあれだけの労力を注いだくせに、こうして帰れたことがうれしかった。この数カ月で、彼は成長していた。多くのものを見た。はるか遠くまで旅をした。だがいまは懐かしい世界に早く帰り着きたくてたまらない。オーヴァーロードたちが地球人をほかの星に行かせなかった理由がようやくわかった。彼がかいま見てきた世界で何らかの役割を果たすには、人類はまだまだ未熟すぎる。

　決して認めたくはないが、人類は、オーヴァーロードたちが飼育係を務める片田舎の動物園に保護されている劣等動物以上のものには永久になれないのかもしれない。オーヴァーロードの母星を発つ前にヴィンダーテンがジャンに与えた曖昧な忠告の意味は、きっとそれなのだ。「きみがいない間に、地球ではいろんなことが起きただろう。以前とはまったくの別世界になっているかもしれないぞ」

そうかもしれない。八十年は長い。ジャン自身は若く順応性に富んでいるが、その歳月の間にあった変化のすべてを理解するのは容易ではないだろう。しかし、一つだけ確かなことがある。人々は彼の経験談を喜んで聴くはずだ。彼が見てきたオーヴァーロードの文明について知りたがるに違いない。

オーヴァーロードたちは、予想どおり、彼を好意的に扱った。往路はいつの間にか終わっていた。注射の効果が薄れて目を覚ましたとき、船はすでにオーヴァーロードの世界に入ろうとしていたのだ。居心地抜群の隠れ場所から這い出してみたところ、酸素タンクは必要なさそうだとわかって一安心した。空気は濃くて重かったが、呼吸には差し支えなかった。出たところは赤いライトに照らされた巨大な船倉で、宇宙船であれ海洋船であれどんな定期便でも見られるようなコンテナなどの貨物がびっしり積まれている。それから一時間ほど船内をさまよったあげくにようやく操縦室を探し当て、クルーに自己紹介した。

意外にも、オーヴァーロードたちは驚かなかった。彼らが感情をほとんど表に出さないことはジャンも知っていたが、それでも何らかの反応はあるだろうと予想していた。ところが操縦室のクルーは何事もなかったかのように仕事を続けた。巨大なスクリーンのあちこちに目をやり、コントロールパネルに数え切れないほど並んだキーを叩く。そこで初めて、船はすでに着陸態勢に入っているらしいと気づいた。スクリーンに惑星の映像がときおり映し出されていたからだ。それは現れるたびに大きくなっていた。それでも、船が動いているとか速度が変わっているとかいった感覚はまったくない。ただ、地球の五分の一ほどかと思われる重力に着実に引き寄せられているだけだった。宇宙船の底知れぬ推進力は、その重力と釣り合うよう、きわめて精確に調整されているのに違いない。

まもなく、三人のオーヴァーロードが一斉に立ち上がった。旅が終わったのだ。彼らはジャンに話しかけようとせず、互いに言葉を交わすこともなかった。やがて一人がついてきなさいとジャンを手招きしたのを見て、ジャンは初めから予想してしかるべきだった事態を悟った。想像を絶する距離を持つ補給ラインのこちら端には、英語を話せる者は一人もいないのだ。

いかめしい顔つきの三人の視線を感じつつ、ジャンは大きな扉が開くのをいまかいまかと待った。これは彼の人生のハイライトだった。まさにいま、彼は別の太陽に照らされた世界を目撃する最初の人類になろうとしているのだ。NGS549672のルビー色の光が船の内部にあふれ、まもなく、オーヴァーロードの星が姿を現した。

自分はいったい何を期待して来たのだろう。よくわからない。巨大なビル、てっぺんが雲に包まれたタワーが建ち並ぶ街、空想の世界にもなかった機械。そういったものが目に飛びこんできていたら、驚くことはなかったろう。ところがそこに見えたのは、これといって特徴のない平野だけだった。不自然なほど近くにある地平線まで、ただただ平らな土地が続いている。その間にあるのは、数キロ先に停泊したオーヴァーロードの宇宙船三隻だけだ。

ジャンは失望の波にさらわれかけた。だが、宇宙船基地が人口密集地を避けてこのような辺鄙《へんぴ》な土地に置かれているのだと考えれば少しも奇妙なことではないと思い直し、肩をすくめた。

外の気温は低いが、震えるほどではなかった。地平線に低く浮かぶ大きな赤い太陽から届く光は、人間の目には充分な明るさを持っている。しかし、じきに緑や青といった色が恋しくなるのではないだろうか。そのとき、ジャンの目は月をとらえた。

太陽のすぐそばに、巨大な弓の形をした細く大きな三日月が昇っていた。しばらくその月を見つめているうち、ふと気がついた。彼の旅はまだ完全に終わったわけではない。あれこそがオーヴァーロードの星なのだ。ここはその衛星で、宇宙船の発着基地はこちらに設けられているのだろう。

オーヴァーロードたちの案内で、地球の飛行機くらいのサイズの船に乗り換えた。ひどく小さくなった気分で巨大なシートによじ上り、近づいてくる惑星を一目でも見ようと、のぞき窓に顔を押しつけるようにした。

今回の旅は瞬く間に終わった。眼下に迫ってくる星を詳しく観察している暇さえなかった。故郷の星にこれだけ近い場所でも、オーヴァーロードたちはスタードライヴの一種を使っているらしい。数分とたたぬうち、船は点々と雲が散った厚い大気のなかを急降下していた。まもなく扉が開き、船を降りると、そこはドーム形の天井のある大きな空間だった。頭上に船の出入口らしいものがないところを見ると、天井は船が入ってくるなり閉まったに違いない。

その建物で二日足止めされた。オーヴァーロードたちは、ジャンという予期せぬ貨物のやり場に困ったらしい。なお悪いことに、オーヴァーロードの誰一人として英語が通じなかった。意思の疎通は事実上不可能で、異星人との交流は物語の世界で描かれるほど簡単なものではないことを痛感させられることになった。身ぶり手振りもまるで役に立たない。ジェスチャーは、手の動きや表情や姿勢などさまざまな要素が相乗効果を発揮して初めて相手に通じるものだ。ところがオーヴァーロードと人間は、そういった要素にまるで共通点を持っていなかった。

英語を話せるオーヴァーロードがみな地球に行っているのだとしたら最悪だとジャンは思った。それでも最善を祈りながら待つしかなかった。科学者とか、異星人の研究者とか、誰だっていい、ここに来て僕を引き受けてくれ！　いや、ひょっとしたら、人間などどうでもいい存在なのか？　このまま誰も時間を割こうとしないままになるのか？

建物から自力で出るのは無理だった。大きな自動ドアには、目に見えるスイッチが一つもついていなかったからだ。オーヴァーロードが近づくと、ドアは自動で開く。ジャンも同じようにしてみた。光センサーでコントロールされているのかと考え、その光をさえぎってみようと高々と物を振り回してみたりもした。とにかく、思いつくかぎりのことをやってみた。が、ドアは開かない。石器時代の人類が現代の都市やビルにひょいと放り出されたら、やはりこんなふうに無力なのだろう。オーヴァーロードの一人のすぐ後ろから一緒に出ていく戦略も試みたが、優しく追い払われた。ホストたちの機嫌を損ねるのだけは絶対に避けたかったから、ジャンはおとなしく引き下がった。

そろそろ絶望的な気分になりかけたとき、ヴィンダーテンがやってきた。このオーヴァーロードの話す英語はそれはひどいものだった。とにかく早口すぎた。だが、上達ぶりは目覚ましかった。わずか数日後には、特殊な用語を必要とするような話題でないかぎり、ほとんど問題なく会話ができるようになっていた。

ヴィンダーテンが来たことで、ジャンの不安は解消された。とはいえ、やりたいと思っていたことをやってみるチャンスはほとんどなかった。オーヴァーロードの科学者たちと会い、複雑怪奇な器械を使った何やらよくわからない検査を受けることに時間の大半を取られたからだ。ジャンはそういった器械類を強く警戒した。催眠作用のある装置を使った検査のあと、頭が割れるような頭痛に数時間悩まされたりしたからだ。彼には喜んで協力する用意はあったが、検査官のほうが彼の心身の限界をきちんと認識しているかどうかはいささか怪しかった。人間は一定の時間ごとに睡眠を取らなくてはならないという事実を納得させるだけでも相当な時間がかかった。

検査の合間に街の様子をかいま見ることはできた。あそこを歩き回るのはおそらくきわめて困難で、しかも危険だろう。道路というものは存在しないも同然だった。陸上輸送システムもないようだった。そこは飛ぶことのできる生物、重力を恐れる必要のない生物のために作られた街だった。何の予告もなく数百メートルも急降下するくらい日常茶飯事だったし、出入口が壁の高い位置に設けられているもの一つだけという部屋も当たり前だった。翼を持った種族の心理は、大地に縛りつけられている種族のそれとは根本的に異なっているに違いない――常識の隔たりを数え切れないほど目の前に突きつけられて、ジャンはそう確信した。

オーヴァーロードが翼をゆったりと力強くはばたかせながら高層ビルの間を巨鳥のように飛ぶ姿には、どうも馴染めなかった。それに、科学的な疑問もあった。これは大きな星だ。地球よりも大きい。それなのに重力は弱く、しかもそのわりには大気の密度が異様に高い。ヴィンダーテンにそのことを尋ねると、なかば予想したとおりの答えが返ってきた。ここはもともとオーヴァーロードの星だったわけではない。彼らは別のもっと小さな星で進化したあと、この星を征服し、大気の密度を変えただけでなく、重力の強さも変えたという。

オーヴァーロードの建造物は、どれも実用優先の無風流なものだった。装飾品はない。何らかの機能――ジャンには理解できないものも多かった――を持たない物体は一つとして存在しなかった。中世の人間がこの赤いほのかな光に包まれた街とそこを動き回る生物を見たら、ここは地獄だと確信したことだろう。好奇心と科学者の客観性を持ち合わせたジャンでさえ、ときおりわけのわからない恐怖に押しつぶされそうになった。どれだけ冷静で明晰な頭脳に恵まれていても、見慣れたものと比較しようにも共通点の一つも見出せない世界にひょいと放り出されれば、やはり底なしの不安にからめとられそうになる。

さらに、ジャンには理解できない物事が多すぎた。それらについては、ヴィンダーテンにも説明できなかった。あるいは説明を試みようとさえしなかった。あの目の錯覚かと思うくらいものすごいスピードで空中を飛んでいく、閃く光や輪郭の定まらない影はいったい何なのか。人間には考えもつかない、畏敬の念を起こさせるようなものなのかもしれない。あるいは、昔のブロードウェイを輝かせていたネオンサインと同じく、華やかだが大して意味のないものなのかもしれない。

また、オーヴァーロードの世界はジャンの耳には聞こえない音で満ちているらしかった。ときおり、リズミカルで複雑な音のパターンが人間の可聴域を通り過ぎ、上限または下限を超えて遠ざかった。ヴィンダーテンは、ジャンが繰り返す〝音楽〟という言葉の意味がわからないらしく、この疑問には最後まで納得のいく答えが得られなかった。

街はそう大きくなかった。全盛期のロンドンやニューヨークよりずっと小規模であることに疑いの余地はない。ヴィンダーテンによれば、この惑星には、それぞれに目的を持って設計された街が数千も点在している。いまいるこの街を地球のそれにたとえるなら、一番近いのは学園都市だろう——ただし、こちらのほうがはるかに学術研究に特化していた。来てまもなくわかったことだが、この街の何もかもが異星人の文化の研究に充てられているのだ。

ジャンが仮住まいとしていた殺風景な小部屋から出ることを許されたとき、ヴィンダーテンがまず連れていった先は、博物館だった。用途が完璧に理解できる場所に来たらしいとわかった瞬間、それまで沈んでいたジャンの心は一気に軽くなった。大きさの違いを別とすれば、地球の博物館と何ら変わりがない。そこにたどりつくには長い時間がかかった。ここに来るのに乗った、いったいどのくらいの長さがあるのか見当もつかない垂直の円筒の内側でピストンのように上下している大きなプラットフォームは、一定の速度で降下した。コントロール装置は見当たらなかった。動きだしたときと止まる直前の速度の変化は、明らかに感じ取れた。つまり、宇宙船にはあった速度調整装置は地上では使われていないらしい。もしかしたら、この星の内部は細くくりぬかれた穴だらけなのではないかとジャンは思った。それにしても、なぜ街を外に広げようとせず、地中に伸ばすのだ？　この謎も解明されずじまいになった。

広大な展示室を一つずつ全部見て回ろうとしたら、きっと一生かかっても終わらないだろう。ほかの惑星からの略奪品、ジャンが思ってもみなかったほど多数の文明の成功の証がずらりと並んでいた。だが、ゆっくり眺める時間はなかった。ヴィンダーテンは、床の模様の一部と思しき細長い筋の上にジャンをそっと下ろした。だが、次の瞬間、この星には装飾というものが存在しないことをジャンは思い出した。と同時に、何か目に見えないものがジャンの体を優しく捕まえた。気づくとジャンは、ずらりと並んだ大きな展示ケースの前を猛スピードで通り過ぎていた。想像さえ及ばない遠い世界から切り取られた風景が、時速二十キロか三十キロで背後にびゅんびゅん飛び去っていく。

オーヴァーロードたちは、〝博物館見学は疲れる〟という問題を解決していた。ここでは誰も歩く必要がない。

そうやって数キロも進んだころ、ガイド役がふたたびジャンの体を抱え、それまで彼を捕まえていた力から解放すると、大きな翼をはばたかせて飛び立った。行き着いた先は、ほとんど何も置かれていない巨大なホールだった。そこには、ジャンが地球を離れて以来目にしていなかった光があふれていた。オーヴァーロードの繊細な目を痛めないよう弱められてはいたが、間違いなく地球の日光だった。そのような単純でありふれたものが、これほどまでにせつない気持ちを胸にかき立てようとは、このときまでは考えたこともなかった。

そこは地球の展示室だった。数メートル大のパリ市街のみごとな模型。時代が十数世紀も違っていようとかまわずごっちゃにまとめ置かれた貴重な美術品の数々。現代のコンピューターや旧石器時代の斧。テレビや、アレクサンドリアのヘロンが紀元前に考案したとされる蒸気機関。行く手に大きなドアが見えてきた。地球展示室長のオフィスだった。

室長が人間の実物を目にするのはこれが初めてなのだろうか。実際に地球に行ったことはあるのか。それとも地球は、彼が担当する正確な位置さえよくわからないたくさんの惑星の一つにすぎないのか。室長は英語を話せず、また理解もできないらしく、ヴィンダーテンが通訳を務めなければならなかった。

それから数時間にわたり、オーヴァーロードたちは地球から持って来た物体を次々取り出してはジャンに見せ、ジャンはそれらに関する説明を録音装置に延々と吹きこんだ。しかし、ばつの悪いことに、見せられたもののなかには、いったい何なのか見当もつかないものも多く、自らの種族とその功績について自分がいかに無知であるかを痛感させられた。果たしてオーヴァーロードたちは、人間よりもはるかに知的に恵まれているとはいえ、地球の文化様式を本当に理解できているのだろうか。

ヴィンダーテンは、来たときとは別の道筋を通ってジャンを博物館から連れ出した。円天井の広々とした通路を滑るように運ばれていったのは同じだったが、今回展示されていたのは人の手に成るものではなく、自然の産物だった。サリヴァン教授なら、これを――たくさんの世界で進化がもたらした奇跡の数々を見るために、命だって差し出したことだろう。しかし、そうだ、教授はおそらくすでにこの世にいない……。

気づくと、直径百メートルはありそうな大きな丸い部屋をはるか高みから見下ろす回廊に下ろされていた。例によって、転落を防止する手すりの類はいっさいなく、縁《へり》に近づくのはためらわれた。しかしヴィンダーテンはぎりぎりのところに立ち、落ち着き払った様子で下をのぞきこんでいる。ジャンは注意深く足を進め、その隣に立った。

床面はわずか二十メートルのところにあった——あまりにも近かった。あとで思えば、ヴィンダーテンにはジャンを驚かせるつもりはなかったのだろう。だから、ジャンのとっさの反応にあれほど驚いたのだ。下をのぞいた瞬間、ジャンは大きな悲鳴をあげ、回廊の端から飛びのいた。それは下にあったものから隠れようとして反射的にしたことだった。密度の濃い空気のなか、くぐもったこだまに変わった自分の悲鳴がようやく消えたころ、ジャンは覚悟を決めてふたたび縁ににじり寄った。

言うまでもなく、それは死んでいた。最初に見たときは、向こうもこっちを見上げているものと思ってパニックを起こしたが、その目に生命は宿っていない。それは広々とした丸い空間をほとんど埋めていた。ルビー色の光がその水晶体の奥できらめき揺らいでいる。

それは巨大な眼球だった。

「いまの大声は何だ？」ヴィンダーテンが訊いた。

「恐怖の悲鳴です」ジャンは正直に打ち明けた。きまりが悪い。

「恐怖の？ まさか、こいつが危ないものだとでも思ったのか？」

あれはとっさの反応というものだと説明してみようかとも考えたが、やめておくことにした。「思いがけないものが突然見えたら、恐怖を感じて当然でしょう。その新たな状況の分析を終えるまでは、最悪の事態を想定しておくほうが安全です」

心臓はまだ、やかましいほど鳴っていた。ジャンはもう一度その怪物のような目玉を見下ろした。もちろん、地球の博物館に展示されている微生物や昆虫のように、とてつもない倍率で拡大されたただの模型だということもありえる。とはいえ、これは拡大模型なのかと尋ねながらも、ジャンの胸には、実寸大に違いないという吐き気のするような確信があった。

ヴィンダーテンもこの標本についてさほど詳しくは知らないようだった。彼の専門外のことであるうえ、とりたてて興味もないらしい。彼の解説を総合した結果、ジャンはどこか遠くの太陽系に漂う小惑星クラスの塵に棲む、一つ目の獣を想像することができた。その獣は重力の制限を受けずにどこまでも成長し、一つしかない目の視界と視力に頼って食料を探しながら生きている。

そう、大自然は、その気になればどんなことだってやってのけるのだ。そう思ったとき、オーヴァーロードたちがあえて試みようとしなかったことがあるのに気づいて、ジャンの胸にひねくれた喜びがわき上がった。彼らは地球からクジラをまるごと持ち帰った。だが、この怪物に関しては、目の玉だけでよしとしたのだ。

地中へではなく、上へ、果てしなく上へと昇ったこともあった。エレベーターの壁は、昇るにつれて乳白色に変わり、やがて水晶のように透き通った。まるで街のもっとも高い建物の間に、支えるものも、深淵の底に落ちるのを防ぐものもないまま、ただ浮かんでいるような心地だった。それでも、飛行機に乗ったとき程度のめまいしか感じない。はるか下方の地面の存在を意識させられることがまったくないからだろう。

ジャンは雲より上にいた。彼と空を分かち合っているのは、金属や石でできた塔の先端だけだった。足もとでは、薔薇色に輝く海のような雲の層がゆるゆるとうねっている。陰鬱な太陽のすぐそばに、ちっぽけな青白い月が二つ浮かんでいた。ぷっくりとふくれた赤い円盤のような太陽の中央には、完璧な円形をした小さな黒い影がある。黒点かもしれないし、太陽を横切ろうとしている三つめの月かもしれない。

地平線に沿ってゆっくりと視線を動かす。雲の毛布は、この広大な世界を端から端まできれいに覆っていたが、ある方角に目を向けると、どれだけ距離があるか推測さえつかない遠くに、何か斑点のようなものが見えた。別の都市の高層建築物かもしれない。ジャンはしばらくそれに目を凝らしていたが、まもなく丹念な観察を再開した。

百八十度向きを変えたところで、山を見つけた。地平線にそびえているのではない。その向こうにあった。この世界の縁をよじ上ろうとしているのこぎり歯状の峰が一つ。氷山の大部分が海中にあるように、その裾野も地平線の下に隠れているのだろう。実際の大きさを思い描こうとした。だが、想像の域を超えていた。ここは重力が低いということを考え合わせても、あれほど高い山があるとはにわかに信じがたかった。オーヴァーロードたちは果たして、あの山の斜面を滑降して楽しんだり、ワシのようにあの壮大な稜線をかすめて飛んだりするのだろうか。

そのとき、山がそろそろと姿を変え始めた。初めに見たときは、鈍い、不吉な感じさえする赤い色をしていて、山頂近くにぼんやりとした点がいくつか散っていた。その点が何なのか見定めようとしているうちに、点が動き始めて……。

とっさに自分の目を疑った。それから、これまで持っていた固定観念はどれもこの世界では通用しないのだと自分に言い聞かせた。脳の秘密の小部屋に五感がどんなメッセージを届けようとも、理性を盾にそれをはねつけてはいけない。頭で理解しようと試みてはならない。ただ観察するのみだ。理解はのちに訪れる。あるいは永遠に訪れずに終わる。

山は（ジャンの頭のなかではまだ山だということになっている。ほかにふさわしい言葉が見つからないからだ）生きているように見えた。地下の保管庫に横たわっていたあの怪物の目玉をふと思い出した。だが、それはありえない。いま彼の目に映っているものは、有機体ではない。下手をしたら、いわゆる物体でさえないのかもしれないのだ。

陰気な赤は輝きを増して、燃えるような色に変わろうとしている。ほどなく鮮やかな黄色が現れた。一瞬、それは火山で、黄色は裾野へとあふれ出した溶岩なのかと思った。だがその筋は、ときおり見えるそばかすを思わせる斑点の様子から察するに、上へ、上へと動いていた。

山裾のルビー色に輝く雲のなかから、また別のものが現れようとしていた。それは巨大な輪だった。完全な水平を保ち、完璧な円形をしている。そして、ジャンがはるかかなたに残してきたものすべての色を映していた。地球の空でさえ、これほど美しい青色を見せたことはない。もちろん、オーヴァーロードの世界のほかのどこにもこんな色はなかった。その輝きを見つめていると、思郷の念と孤独感が胸に押し寄せ、喉が締めつけられた。

輪は上昇するにつれて大きく広がっていた。いまや山よりも上空にある。円のこちら側がどんどん迫ってきていた。何らかの渦であることは間違いなさそうだ。直径何キロ、何十キロにも成長した煙の輪。しかし予想に反して、それは回転していなかった。大きく成長するにつれて硬度を失うこともないようだった。

それが落とす影が猛烈な勢いで通り過ぎたあと、かなりの時間がたってから、輪の本体が、あいかわらず上昇を続けながら、圧倒的な迫力とともに頭上を通過した。ジャンは、それがどんどん遠ざかって青く細い糸の輪に変わり、赤い空と区別がつかなくなるまで見送った。ついに消えたときには、輪の直径は直径数千キロに達していただろう。それでもなお拡大を続けているようだった。

ふたたび山に目を戻した。いまは黄金色に染まっている山肌には、斑点は一つもなくなっている。ただの錯覚かもしれない――このころには、どんなことも信じられるようになっていた――が、山はさっきまでよりも高く細くなっているように思えたし、しかも台風の渦巻きのごとく回転しているようにも見えた。まだ金縛りに遭ったように動けず、理性もほとんど機能停止状態にあったとはいえ、カメラを持ってきていることをふと思い出した。ファインダーをのぞき、その現実とは思えない、心を激しく揺さぶる謎にレンズを向けた。

と、ヴィンダーテンが唐突に現れて視界をふさいだ。大きな手が有無を言わさぬ風情でレンズをしっかりと覆い、カメラを下ろさせた。ジャンは抗わなかった。抵抗したところで無駄だということもあるが、世界の縁にそびえる謎の存在にふいに恐怖を感じ、それと関わり合いを持ちたくないという気がしたからでもあった。

旅の途中で見つけたほかのものは自由に写真を撮らせてもらえていたのに、ヴィンダーテンは今回が例外であることについて何の説明もしなかった。代わりに、何を目撃したのか、微に入り細を穿ち、時間をかけてジャンに説明させた。

ヴィンダーテンの目が彼とはまったく別のものを見ていたのだと気づいたのは、このときだった。それと同時に、ジャンはあることを直感した——オーヴァーロードの上にもまた支配者がいるらしいと。

そしていま、ジャンは帰途にある。驚異と恐怖と謎のすべては、背後に遠ざかった。船は来たときと同じもののようだった。ただ、クルーは交代している。オーヴァーロードの寿命がどのくらいなのか知らないが、わざわざ故郷の家族と離れ、星間旅行に数十年を費やすのをいやがる気持ちはよくわかる。

相対性理論の時間の遅れは、言うまでもなく、行きにも帰りにも影響を及ぼす。地球との間を往復したオーヴァーロードはほんの数カ月歳を取るだけだが、故郷の同胞たちは八十年分歳を取るのだ。

ジャンが望めば、余生をオーヴァーロードの星で過ごすことも許されただろう。しかしヴィンダーテンはこう忠告した。次に地球行きの船が出るのは数年後になる、この機会を逃さないほうがいい。もしかしたらオーヴァーロードたちは、まだ来たばかりも同然であるとはいえ、ジャンの精神力が限界に近づいていることを察したのかもしれない。あるいは、単に彼が邪魔になって、これ以上時間を割くのはもったいないと考えただけのことかもしれない。

理由はいまさらどうでもよかった。地球はもうすぐそこに見えている。宇宙から見た地球の姿など見飽きているが、それらはいつもテレビカメラの機械の目を通したものだった。だが今回は、ついに彼自身が宇宙にいる。実現した夢の終幕として。そして眼下には地球があって、公転軌道を永遠にたどっている。

青みがかった緑色の三日月形に輝く地球は、上弦の月に似ていた。うっすらと見えている円の大部分は闇に包まれている。雲はほとんどない。貿易風の道筋に沿って、細い雲がほんの何本かたなびいているだけだ。北極冠はまぶしいほどのきらめきを放っていたが、陽射しを跳ね返す北太平洋の目もくらむ輝きのほうがずっと強かった。

水の惑星という表現にも納得がいく。こちら側の半球には陸がほとんどない。唯一見えている大陸はオーストラリアだけで、それも地球の輪郭を包むもやのような大気のなかの、周囲より濃い部分としか見えなかった。

船は地球が作る円錐形の影のなかへと進んでいく。光り輝く三日月形はだんだん小さくなり、燃える火の弓に姿を変えたあと、ふっと消えた。足もとにはただ闇と夜が広がっていた。世界は眠っている。

このとき、ジャンは奇妙なことに気づいた。こちら側には陸があるはずだ。なのに――まばゆい光のネックレスはどこだ？　人間の暮らす街の輝きはどこにある？　影に覆われた半球のどこを探しても、夜を追い払う光は一つとして見つからない。かつて無神経に星空に向けて放たれていた数百万キロワットの明かりは、きれいに消えていた。まるで人類が現れる前の地球を見下ろしているかのようだった。

こんな帰郷になるはずではなかった。未知に対する恐怖が胸のなかでふくらんでいく。だが、ただぼんやりと見つめることしかできなかった。何かあったのだ――想像を絶するような何かが。それでも船は迷いを見せることなく順調に高度を落とし、長い弧を描きながら、ふたたび太陽の当たっている半球側に出た。

着陸の瞬間は見えなかった。地球の映像はふいにスクリーンからかき消え、代わりにジャンにはわけのわからない線と光の模様が映し出されていたからだ。ふたたび外の映像に切り替わったとき、船はすでに着陸していた。かなたに高いビルが見えている。その周辺を機械が動き回っていて、オーヴァーロードたちがこっちを見守っていた。

船内の空気圧が外の大気と等しくなるよう調整しているのだろう、空気が噴き出すくぐもった音が聞こえた。続いて巨大なドアの開く音がした。ジャンは待たなかった。

操縦室を駆け出していく彼を、巨人たちは寛容さゆえか、無関心ゆえか、無言で見送った。

故郷だ。見慣れたまばゆい太陽、生まれて初めて肺に吸いこんだと同じ空気。タラップはすでに下ろされていたが、太陽のまぶしさに目が慣れるまで少し待たなくてはならなかった。

やがてカレランの姿が見えた。同僚たちから少し離れ、コンテナを積んだ貨物車の傍らに立っている。なぜ総督を見分けられたのか不思議ではあったが、そのときは深く考えなかった。総督が以前とどこも変わっていないことにも驚かなかった。それだけは彼が予想していたとおりだった。

「きみを待っていた」カレランが言った。

## 23

「初期には」カレランは説明した。「彼らに近づいても危険はなかった。しかし、もはや私たちは必要とされていなかった。彼らを集め、一つの大陸を与えたとき、私たちの仕事は終わったのだ。ごらん」

すぐ前の壁が消滅した。ジャンは木の生い茂った心地よさそうな田園風景を数百メートルの高みから見下ろしていた。あまりのリアルさにめまいに襲われ、ジャンは必死にそれと闘った。

「これはその五年後の映像だ。第二段階が始まった直後だよ」

下のほうに動くものがあった。カメラはまるで獲物に飛びかかる猛禽類のように急降下した。

「気持ちのいい光景ではないだろう」カレランが言った。「だが、忘れるな。きみの価値基準はもはや通用しなくなっている。きみが見ているのは人間の子どもではないのだ」

だが、一見したところでは人間の子どもだった。どれだけ理屈を並べ立てようと、その第一印象を否定することはできない。複雑な踊りの儀式をしている未開の部族だと説明されれば、それで納得しただろう。彼らは素っ裸で汚らしかった。もつれた髪が目を覆い隠している。見るかぎり、年齢は五歳から十五歳くらいだった。全員が同じ速度、同じ無駄のない動きをしていた。そして、周囲にまるで無関心なのも同じだった。

やがて彼らの顔が見えた。ごくりと喉が鳴った。思わず目をそらしたくなった。彼らの顔は、死人のそれ以上にうつろだった。死んだ人間の顔には歳月によって刻みつけられた歴史があり、それが動かない唇の代わりにさまざまなことを物語るものだ。ところが、彼らの顔には何の感情もなかった。ヘビや昆虫の顔と変わらない。これならオーヴァーロードのほうがよほど人間的だ。

「きみが探しているものはもう見つからないよ」カレランが言った。「忘れるな。彼らにはアイデンティティというものがない。その意味では、きみのその体の細胞と同じだ。しかし、一つにまとまれば、きみよりも大きな力を発揮する」

「ああして動き続けてるわけは？」

「私たちは〝ロング・ダンス〟と呼んでいる」カレランが答えた。「彼らはまったく眠らないんだよ。この状態は一年続いた。彼らの数は三億に上る。それが大陸中でまったく同じパターンで動き続けていた。そのパターンをしつこいほど分析してみたよ。だが、意味らしい意味は見つからなかった。おそらく、私たちには肉体的な部分——地球で行なわれている、全体から見ればほんの小さな部分——しか見えていないからだろうね。私たちがオーヴァーマインドと呼ぶものは、まだ彼らを訓練している最中なのかもしれない。こうして彼らを一つの鋳型に押しこむ作業を終えたところで初めて、彼らを完全に吸収するんだろう」

「それにしても、食べ物はどうしてたんです？　そうだ、障害物にぶつかったらどうするんでしょう？　木とか、崖とか、川や湖とか」

「水は障害物のうちに入らない。彼らは決して溺れないからだ。障害物にぶつかったときは、怪我をする場合もあったが、当人は気づいてもいなかった。食料については――果物や狩りの獲物が不足することはなかった。しかし、いまの彼らは食欲というものとも無縁だ。食料はエネルギー源にすぎない。彼らはほかの源からエネルギーを得ることを学んだのだよ」

まるでかげろうのように映像が揺らめいた。次に明瞭に見えたとき、下方の動きは止まっていた。

「見てごらん」カレランが言った。「これはさらに三年後の映像だよ」

何も知らない者の目にははかなく哀れに映るであろう無数の小さな人影は、森や湿地や草原に身じろぎもせずに立っていた。カメラはこちらの人影からあちらへと忙しく動き回った。この時点ではもう、彼らの顔は一つの鋳型から押し出されたかのように見えた。以前、〝平均的な顔〟を作るために何十枚もの写真を重ね焼きした画像を見たことがある。その結果できあがった顔は、個性のかけらもない空虚なものだった――まさにいまジャンが見ている顔のように。

彼らは眠っているか、トランス状態にあるように見える。目はきつく閉じられていた。彼らの頭上にある木と同じように、周囲には完全に無関心と見えた。彼らの心が作っている複雑なネットワークを、果たしてどんな思考が駆け巡っているのだろうか。彼らの心は、もはや大きなタペストリーを織り成す糸の一本でしかなくなっている(ただしそれ以下でもない)。だが、そのタペストリーは、無数の世界や種族を覆っており、しかもまだまだ成長を続けているのだ。

それは一瞬の変化だった。ジャンの目はくらみ、脳は不意打ちに驚いた。いまのいままで、あちこちに無数の小さな彫像が散らばっていることを除けば、どこにでもある美しく豊かな田園を見ていた。だが次の瞬間には、木々や草のすべて、その土地に棲んでいた生き物のすべてが存在を抹消されていた。残ったのは穏やかな湖、うねる川、緑のカーペットをはがされて茶一色になって起伏する丘、それにその破壊をもたらした無言で無関心な人影だけだった。

「どうしてこんなことを?」ジャンはあえぐように訊いた。

「おそらく、自分たちの思考以外の存在が邪魔になったからだろう。植物や動物のごく未発達な思考でさえ、邪魔に感じたのだね。いつの日か、物質世界そのものまで同じように感じ始めるのではないだろうか。そうなったとき、いったい何が起きるかは誰にも予想できない。使命を終えたあと、私たちが即座に引き揚げた理由がこれでわかったろう。観察はいまでも続けているが、彼らがいる大陸に入ることは決してないし、器機類を送りこむこともない。宇宙から見守るのがせいぜいだ」

「これは何十年も前のことですよね」ジャンは言った。「このあと何が起きたんです?」

「変化はほとんどない。その間ずっと彼らはぴくりとも動かなかった。昼から夜になろうと、夏から冬になろうと、知らん顔だ。彼らはまだ自分たちの力を試しているところなんだろうね。川のいくつかは道筋を変えたし、山を昇り始めた川まである。しかし、いまのところ意味を見出せそうな行動は一つも取っていない」

「あなたがたのことも完全に無視してるんですか」

「そのとおり。ただ、それは驚くに値しない。彼らがその一部となっている、その——統一体とでも呼ぼうか、それは私たちを知り尽くしている。私たちに観察される分にはかまわないらしい。私たちを地球から追い払いたくなったら、あるいはどこかで新しい仕事ができたら、そのことを明白に通告してくる。それまでの間、私たちはここに残って、科学者に集められるだけの情報を集めさせるつもりだ」

つまり、これが人類の最後だというわけだ——ジャンは哀しみを通り越し、あきらめに似た気持ちとともにそう考えた。過去のどんな予言者も予見することのできなかった終わりかた、楽観も悲観もはねつける終わりかた。

しかし、ふさわしい結末とも言えた。それは偉大な芸術作品のごとく荘厳な必然性を備えている。ジャンは宇宙の無限の大きさをかいま見た。そこには、人類の居場所はなかった。彼を星々へと誘《いざな》った夢がどれほどむなしいものだったか、いまならわかる。

星々への道は、途中で二つに分かれているからだ。そしてそのいずれをたどっても、終着点で待っているものは、人間の希望や恐怖など決して顧慮しようとしない。

片方の道の行き着く先には、オーヴァーロードがいる。彼らは個としての存在、独立した自我を維持し続けている。自己認識を有し、彼らの言語では〝私〟という代名詞はちゃんと意味を持っている。彼らには感情があり、そのうち少なくともいくつかは人間のものと共通している。しかし、彼らは袋小路に捕われていた。そこから抜け出すことは絶対に不可能だ。彼らの知性は人類の十倍──ひょっとしたら百倍も優れている。だがそれは、最後の審判を前にしては何の役にも立たない。彼らもまた同じように無力で、同じように圧倒されている──無数の太陽系から成る銀河系の、そして無数の銀河系から成る宇宙の、想像を絶する複雑さに。

では、もう一つの道の先には何がある？　オーヴァーマインドだ。その正体が何であれ、人間とアメーバが似ても似つかないように、それと人間とはまるでかけ離れている。無限の大きさを持ち、死とも無縁のそれは、いったいいつからどれだけの種族を吸収し、勢力を広げてきたのだろう。それにもやはり欲望というものがあるのだろうか。ぼんやりと感じ取れはしても、最後まで達成できないかもしれない目標を持っているのだろうか。いまそれは、人類が過去に成し遂げてきたすべてを吸収した。これは悲劇ではない。成就だ。人類という存在を作っていた何十億ものはかない意識の閃きは、もはや夜空を飛ぶホタルのように輝くことはないだろう。しかし、人類はただ無意味に存在したわけではないのだ。

終幕はまだ始まっていない。始まるのは、明日かもしれないし、数世紀も先のことかもしれない。オーヴァーロードたちでさえ、その幕が上がるのがいつか、確かなことはわからずにいる。

ようやく彼らの目的が理解できた。彼らが人類に何をしたか、いまもこうして地球に留まっているのはなぜか。ジャンは、これほど長い間待ち続けた彼らの揺るぎない忍耐に敬意を抱くとともに、自分の存在の小ささを痛いほど感じた。

オーヴァーマインドとその僕《しもべ》たちとの間の奇妙な共生関係について、ジャンがすべてを知ることはなかった。ラシャヴェラクによれば、彼らの種族の歴史にオーヴァーマインドの存在がなかった時期はないという。ただし、オーヴァーマインドが彼らを利用するようになったのは、彼らの科学が充分に発達し、オーヴァーマインドの命令を実行して回るために宇宙を自由に移動できるようになってからだった。

「でも、なぜあなたがたが必要なんです？」ジャンは尋ねた。「それほどの力があるなら、何だって自分でできるでしょうに」

「いや、限界があるんだよ。オーヴァーマインドがほかの種族の精神に直接働きかけて、その種族の文明の発達に影響を及ぼそうとした例は何度かあった。だが、どれもかならず失敗に終わった。たぶん、格差が大きすぎたからだろう。私たちはその溝を埋める通訳というわけだ――または保護者だね。きみたちの比喩の一つを借りれば、私たちの役割は、作物が実るまで畑を耕すことなのだよ。オーヴァーマインドは作物を刈り入れる――そして私たちは次の畑を耕す。きみたちは、理想とされるレベルに育つまで私たちが見守った五つめの種族だった。一つ育てるごとに、私たちもまた少し学ぶ」

「オーヴァーマインドの道具にされていることに不満はないんですか」

「この関係には利点がある。それに、知性ある者は、運命の必然に腹を立てたりはしない」

その考えかたは、人類には最後まで受け入れられなかったわけだな――ジャンは皮肉をこめてそんなことを思った。そしてこの世には、オーヴァーロードが最後まで理解できなかった、理屈を超えたものが存在するのだ。

「ちょっと妙な気がしますね」ジャンは言った。「人類が潜在的に持っていた超自然的な力があなたがたにはまるでないのだとしたら、オーヴァーマインドがこの役割にあなたがたを選んだのはなぜなんでしょう。オーヴァーマインドはどうやって連絡してくるんです？　どうやって命令を伝えてくるんですか」

「その質問には答えられない。きみに事実を教えられない理由を話すこともできない。いつの日か、きみも真実の一部を知ることになるだろうがね」

ジャンはその言葉の意味についてしばらく考えた。だが、この件をこれ以上追及したところで無駄なことはわかっていた。そのうち手がかりが見つかることを期待して、いまは話題を変えるしかないだろう。

「じゃあ、これならどうです？　あなたがたはこれについて一度も説明してませんよね。あなたがたが初めて地球に来たとき――遠い遠い過去に来たとき――何があったんです？　あなたがたが人類の恐怖と悪のシンボルになったのはなぜなんです？」

ラシャヴェラクが微笑んだ。カレランほど上手くはなかったが、一応、笑みには見えた。「人類は誰一人その疑問を解明できなかった。私たちが一度も真実を話さなかったわけが、いまのきみにはわかるだろう。人類にそれほどの深い衝撃を与えたであろう出来事は、たった一度しか起きていない。そしてその出来事は、歴史の夜明けにではなく、終わりに起きた」

「よくわからないな」ジャンは言った。

「百五十年前、私たちの船が地球の空に現れたとき――それが私たち二つの種族の初めての出会いだった。もちろん、それ以前から距離を置いてきみたちを観察してはいたがね。初めて会ったはずなのに、予想どおり、きみたちは恐怖を抱いた。私たちをすでに知っていたからだ。とはいえ、厳密に言えば、それは記憶とは違う。時間というものが地球の科学が想像したことがないほど複雑なものであるという証拠を、きみたちはとうの昔に握っていたのだよ。というのは、私たちに関する記憶とは、過去のものではなく、未来のものだったからだ。それは人類が世界の終わりを悟ってからの最後の年月の記憶だった。私たちはできるかぎりの手を尽くした。だが、安らかな終わりにはならなかった。しかし、私たちはそこに居合わせたがために、人類の死と結びつけられてしまった。そう、まだ一万年も先の出来事だったというのにね！　それは時間の閉回路を未来から過去へぐるりと一周して響いた、ねじれたこだまのようなものだった。だから、記憶と呼ぶべきものではないんだよ。記憶ではなく、予知と言うほうが当たっている」

聞いてすぐに理解できる話ではなかった。ジャンはしばらく黙ったままその概念と格闘した。だが、いまさら意外なことではないはずだった。原因と結果がふつうとは逆の順序で訪れることがあるという証拠なら、もう充分すぎるほど目撃したではないか。

きっと種族の記憶というものがあるのだろう。そしてその記憶は、時間とは独立して存在している。その記憶にとっては、未来も過去も同一のものだ。だから人類は、いまから何千年も前、不安と恐怖のもやの奥にオーヴァーロードの歪《ゆが》んだイメージを目撃したのだろう。

「ああ、やっとわかりました」人類の最後の一人は答えた。

人類の最後の一人！　自分がそうなのだとはとても信じられなかった。これが人類との永遠の別れになるかもしれないと覚悟したうえで宇宙へ旅立った。だから、いまはまだ孤独は感じない。しかし、歳月が流れれば、人恋しい気持ちがじわじわと頭をもたげ、やがては彼を圧倒することもあるだろう。しかし現在のところは、オーヴァーロードたちの存在が絶望的な孤独感から彼を救ってくれていた。

ほんの十年前まで地球には人間がいた。しかし彼らは退化しきった生き残りにすぎなかった。彼らに会えなかったことを無念だとは思わない。オーヴァーロードたちには説明のつかない理由から――ジャンは心理的な要因が大きかっただろうと考えている――いなくなった子どもたちの穴を埋める新たな子どもは一人として生まれなかった。ホモサピエンスは絶滅したのだ。

おそらく、まだ無傷で残されている都市をくまなく探せば、世界の終末に現れたギボン[4]の手になる人類の最後の日々を綴った記録が見つかることだろう。だが、たとえそういうものがあるとしても、いまさら読んでみたいとは思わない。知りたいことはもうみんなラシャヴェラクから聞いた。

自ら死を選ばなかった人々は、危険な活動に――局地的戦争と見まがうような、激しく命知らずな娯楽に熱中することで現実を忘れようとした。人口は急速に減少し、年老いた残存者は身を寄せ合うようにして暮らした。戦闘に敗れ、最後の退却を始めた軍隊が隊列を密集させるように。

最後の幕が永遠に下りる前、ステージは英雄的かつ献身的な行為によって明るく輝

4　十八世紀英国の歴史家。『ローマ帝国衰亡史』を著した。

き、また残虐かつ利己的な行為の影に包まれたに違いない。人類が絶望のなかでフィナーレを迎えたのか、あるいはあきらめとともに舞台を去っていったのか、ジャンには知る術もない。

ジャンは忙しかった。オーヴァーロードの基地から一キロほどのところに別荘《ヴィラ》風の空き家があった。ジャンは何カ月もかけ、三十キロ先の一番近い町から生活用品を運びこんだ。町にはラシャヴェラクに連れていってもらった。ラシャヴェラクの示した友情は、かならずしも愛他主義的なものではなかっただろう。心理学者でもあるラシャヴェラクは、ホモサピエンスの最後の標本の研究にまだ余念がなかった。

その町の住民はおそらく、終末の日が来る前に退去したのだろう。住宅はもちろん、水道や電力などの公共サービスもまだ充分に使える状態で残されていた。ちょっと時間を割けば、発電機を再起動させ、広々とした通りにもう一度だけ生命の幻を灯すこともできただろう。実際、やってみようかという考えがよぎったこともある。しかし、あまりに悪趣味だと感じてやめた。うじうじと過去を懐かしむようなことだけはしたくなかった。余生を過ごしていけるだけの物資はある。何より欲しかったのは、電子ピアノとバッハの楽譜だった。これまでは音楽に時間を費やすことができなかった。

それをいまから取り返そうと決めていた。ピアノを弾いていないときは、美しい交響曲やコンチェルトのテープを流しっぱなしにした。彼のヴィラに音楽が聞こえていないことはなかった。音楽は、いつか彼を屈服させるに違いない孤独から身を守る護符のようなものだった。

丘陵地帯に長い散歩に出かけることもあった。歩きながら、最後に地球を目にして以来の数カ月間に起きた出来事を一つずつ振り返った。地球の時間で八十年前にサリヴァンに別れを告げたときには、まるで想像していなかった――人類の最後の世代がすでに生まれようとしていたとは。

自分は何と若く愚かだったのだろう。だが、自分の選択を悔やむべきなのかどうか。もし地球に残っていたら、いまは歳月によってベールをかけられてしまった人類の最後の日々を自分の目で確かめることができていただろう。だが、現実にはジャンはその最後の日々を飛び越えて未来に行き、同胞たちが答えを知らないまま死んでいった疑問の解答を手にしている。好奇心はほぼ満たされた。それでも、ときどき考えることがある。オーヴァーロードが待ち続ける理由は何なのか。その忍耐が報われるとき、いったい何が起きるのか。

だが一日のほとんどの時間は、ふつうなら長く忙しい半生を過ごした者の余生に訪れる満ち足りた諦観を胸に、ピアノの前に座って敬愛するバッハの調べを奏でることに費やされた。ひょっとしたら、現実から目をそらしていただけのことかもしれない。自分を哀れに思う心の錯覚に騙されていただけのことかもしれない。だが、ずっと夢見てきた暮らしがようやく実現したのだという気がした。陰の奥にじっと隠れていた願望が、ついに思い切って意識のスポットライトのなかに足を踏み出したのだと。

ジャンは昔から優れたピアニストだった。そしていま、彼は世界最高のピアニストだった。

## 24

ジャンにそのニュースを伝えたのはラシャヴェラクだった。だがジャンは、それを聞く前からすでに察していた。真夜中過ぎに悪夢を見て目が覚め、それきり寝つけなくなった。夢の内容は思い出せない。それは奇妙なことだった。目が覚めてすぐに記憶をたどれば、どんな夢も思い出せるものだと思っていたからだ。だが、今回思い出せるのは、自分が幼い子どもに戻っていたこと、何もない広大な平野にいて、未知の言語でわめきたてる声に耳を澄ましていたことだけだった。

その夢はジャンを動揺させた。孤独が初めて彼の心に攻撃をしかけてきたということなのか。じっとしていられなくなって、ヴィラから芝が伸び放題になった庭に出た。

満月だった。黄金色の光は明るく、遠くまではっきり見渡せた。鈍く輝く円筒形をしたカレランの船は巨大で、その手前にあるオーヴァーロードの基地の建物を、まるで人間の造ったもののように小さく見せている。ジャンは船にじっと目を注ぎ、かつてそれが心にかき立てた感情を思い起こそうとしてみた。あのころは、それは達成できない目標だった。彼にとって絶対に成就できないもののシンボルだった。だがいまは、それを見ても何の意味も感じない。

なんと静かで穏やかなのだろう。もちろん、オーヴァーロードたちはいつものように忙しく活動しているのだろうが、いまはその姿は一つも見えない。地球にたった一人残されたような気分になった——事実、そのとおりなのだが。月を見上げた。何か見慣れたものをながめて、思考を休ませようと思った。

人間が古代から親しんだ海があった。四十光年先の星には旅をしたのに、わずか二光秒の距離にあるあの静寂に包まれた砂の平野を歩いたことはない。ふと、月面でもっとも明るいクレーター〝ティコ〟を探してみようと思いついた。すぐに見つかったものの、ジャンは当惑を感じた。その光り輝く点は、彼の記憶にあるより、月の中心線上から離れた位置に移動していた。このときだった――暗い楕円形をした〝危機の海〟がどこにも見えないことに気づいたのは。

月はいま、太古の昔、生物が出現して以来ずっと地球に向けていたのとは違う面をこちらに向けていた。回転を始めている。

その意味することは一つしかなかった。彼らが、彼らが長いトランス状態から覚めようとしているのだ――地球の反対側、彼らがふいにすべての生命を奪い去った大陸で。新しい一日を迎えて伸びをする子どものように、彼らは肩ならしに、新しく獲得した力でちょっとした遊びを始めたのだ……。

「きみの推測どおりだ」ラシャヴェラクが言った。「これ以上ここにとどまるのは危険だよ。彼らは私たちを相手にしないかもしれないが、リスクが大きすぎる。器機類を積みこんだらすぐ出発だ――おそらくいまから二時間か三時間後に」

　ラシャヴェラクは空を見上げた。また何か異様な事態が起きようとしていないかと恐れているかのように。だが、空は平和だった。月はあれから動いていない。西からの風に運ばれた雲が高いところを流れているだけだった。

「月で遊ぶくらいなら、大騒ぎするほどのことではない」ラシャヴェラクが続けた。「しかし、太陽をいじり始めたら？　もちろん、観測器機は残していく。何が起きたかわかるように」

「僕は残ります」ジャンはふいに言った。「もう宇宙なら充分見ました。いま知りたいことは一つだけ――僕の生まれた惑星の運命です」

　そのとき足もとの大地がごくかすかに震えた。

「ああ、やっぱり。月を回転させれば角運動量のバランスが崩れます。だから、地球の自転速度が遅くなったんですよ。まったく、どっちのほうを大きな疑問とすべきなんでしょうね――彼らがどうやってやってるか、かな。それともどうしてやってるか？」

「まだ遊んでいるんだよ」ラシャヴェラクが言った。「子どものすることに理屈などない。もとは人類だったあの統一体は、いろんな意味でまだ子どもだ。まだオーヴァーマインドと一体化する準備ができていない。とはいえ、まもなく吸収されるだろう。そうしたら、地球はきみ一人のものになる」

ラシャヴェラクは最後まで言わなかった。ジャンが代わりに先を続けた。「もしまだ地球が存在していれば」

「きみは危険を正しく認識しているようだ。それでもなお残るつもりなのか?」

「残ります。僕はふるさとで五年過ごしました。いや、もう六年になるかな。どんな運命が待ちかまえていようと、もう悔いはありません」

「実は期待していたんだ」ラシャヴェラクは言葉を選ぶようにしながら言った。「きみが残ると言ってくれないかとね。ぜひ頼みたいことがある……」

スタードライヴの輝く尾は揺らめきながら消えた――火星があるはずの方角のかなたへ。あの道を僕は旅したのだとジャンは思った。地球で生まれ、地球で死んだ何十億もの人間のなかで、僕が初めて、そして最後に、あの道を旅した。

世界は彼のものだった。必要なものは何でも――誰にもこれ以上は望めないほどの量が――自由に手に入る。だが、物質にはもはや興味がなかった。誰もいない惑星に残された孤独感を恐れることもなかった。知られざる遺産を受け取りにいく前にほんのしばらくここで体力を蓄えているあの存在にも、恐怖は感じない。彼らが出発する際の余波は想像を絶するものに違いない。おそらく彼も彼の抱える問題も、先は長くないだろう。

それはそれでかまわない。もうやりたいことはやり尽くした。この空っぽの世界で過ごす意味のない人生をこれ以上長引かせたところで、ただ堪えがたいだけだろう。オーヴァーロードと一緒に行くこともできた。だが、何のために？　ほかの全人類が最後まで知ることなくこの世を去っていったことを、ジャンは知っていた——カレランが言ったことは真実なのだ。〝人類が宇宙を制する日は来ない〟。

夜に背を向け、広々とした入口からオーヴァーロードの基地に入った。その大きさに気圧《けお》されることはない。ただ大きいだけのものにはもう何も感じなくなっていた。基地内は赤い炎のような色にぼんやりと輝いていた。その明かりのエネルギー源は、事実上尽きることがない。両側に、彼が探り当てることは決してないであろう秘密を隠した機械が並んでいる。引き揚げていくオーヴァーロードたちが置き去りにしたものだ。さらに奥へと進み、這い登るようにして大きな階段伝いに二階に上がり、コントロールルームに入った。

オーヴァーロードの存在がまだ感じられた。彼らの機械はまだ生きていて、いまはかなたに遠ざかった主人たちのために仕事を続けている。このいくつもの機械はすでにたくさんの情報を集めて宇宙に送り出したはずだ。彼に付け加えられることなどあるのだろうか。

大きな椅子によじ上り、できるだけ楽な姿勢を取った。スイッチの入ったマイクロフォンが彼の第一声を待っている。テレビカメラに似た装置も彼を見つめているはずだが、どこに設置されているのかはわからない。

デスクと彼にはまるで無意味な計器パネルの向こうに、広い窓が並んでいた。満天の星、凸月の下で眠る谷、はるかかなたに横たわる山々。谷底では川が身をくねらせ、ところどころ波立つ水面を月光がきらめかせていた。平穏そのものだった。終わりと同じく、人類の始まりもこのように平穏だったのだろうか。

何百万キロの宇宙のかなたで、カレランが焦れていることだろう。地球を離れていくオーヴァーロードの船は、それを追いかけて発せられる彼の信号に負けないくらいの速度で航行しているのだと思うと、不思議な気持ちになった。あくまでも負けないくらいのだ。同じになることはない。長い長い追跡になるだろう。それでも彼の言葉はやがては総督を捕まえ、ジャンの借りを返してくれるはずだ。

このどこまでがカレランの計画のうちなのだろう。そしてどこまでが巧みなアドリブなのだろう。いまから百年近く前、総督はわざと彼を宇宙に逃がしたのだろうか。彼を地球に戻すため――いま彼が果たそうとしている役割を担わせるために？ いや、それはあまりにも信じがたい。だが、カレランが何か壮大で複雑な計画に関わっていることは間違いないだろう。そして、オーヴァーマインドに奉仕しながら、利用できる機器を総動員してオーヴァーマインドを観察している。総督の動機は科学的好奇心だけではないのではないか。おそらくオーヴァーロードたちは夢を抱いているのだ――いつの日か、彼らが奉仕している力を充分に知ることができれば、その奇妙な束縛から逃れることもできるのではないかと。

ジャンがこれからすることが、その知識を増やすことにつながるとはとても思えない。「見たままを伝えてくれればいい」ラシャヴェラクはそう言った。「カメラはきみの目に映ったのと同じ光景を送ってくるはずだ。だが、きみの脳に届くメッセージはそれとはまったく違うものかもしれない。そのメッセージを伝えてもらえれば、そこから多くのことが学べるはずだ」まあ、やれるだけのことはやってみよう。

「まだご報告するようなことは何も起きていません」ジャンは第一声を発した。「数分前、そちらの航跡が空に消えるのを確認しました。月は満月を少し過ぎたところで、いつもは地球に向いている面の半分が反対側に回っています――このことはもうご存じですね」

なんだかばからしくなって、いったん口を閉ざした。こんなことをして何になるのか。どこか滑稽ですらあった。歴史はいよいよクライマックスを迎えようとしている。それなのに、これでは競馬かボクシングのラジオ中継のコメンテーターみたいだ。だが、ジャンは一つ肩をすくめると、その考えを脇に押しのけた。どんな偉大な瞬間にも陳腐さはついて回るのではないだろうか。それに、その偉大な瞬間を肌で直接に感じ取れるのは、間違いなく彼一人なのだ。

「この一時間に、小さな地震が三度ありました」ジャンは気を取り直して続けた。「彼らは地球の自転をすばらしく上手くコントロールしているようですが、完璧にとはいかないらしい……カレラン、あなたがたの機械がすでに伝えている以上のことが僕に伝えられるとは思えません。これから何が起きるのか、どのくらい待つことになるのか、あらかじめヒントをもらっておけばよかったかな。このまま何も起きないようなら、打ち合わせどおり、六時間後にまた連絡します……。

あ！　彼らはあなたがたの出発を待ってたみたいです。何か起きてます。星が暗くなってきました。大きな雲が猛烈な勢いで広がって空を覆ってしまおうとしてるように見えます。でも、雲じゃない。何らかの構造を持ってるみたいだ――線と帯のネットワークがぼんやり見えてきました。位置をどんどん変えてます。幻のクモの巣に星が捕らえられたみたいな感じです。

ネットワーク全体が淡く輝き始めました。光が脈動しています。まさに生きてるみたいです。いや、ほんとに生きてるんだ。それとも、生命を超越したものなのかな。あれが無生物界に君臨してるのと同じで。

光が一点に集まり始めたように見えます――ちょっと待ってください、別の窓の前に移動します。

ああ、思ったとおりだ。巨大な燃える柱が見えます。炎でできた木みたいなもの。それが西の地平線から伸びてる。はるか遠くです。地平線の向こう側から伸びてます。あの根元がどこにあるかは想像がつきます。彼らはついに旅立とうとしてるんですよ。

オーヴァーマインドと合体しようとしてる。きっと見習い期間が終わったんでしょう。彼らは物質の最後の残りを脱ぎ去ろうとしてるんです。

地球から空に向けて炎が広がると同時に、ネットワークもうごめくのをやめて明瞭になってきました。ところどころ固体化してるように見えます。でも、そのネットワーク越しに、まだ星の光は見えてます。

ああ、そうか。まったく同じではありませんが、カレラン、あなたがたの世界でこれに似たものを、空に昇っていくものを見ました。あれはオーヴァーマインドの一部だったんですね。そのことを僕から隠したのは、先入観を持たせないためだった。偏見のない観察者にするためだった。そうでしょう？　カメラがいまどんな映像を送ってるか、知りたいな。僕の目が見てるつもりになってるものと同じ映像なのか、比較してみたい。

オーヴァーマインドはこうやってあなたがたに意思を伝えてくるんですか、カレラン？　こういう色や形で？　あなたがたの船のコントロールパネルを思い出しました。あそこにもいろんな模様が現れた。あれはあなたがたの目には読める視覚言語だったんですね。

炎はオーロラそっくりになってます。星の間で踊ったり瞬いたりしてる。いや、あれはオーロラそのものです。巨大なオーロラ嵐なんだな。景色全体が光り輝いてる。昼間より明るいくらいです。赤や金色や緑色が、空で追いかけっこをして——ふう、言葉では表現できません。これを見るのが僕一人だなんて、なんだかもったいない気がしますよ——それにしても、こんなにたくさんの色があるなんて思ってもみなかった——。

嵐はおさまってきたようです。でも、あのぼんやりかすんだ巨大なネットワークはそのままです。さっきのオーロラは、宇宙のフロンティアに放たれたエネルギーの副産物にすぎなかったのかもしれないな……。

あ、ちょっと待ってください。何か変です。体が軽くなってきた。あれ、どういうことだろう？　鉛筆を落としてしまったんですが——やけにゆっくり落ちていきます。重力に変化があったようです。強い風が吹き始めました——谷の木の枝がちぎれんばかりに揺れてます。

そうか。大気が離れていこうとしてるんだ。棒切れや小石が空に吸い上げられていきます。地球そのものが彼らを追って宇宙に出ていこうとしてるみたいな感じです。

すぐ前に風に吹き上げられた大きな塵の雲があって……景色が見えにくくなってきました。視界はすぐ戻るでしょう。そうしたらまた何が起きてるかわかると思います。ああ、少しよくなりました。動かせるものはみな地表からもぎ取られてます。塵の雲は消えました。この建物はあとどのくらいもつかな。呼吸が苦しくなってきました――ゆっくり話すようにしないと、息が持ちません。

また外の様子がはっきり見えるようになりました。あの燃える柱はまだありますね。でも、縮み始めたようです。細くなっていってます。竜巻にそっくりな形をしてる。雲のなかに引き揚げていこうとしてるようです。それから――ああ、これはどう説明すればいいのかな。たったいま僕は、感情の大波に襲われました。喜びでも哀しみでもない。充足感、達成感、そんなものを感じました。ただの錯覚かな。それともどこか外から来たのかな。わかりません。

いま――これは決して錯覚ではありません――世界が空っぽになったのがわかりました。そう、完全に空っぽです。急に音の出なくなったラジオに耳を澄ましてるみたいな感覚です。空はまた晴れてきました。あのもやみたいなネットワークはなくなってる。この次はどこの世界に行くんでしょうね、カレラン。あなたがたはやはりあれに奉仕するためにそこに行くんでしょうか。

　ああ、変な感じだ。僕の周囲のものは何一つ変わってません。どうしてかはわかりませんが、これは意外な展開……」

　ジャンはそこで口をつぐんだ。一瞬、懸命に言葉を探した。それから、落ち着きを取り戻そうと目を閉じた。恐怖やパニックにとらわれている場合ではない。彼には使命がある。人類のために果たすべき使命が。カレランのために果たすべき使命が。

　ちょうど夢から覚めようとしている人物のように、初めはゆっくりと、話し始めた。

「僕の周囲の建物や地面や山――何もかもがガラスみたいです。透けて向こうが見えるんです。地球は溶解を始めました。僕の体重はほとんどなくなってます。あなたのおっしゃったとおりだ。彼らは玩具で遊ぶ段階を卒業したんです。

　あと何秒残ってるだろう。ああ、山がなくなりました。煙みたいにふっと消えた。さよなら、カレラン、ラシャヴェラク。僕はあなたがたを気の毒に思います。僕にはよく理解できませんが、僕はこうして自分の種族の変貌した最後を見届けました。人類が成し遂げてきたすべてが星空に昇っていくのを見送りました。おそらく、古い宗教が伝えようとしてたのはこのことなんでしょうね。でも、宗教はどれも思い違いをしてた。人類こそ至上の存在だと考えたという点で。でも僕らは、宇宙にたくさん存在する――ねえ、いったいいくつの種族があるか、あなたはご存じですか――そう、無数にある種族の一つにすぎなかったんですよ。ただ、僕らはあなたがたには決してなれないものに変わりました。

いま川が消えました。でも空には変化はありません。もう息ができない。月はまだ輝いてます。それがなんだか不思議です。月を残していってくれたのはありがたい気がするけど、これで月はひとりぼっちになってしまう――。

光だ！　足もとが光ってます――地球の内側から空に向けて光が発せられてる。岩盤を、地面を、すべてを通り抜けて――まぶしい、どんどん明るくなっていきます。ああ、まぶしすぎてもう何も――」

光の無音の震動に堪えきれず、地球の核は溜まっていたエネルギーを一気に放出した。重力波が太陽系を何度も横断し、惑星の軌道にほんのわずかなずれを生じさせた。しかしまもなく、太陽の生き残った子どもたちは旧来の道にそれぞれ戻った。穏やかな湖面に浮いていたコルク片が、投げこまれた小石によって起きた小さな波紋をやり過ごすように。
地球は跡形もなく消えていた。彼らは原子の最後の一つまで吸い尽くしていった。小麦の粒に蓄えられた栄養分が太陽に向かって伸びていく幼い苗を育てるように、地球は彼らの急激なメタモルフォーゼのためのエネルギー源となったのだ。

六十億キロのかなた、冥王星の軌道を超えた先で、カレランはふいに暗くなったスクリーンを見つめていた。記録はここまで。ミッション完了。いま彼は帰途についた。はるか昔に別れを告げた世界へ帰るのだ。何世紀もの歳月の重みが、そしてどんな理屈も追い散らすことのできない哀しみが、のしかかってくるようだった。とはいえ、人類の滅亡を嘆いているのではない。それは彼自身の種族に向けられた哀しみ、決して打ち倒すことのできない力によって偉大なものの一員となることを永遠に阻まれた、彼ら自身に向けられた哀しみだった。

これだけのことを達成してきたのに、物質世界を自在に操ることができるというのに、彼の種族は、どこかの乾ききった退屈な原野で生まれ滅びた種族と何ら変わらないのだ。はるか遠くに山々がある。力と美が住み、氷河の上で雷鳴が戯れる場所。澄みきったさわやかな空気のあるところ。そこではいまも陽射しがさんさんと降り注ぎ、峰を神々しく輝かせている。だが、その裾野に広がる土地は暗闇に包まれている。彼らはその山の頂きを見上げて感嘆することしかできない。その高さを身をもって知ることは永遠にない。

それでも、最後の最後まであきらめることはしない。絶望することなく、定められた運命を待つ。この先もオーヴァーマインドに仕え続けることだろう。それしか生き延びる術はないのだから。だが、たとえ隷属の身であっても、己の魂を失うことだけは決してない。

巨大なスクリーンに暗みを帯びたルビー色が閃いた。カレランは無意識のうちに、その次々と変化する模様が伝えるメッセージを読み取った。船は太陽系の境界線を超えようとしていた。スタードライヴに推力を供給しているエネルギーは急速に衰え始めている。だが、そのエネルギーはすでに役目を終えていた。

カレランは片手を持ち上げた。それを受けて画像がふたたび切り替わる。スクリーンの真ん中に燦爛《さんらん》たる星が一つ現れた。この太陽は複数の惑星を従えている。そのうちの一つがたったいま永久に失われた。しかしこの距離から見たところで、そんなことは誰にもわからないだろう。カレランは見る間に広がっていく暗闇を長いこと凝視していた。広大な迷宮のごとき心の内を数多《あまた》の記憶が駆け抜けていく。彼の任務を阻もうとした者たち、支えた者たち——カレランは胸のなかでその全員に静かに別れを告げた。

思いにふける彼に声をかける者はなかった。やがてカレランは、遠ざかる太陽に背を向けた。

# 解説――人類の未来と平和

巽 孝之
（慶應義塾大学文学部教授・
アメリカ文学専攻）

アーサー・C・クラークがノーベル平和賞の候補にのぼったという噂を耳にしたのは、二〇〇一年のことだった。もちろん、彼の名前を世界に知らしめた映画史上の傑作『2001年宇宙の旅』（一九六八年）の年がとうとう訪れたということにからめて流れたガセネタだったかもしれない。だが、ノーベル科学賞でも文学賞でもなく平和賞というのは、最先端科学と大衆小説ジャンルとのあいだを縫って活躍したこの作家のために、あまりにもふさわしい気がして、たんなる噂にしても一定の信憑性を感じたものだった。

二〇〇一年九月一一日の同時多発テロを経て、とうに七年が経とうとしているいま、改めてあのときの噂を思い出しながら、クラークが一九五三年に発表し、一九八九年に自身が第一部に改稿を施したこの新訳版『幼年期の終わり』（福島正実訳の早川書房版『幼年期の終り』［一九六四年刊］を以後「旧版」と呼ぶ）を読み終えたところである。

『２００１年』が映画史上の傑作ならば、その原型のひとつとも言える長篇小説『幼年期の終わり』は、まぎれもなくＳＦ史上の傑作だ。

アメリカのＳＦブッククラブが一九五三年から二〇〇二年までのＳＦとファンタジーを対象に行ったオールタイムベストでは、第一位がＪ・Ｒ・Ｒ・トールキンの『指輪物語』で、『幼年期の終わり』が第七位。アメリカを代表する月刊ＳＦ情報誌「ローカス」が一九九〇年以前のＳＦを対象に行ったオールタイムベストでは、第一位がフランク・ハーバートの『デューン砂の惑星』で、『幼年期の終わり』が第八位。目下、我が国唯一のＳＦ専門誌「ＳＦマガジン」二〇〇六年四月号は通巻六百号を記念してオールタイムベスト投票の結果を発表したが、そこでは第一位に選ばれたスタニスワフ・レムの『ソラリス』に続き、第二位が『幼年期の終わり』。ちなみにプロ作家組織である日本ＳＦ作家クラブが『ＳＦ入門』（早川書房、二〇〇一年）を出すために二〇〇一年に行った会員アンケートによるオールタイムベストでは、第一位がロバート・Ａ・ハインラインの『夏への扉』であったが、第五位が『幼年期の終わり』、第六位が『２００１年宇宙の旅』と、ベストテンのうちにクラーク作品が二作も入った。いずれにせよ、世界的に見ても、選び方を問わず現代ＳＦの古典十作を挙げるとしたら、必ず入る名作であることは、まちがいない。そのゆえんは、いったいどこにあるのか。

ＳＦ的想像力に惹かれるかたならば、その魅力を成す原風景のひとつに、巨大なロケットが轟音をたてて宇宙へ飛び立っていく光景があるだろう。二十世紀中葉、アメリカ合衆国のアポロ計画は、何度となくそうした光景のうちに未来への夢を垣間見せてくれたものだ。

しかしまったく同時に、ＳＦ読者独自の架空の原風景としては、巨大な空飛ぶ円盤（ＵＦＯ）が上空から悠然と飛来し、刻一刻と近づいて都市へのしかかるかのごとくその全体像を現す光景というのも、含まれている。そしてそれは、まちがいなく本書自体が示す典型的な原風景なのだ。このことについてクラークは、この改稿版「まえがき」で、こうしたイメージの先駆者としてはシオドア・スタージョンの『空は船でいっぱい』（一九四七年）があるものの、自身の体験としては、第二次世界大戦のさなか、一九四一年のある美しい夕暮れ、何十、何百もの「鈍い輝きを帯びた銀色の防空気球」がロンドン上空に浮かぶのを見たことがきっかけだったかもしれない、と述べている。

天空を一斉におおいつくす巨大なＵＦＯの艦隊――こう聞けば、今日では『インデペンデンス・デイ』に代表される類型的なＢ級ハリウッド映画をたちまち連想するかもしれないが、かといって本書『幼年期の終わり』は、必ずしも血なまぐさい侵略戦争物語ではない。ここで展開されるのは、人類はじつは長い間、異星の知性体によってあたかも家畜のように飼育されてきたのであり、いつの日か彼らの介入により超進化への道をたどれるかもしれない、という高度に思索的な主題なのだから。

これを単純にクラークの帝国主義的・植民地主義的思想のあらわれと決めつける向きもありはするものの、しかしそうやすやすと片づけてしまうには、本書のＳＦ的感動はあまりにも深い。たとえば、『２００１年』には、謎の石板モノリスが人類進化の触媒として登場し、それを制御しているであろうエイリアンは――映画監督スタンリー・キューブリック本人の意見もあって――ついぞすがたを見せないものの、『幼年期の終わり』のほうでは、エイリアンはきわめて具体的に描かれる。それも、ハリウッド的紋切型のシーフード系ではなく、より上位の存在「オーヴァーマインド」（旧版では「上霊」）によって送り込まれた、神話伝説上の悪魔そっくりのすがたかたちをもつ人類進化の導き手「オーヴァーロード」（上帝）として。

さらにクラークは、このオーヴァーロード設定においても、驚くべきSF的根拠を与える。何と、そもそもわたしたちが広く共有する悪魔のイメージ自体、来るべき超進化の日に居合わせるエイリアン自身があらかじめ人類の種族的記憶のうちに「未来の記憶」として刷り込んだ、まさにその結果にすぎないというのだ。時間と空間を自由自在に飛翔するSF的想像力の真髄が、ここにある。しかも、今回読みなおしてみると、広くSF（科学小説）というジャンルの代表作としてのみならず、現代の黙示録的文学の古典としてひろく親しまれてきた本書には、彼が基本的に科学と文学のはざまを自由自在に飛翔しながら、ただひたすら人類の平和を祈り続けてきたのではないか、と思わせるところが随所に見受けられる。

ふりかえってみれば、クラークは一九七七年に「『楽園の泉』を最後にする」という絶筆宣言のあとも、一九八二年になって、前掲『2001年宇宙の旅』の続編をものした。だが、これをたんなる商業主義との妥協と片づけるわけにはいかない。拙著『「2001年宇宙の旅」講義』（平凡社新書、二〇〇一年）でも詳述したが、続編『2010年宇宙の旅』『2061年宇宙の旅』『3001年終局への旅』と展開するシリーズは、われわれの現代史の転換に合わせてコンピュータHALや謎の石板モノリス自身も性格的変貌を遂げていく歩みであり、その意味では、たゆまぬ原典『２００１年宇宙の旅』書き換えのプロセスである。したがって、一九八〇年代から九〇年代、そして二十一世紀へと、米ソ冷戦という巨大な世界的二項対立が解消していく激動の世紀転換期において、平和を願うクラークが、そのように転換してしまった新たな政治的文脈を前に、現代史への思いを自作の書き換えに含めざるをえなかったと考えるのが、自然であろう。基本的に科学者であるこの作家にとって、科学的考証が古くなっているところ、政治的現実が今日の尺度に見合わなくなっているところには、どうしても手を加えたかったにちがいない。

とはいえ、じっさいのところは一九五三年当時の旧版と比べて、細部にまで手が入れられているわけでもない。今日ならばインターネット新聞に置き換えられるであろうファックス新聞の描写も、そのまま残っている。いちばんラディカルな改変が加えられたのは、旧版において明らかに米ソ冷戦関係を強調した部分を含むプロローグをバッサリ切り捨て、その代わりに、第１部第１章ではロシア系火星探査ミッション副指揮官の女性を登場させるエピソードを原著にしてほぼ三ページ分、書き足したところだろう。なにしろ旧版のプロローグでは技術情報部のサンドマイヤー大佐が「この情報によると、ロシア人はわれわれとほぼ肩を並べるところまで来ているそうだ。彼らはすでに、ある種の原子力推進装置を所有している――われわれのものより優秀でさえあるかも知れないやつをだ」という一節が根幹を成していたいっぽう、この新版における第1章では、二一世紀に入り、ロシア系の女性宇宙飛行士が、一九六一年に人類最初の宇宙飛行を成し遂げた旧ソ連のユーリ・ガガーリンに対して祈りを捧げ、ロケット研究を進めて「宇宙旅行の父」とも呼ばれた人物を称え「コンスタンティン・ツィオルコフスキーが百年前に思い描いた宇宙新時代がいままさに開かれようとしてるのよ」と呟くのだから。クラークがこの改稿版を仕上げた一九八九年が、奇《く》しくもベルリンの壁が崩壊し、ゴルバチョフとジョージ・H・W・ブッシュ大統領の会談により米ソ冷戦が終結を見る年と一致しているのは、偶然ではない。そこには、時代の趨勢にかんがみ作品を再調整して、そのつど人類の平和のありかたを考え直す、クラークならではの未来のヴィジョンが貫かれている。ただし、二〇〇一年刊行のデルレイ版『幼年期の終わり』ではソ連崩壊をにらみ旧版のオープニングに戻っており、新訳版が準拠する一九八九年版で書き換えた第1章冒頭のエピソードは「付録」に回されていることを、付記しておこう。

『幼年期の終わり』から『２００１年』へ至るＳＦ的発展を用意した原型としては、クラーク自身が一九四六年に執筆し、本書第１部とほぼ同じ骨格をもつ「守護天使」"Guardian Angel"（一九五〇年発表）と並んで、一九四八年に発表した短篇小説「前哨」"The Sentinel"が見逃せない。クラークは「前哨」を、一九四八年のクリスマスに、ＢＢＣ放送のＳＦコンテスト応募作として書き上げたが、入選は逃している。ここで肝心なのは、まったく同じ一九四八年に、ジョージ・オーウェルが『１９８４年』を執筆し（発表は一九四九年）、その中で近未来全体主義国家の悲劇とともに巨大なる管理主義者ビッグ・ブラザーの脅威を生き生きと描き出したことだろう。駆け出しだったＳＦ作家クラークのほうは「前哨」において、一九八〇年代の月世界探検隊が、より高次の異星生命体の手になるピラミッド状の監視装置を見出す足取りを、きわめて巧妙に物語る。この結晶ピラミッドは、あたかも古代エジプト人の手になるもののように見えるが、じつのところ、エイリアンがあらかじめ自分たち以外の知性体が好ましく進化を遂げるかどうかを見守るべく、あらかじめ太古の昔に全宇宙に数百万個ばらまいたビーコンのひとつにすぎない。だが、ここで注目すべきは、この結晶ピラミッドの信号が止まり、彼らエイリアンの監視役たちが徐々に人類の住む地球へ関心を向けようとしていることが指摘されるくだりだ。「おそらく彼らはわれわれの幼い文明に力を貸したがるだろう。だが、おそらく年老いた種族にちがいないし、とかく年寄りというものは、若者を狂ったように嫉妬するものだ」（傍点引用者）。

クラークのいう「おそろしく年老いた種族」こそは、彼の構想した宇宙版ビッグ・ブラザーにほかならない。その最初の飛躍的結実が、一九五三年に発表された『幼年期の終わり』に見られる。「前哨」で想定されている異星の知性体は自分以外の、しかし自分よりはまだ下位の進化論的階梯《かいてい》に属し教育を必要とする知性体をこの広い宇宙に探し求めるが、さて一方、『幼年期の終わり』で展開されるのは、人類はじつは長いあいだ、異星の知性体によってあたかも家畜のように飼育されてきたものの、いつの日か彼らの介入により超進化への道をたどり、そのあげく地球人類のほうが、すでに進化の袋小路に位置するオーヴァーロードを立ち超える存在へと突然変異を遂げていくかもしれない、というさらに錯綜した可能性だ。短篇「前哨」という種子が大きく開花したのが『幼年期の終わり』であるのは疑いないが。もういちど右の引用結末部分に傍点を振ったところをごらんいただければ、オーヴァーロードという名の「年寄り」は、進化の過程にある他種族に対しては積極的な産婆役を演じても、自分自身はこれ以上ものを創造しえない石女《うまずめ》にすぎず、したがって、とほうもない将来性に恵まれた地球人類という名の「若者」に対しては、「狂ったように嫉妬する」しかないという悲哀が、よくわかるだろう。そう、オーヴァーロードの立場は、いわば中間管理職の悲哀を彷彿《ほうふつ》とさせる。それはあるいは、創作者を鍛える編集者や生徒を伸ばす教育者、いや端的に子どもを成長させる親の立場かもしれない。一九六三年生まれのSF作家・庄司卓《しょうじたかし》は、そのあたりを以下のように的確に表現している。

「初めにこの作品を読んだ時の僕は、ストルムグレンを初めとした地球人側に感情移入して読もうとしていたのではないか。しかしこの作品の主人公は、やはりカレルレンとオーバーロードたちなのだ。（中略）彼らが人類を見守る目は、親のそれと同じであろう。子供の成長を信じながらも、決して自分自身はその子の成功する姿を見届けることができない親の姿。（中略）そして同時にそれは、宇宙へ、他の惑星へと進出して、他の知性体とも交流を持つであろう人類の未来を信じながらも、おそらくはその場に居合わせることのできない、SF作家やファン、そしてクラーク自身の姿を重ね合わせているようにも思える」（「マイ・ベスト・クラーク――『幼年期の終り』」、「SFマガジン」二〇〇一年五月号［アーサー・C・クラーク特集号］）。

かくして、『幼年期の終わり』からさらに十年以上を経た一九六四年、押しも押されもせぬＳＦ界の大御所となったクラークがキューブリックと共同で映画を製作することが決まり、当初は『星のかなたへの旅』"Journey beyond the Stars"のタイトルのもとに、のちの『２００１年宇宙の旅』となる作品の製作を開始した時、彼が「前哨」におけるピラミッド型ビーコンや、『幼年期の終わり』における直立二足歩行型、すなわち人間型のエイリアンを導入しようと考えたのは、その作品発展史にかんがみる限り、必然的であった。げんに、流産してしまったクラーク側のオリジナル小説を収録するメイキング作品『失われた宇宙の旅２００１』（一九七二年）では、体長二メートルあまりできわだった長身、「はっとするほど人間によく似て」いる地球外生命体を登場させ「クリンダー」なる名前まで付しているばかりか、彼が物語後半、エイリアンの種族の住む惑星環境を活写しようともくろんでいたことさえうかがわれる。そう、あたかも『幼年期の終わり』において、黒人青年ジャン・ロドリクスが宇宙船に密航し、オーヴァーロードの故郷を訪れるように。

ところが、こうしたクラーク的発想へ強引に口をはさんだキューブリックは、いずれのアイデアも真っ向から否定し、具体的なかたちではエイリアンをいっさい登場させないばかりか、ピラミッド型ビーコンのデザインも反故《ほご》にし、その代わり、高さ三メートル、幅一・五メートルほどで漆黒に輝く長方形の石板（モノリス）を中心に据えて芸術的象徴性を高めるに至った。『幼年期の終わり』と『２００１年宇宙の旅』がその主題内容ばかりか物語展開においても深い関係を結んでいることを、おわかりいただけたろうか。

　さいごに、本書がその原著初版の刊行当時より、Ｃ・Ｓ・ルイスなどイギリス文壇の大御所から賞賛されるほか、我が国の現代文学に対しても絶大な影響をふるってきたことを、書き留めておこう。

『２００１年宇宙の旅』と連動するかたちでの導入については、小松左京や田中光二、山田正紀、夢枕獏、そしてかなり遅れて大江健三郎といった作家たちの作品群に顕著であり、それは前掲拙著『「２００１年宇宙の旅」講義』第四章でも詳述したので、ここでは多くを述べない。いま見逃せないのは、一九五三年の『幼年期の終わり』原著刊行当時、それを早々と原文で読みこなした日本人異端作家が存在したことであり、さらにその作家のクラーク評価をめぐって、日本を代表する純文学作家とのあいだに批評的なやりとりが交わされたことである。ひょっとしたら、このやりとりこそは、クラークの『幼年期の終わり』の最も日本的な受容のかたちを表していたかもしれない。

その異端作家の名は沼正三《ぬましょうぞう》。彼は戦後最大のＳＭ小説として澁澤龍彥らより絶賛された日本人家畜化小説『家畜人ヤプー』（一九五六年より雑誌連載、一九七〇年初版）の著者として広く知られるが、同小説を書き始める以前、一九五三年の段階より雑誌連載し、のちに『ある夢想家の手帖から』（一九七〇年）としてまとめられたエッセイ集のうちに、「空想科学小説についての対話」を含めており、そこではオルダス・ハックスリーの『すばらしい新世界』からＨ・Ｇ・ウェルズの『宇宙戦争』、そして本書『幼年期の終わり』（この時点では邦訳がないので沼の表記では『幼児期終る』、オーヴァーロードの訳語も「上君《うえさま》」）へ至る系譜が、マゾヒズム文学の正統として読み解かれているのだ。してみると、沼正三はクラーク批判として『ヤプー』執筆に赴いたのではないか。というのも、オーヴァーロードとしての「悪魔」に対応すべき民族的イメージをもつ典型的なヤプーとして、日本的な「河童」が登場するからである。日本的民間伝承でいう河童はヤプーを水中自転車として生体改造した典型にすぎず、たまたま遠未来のイース人が時間旅行したさい携帯し、たまたま古代地球の河川にはぐれた彼らが伝説に残ったにすぎないものなのだとする、あまりにもユニークな再解釈が施されている。クラークの「悪魔」と同じく、沼の「河童」も、あらかじめ上位の帝国主義的支配者によって刷り込まれた「未来の記憶」の結果なのだ。

さて、この『家畜人ヤプー』に惚れ込み、それと同時にクラークの『幼年期の終わり』をも賞賛した主流文学作家こそは、川端康成と並んでノーベル文学賞候補とも囁かれた三島由紀夫にほかならない。彼は石原慎太郎や星新一とともに、一九五五年に荒井欣一が結成した日本空飛ぶ円盤研究会（ＪＦＳＡ）に名を連ね、一九六二年にはとある家族の全員が自分の故郷は地球以外の惑星であり、自分たちはじつはみな宇宙人なのだと思いこむＵＦＯ小説『美しい星』を発表。さらには、同じく日本空飛ぶ円盤研究会会員であった柴野拓美（筆名・小隅黎《こずみれい》）が一九五七年に立ち上げた日本初のＳＦ同人誌「宇宙塵」一九六三年九月号に「一Ｓ・Ｆファンのわがままな希望」なるタイトルで寄稿し、レイ・ブラッドベリに代表される「低次のセンチメンタリズム」を批判したうえで「私は心中、近代ヒューマニズムを完全に克服する最初の文学はＳＦではないか、とさへ思つてゐるのである」とさえ断言した。そんな三島の理想にして「最良」のＳＦのひとつが『幼年期の終わり』であったのは想像に難くない。かくして彼は遺作となる『小説とは何か』（一九七〇年）において、『家畜人ヤプー』を賞揚するとともに、「自分の読んだ最も不気味な小説」として、深沢七郎の『楢山節考』と並べつつ『幼年期の終わり』を挙げて高く評価した。ただし三島は「時間の円環構造による予見」という観念を理解しなかったがために、沼正三がその誤読を正すべく前掲書の「空想科学小説についての対話」に付記して誤解を正したといういきさつがある。一九四〇年代以降のUFO熱の高まりを承けたのか、クラークが英国惑星間協会とともに英国SF協会に入会したように、我が国でも日本空飛ぶ円盤研究会とともに「宇宙塵」に代表されるSFファンクラブへ足を踏み入れた人々は、あまりに多かった。そう、国家の将来を占う先端科学の研究組織と、一見したところいかがわしいこと限りないフィクションの愛好団体とが思わぬかたちで連動してしまうのは、そしてまさにそうした交流のあげくにとてつもなく破壊力充分な物語が創造されるのは、洋の東西を問わないようだ。

欧米では西欧的進化論にもとづく人類超進化小説、いっぽう日本では敗戦体験にもとづく人類家畜化小説として読まれてきた『幼年期の終わり』。あまりにも対照的かもしれないが、このように文化的差異を孕《はら》む解釈上の交点から、『幼年期の終わり』

を批判的に発展させるＳＦ的想像力が練り上げられ、いまも人類の未来と平和を考える現代文学へと着実に影響を与えていることもまた、疑いえない。

# クラーク年譜

一九一七年

一二月一六日、イングランドはサマセット州マインヘッドの海辺の町の農家に四人兄弟の長男として生まれる。

一九二七年　一〇歳

前年に創刊されたアメリカのＳＦ雑誌「アメージング・ストーリーズ」に夢中になり、以後、ＳＦ雑誌を集めるようになる。

一九三三年　一六歳

サマセット州都トーントンのヒューイッシュ・グラマースクールで学ぶ。のちに深く関与することになる英国惑星間協会（British Interplanetary Society、略称ＢＩＳ）が設立。

一九三六年　一九歳

ロンドンの国庫監査局で会計監査助手。英国惑星間協会に参加。同じ頃、英国ＳＦ協会にも参加して、ＳＦファン活動を開始。

一九四一年　二四歳

第二次世界大戦中にはレーダー担当官として英国空軍に所属。すぐ昇進して中尉に。

一九四五年　二八歳

イギリスの雑誌「ワイヤレス・ワールド」一〇月号に、衛星通信の実現を二五年もさきがけて予見した記念すべき技術論的論考「地球外中継」"Extra-terrestrial Relays"を発表。まだ人類は人工衛星ひとつ打ち上げてはいなかったが、弱冠二八歳だったクラークは人工衛星を駆使すれば全世界にテレビ放送ができるというヴィジョンを、人類史上初めて、明確に示してみせた。これにより、彼はアメリカ合衆国の科学者や技術者たちと交流することになり、のちに国連でも講演することになる。

またこの年には、英国惑星間協会にも復帰。

一九四六年　二九歳

ロンドン大学のキングズ・コレッジを最優等で卒業（物理学・数学の理学士号取得）。

最初のSF短篇「抜け穴」をアメリカのSF雑誌「アスタウンディング」四月号に発表。ただし、最初に売れた短篇小説は「太陽系最後の日」で、これは同年の三月に書かれ「アスタウンディング」誌同年五月号に発表。『幼年期の終わり』の原型のひとつ「守護天使」を執筆。

一九四七年　三〇歳

英国惑星間協会の会長を、以後三年にわたって務める。

一九四八年　三一歳
名作『銀河帝国の崩壊』の原型を「スタートリング・ストーリーズ」誌に発表。短篇「前哨」を執筆し、BBC放送が主催した短篇コンテストに応募するも落選。クラークは「概して自分はこうしたコンテストのたぐいでは運がなかった」と回想している。

一九四九年　三二歳
ロンドンの雑誌「フィジックス・アブストラクツ」で一年間の編集助手。

一九五〇年　三三歳
「守護天使」が「フェイマス・ファンタスティック・ミステリーズ」誌四月号に掲載。最初の単行本としてノンフィクション『惑星間飛行』。

一九五一年　三四歳
第一長篇『宇宙への序曲』、第二長篇『火星の砂』。専業作家となる。前掲「前哨」を「テン・ストーリー・ファンタジー」誌春季号に発表、同作品がのちの『２００１年宇宙の旅』の叩き台となる。
この年、英国惑星間協会が人工衛星をめぐる世界最初の国際会議を開催。

一九五三年　三六歳
『銀河帝国の崩壊』『幼年期の終わり』。英国惑星間協会の会長に再選。六月、アメリカ人女性マリリン・メイフィールドと結婚するも半年で離婚。

一九五四年　三七歳
アメリカ気象局のハリー・ウェクス

ラー博士に手紙を書き、人工衛星を応用した天気予報ができないかどうかを尋ねる。このときのやりとりがきっかけとなり、気象学の新分野が生まれ、のちにウェクスラー博士はロケットや人工衛星を使った気象研究の第一人者となった。このころより、オーストラリアとスリランカ（当時のセイロン）を中心とした海洋探査および撮影といった活動に手を染め、二年後のスリランカ移住をはさんで、長く続けることになる。

一九五六年　三九歳

短篇「星」で毎年の世界SF大会においてファン投票で選ばれる年間最優秀作品賞ヒューゴー賞の短篇部門賞を受賞。『銀河帝国の崩壊』と主人公も物語も共通しながらSF的設定を洗練させた『都市と星』を発表。とはいえ前者のほうのファンもまだ多く、基本的に別作品として刊行され続けている。この年、スリランカへ移住。

一九五七年　四〇歳

『海底牧場』。ソ連が世界初の人工衛星スプートニク1号の打ち上げに成功、クラークが四五年に予見した衛星放送時代が幕を開ける。

一九六一年　四四歳

『渇きの海』。

一九六二年　四五歳

ノンフィクション『未来のプロフィ

ル』刊行。第十六章「空からの声」において、自身が四五年の論文「地球外中継」で予見した衛星放送の発展をひとつの革命の先駆けと捉え、「テレビとラジオの放送の範囲が全地球を包含するようになれば、大都市を除いて、世界の至る所でいまだに存在する文化的政治的孤立は、よかれ悪しかれ終局を告げることになろう」と述べ、いずれはテレビなど衛星放送画面にかじりつく人々が圧倒的多数となり「人類は行動する種族ではなく、観察する種族になりかけている」と結論した。この年、科学の一般啓蒙に貢献したことを表彰するユネスコ主催のカリンガ賞を受賞。

一九六四年　四七歳
映画監督スタンリー・キューブリックとともに「のちのち語り草になるようなSF映画」を製作すべく、構想を練り始める。

一九六八年　五一歳
四月に公開された『2001年宇宙の旅』により、キューブリック監督とともにヒューゴー賞映像部門賞を受賞、アカデミー賞候補。映画史上最高のSF映画として評価が高く、当時、文部省（現・文部科学省）が特選指定した唯一のSF映画として記憶される。

一九七〇年　五三歳
大阪万博の年に、日本SF作家クラブの肝煎りで実現した国際SFシンポジウムのために来日。

一九七二年　五五歳

『失われた宇宙の旅２００１』。映画製作中、いかにキューブリックと戦ったか、妥協したかを忌憚なく語りきったメイキング本。物語の当初の構想と映画版の決定的なちがいがよくわかる。

一九七三年　五六歳

『宇宙のランデヴー』で七四年度ヒューゴー賞長篇部門賞、ネビュラ賞、キャンベル記念賞、ローカス賞を受賞。

一九七五年　五八歳

『地球帝国』。

一九七七年　六〇歳

『楽園の泉』を最後にすると引退宣言。

一九七八年　六一歳

科学エッセイ集『スリランカから世界を眺めて』刊行。

一九七九年　六二歳

スリランカ西部コロンボの南にあるモラトゥワ大学の名誉学長に就任。

『楽園の泉』を発表、同書は翌年、一九八〇年度ヒューゴー賞長篇部門賞およびネビュラ賞を受賞。この年、ボイジャー探査機２号・１号木星フライバイ。

一九八二年　六五歳

『２０１０年宇宙の旅』を『２００１年宇宙の旅』続編として発表。これで事実上、七七年の引退宣言は撤回されたことになるが、そのゆえんとしては、ＳＦ作家・野尻抱介もいうとおり、木星探査機ボイジャーが、以前のパイオニア号では不可能だった高性能の写真撮影に成功したこと、そして当時普及し始めていたワードプロセッサを導入したことが挙げられよう。
無線通信の開発者にちなむマルコーニ賞受賞。同年十二月には、翌八三年の国際通信年を記念した催しがホワイトハウスで開かれ、その席上でジョゼフ・ペルトン博士がクラークの業績を称え「アーサー・C・クラーク財団」の設立をよびかけ、第一回理事会が実現、元空軍幹部だったジョン・マクルーカス博士が初代会長に、前掲ペルトン博士が初代副会長に就任。同財団は、多くの講演やセミナー、奨学金制度などの学問教育事業を中心に、出版物も少なくない。

一九八四年　六七歳
ピーター・ハイアムズ監督により映画版『2010年宇宙の旅』完成。クラークはキューブリックを参加させないことを条件に提示し、映画の出来映えには満足したという。

一九八七年　七〇歳
『2061年宇宙の旅』。
この年、自身の名を冠し年間最優秀作品を顕彰する「アーサー・C・クラーク賞」が制定される。イギリスにおけるSFの隆盛を目的にクラーク自身が資金提供したもので、現在はセレンディップ財団が管理運営にあたっている。対象は前年に初めてイギリス版が刊行されたSF小説で、第一線の作家・評論家から成る審査委員会が選ぶ。第一回受賞作はマーガレット・アトウッドの『侍女の物語』。

一九八九年　七二歳
ジェントリー・リーとの共作『宇宙のランデヴー2』。

国際宇宙大学総長に就任。

一九九〇年　七三歳
『グランド・バンクスの幻影』『楽園の日々――アーサー・C・クラーク自伝』。ハードSF作家グレゴリー・ベンフォードに口説き落とされ、『銀河帝国の崩壊』の続編として、彼との共作で『悠久の銀河帝国』を出版。

一九九一年　七四歳
ジェントリー・リーとの共作『宇宙のランデヴー3』

一九九三年　七六歳
『神の鉄槌』刊行。ジェントリー・リーとの共作『宇宙のランデヴー4』。

一九九七年　八〇歳
『3001年終局への旅』。

一九九八年　八一歳
エリザベス女王より「文学への貢献」によりナイト爵の称号を授与される。このころ、クラークへの中傷報道があり、授与式を延期。

二〇〇〇年　八三歳
五月、二年遅れでナイト爵の実際の授与式がコロンボにて行われる。

スティーヴン・バクスターとの共作『過ぎ去りし日々の光』。故ボブ・ショウの名作『去りにし日々、今ひとたびの幻』（一九七二年）へのオマージュであり、実質的には三者のアイデアが融合した作品といえる。

二〇〇四年　八七歳

一二月末に起こったスマトラ島沖地震による津波により、ダイビング用の小屋などに被害があったが、自身は危機を免れた。現在、スリランカにて養子に迎えたスキューバ・ダイビングと海底探検の同志ベクター＆ヴァレリー・イーカナヤック夫妻、および彼らの子供たちと、拡大家族を築く。

# 訳者あとがき

『幼年期の終わり』――巨匠アーサー・C・クラークの最高傑作としてあまりにも名高い作品だ。一九五三年に初版が刊行され、日本でもそのおよそ十年後には邦訳が紹介されている。以来、世界中で何百万という読者に感動を与え続けてきた。

それでも、『幼年期の終わり』ならもう何度も読んだよとは言わず、ぜひ、いまいちど手に取ってみてほしい。

今回の新訳は、ただ〝訳が新しくなりました〟というだけではないからだ。米ソの宇宙開発競争を強く意識していた第1章が、冷戦の終結を織りこんだ現代的なものに一から書き直されているのだ。新バージョンでは、人類は国家単位で競い合うのではなく、地球規模で協力しながら宇宙開発という大事業に取り組んでいる（ちなみに、この新しい第1章の邦訳が収録されているのはこの光文社古典新訳文庫版だけである）。

さらに、この書き直しに伴って、作品全体の時代設定が三十年ほど未来へとそっくり移動した。巨大な宇宙船が地球の空を不気味に覆い尽くすあの鮮烈な幕開けが、旧版の一九七〇年ごろから二十一世紀初頭へと変更されている。奇《く》しくもこの新訳の刊行とほぼ同時期に移されたわけだ。

この幸運な偶然によって、いまこのタイミングで『幼年期の終わり』を読み直す意義は、いっそう深くなったのではないだろうか。作品そのものが、同時代性を与えられてまったく新しく生まれ変わったのだから。

今回、『幼年期の終わり』を訳すに当たっては、クラークのシンプルで気取りがなく、イギリス人作家らしいユーモアにあふれた文体をできるかぎり忠実に日本語に移すことを最優先に心がけた。この古典新訳文庫の理念にあるように「いま、息をしている言葉で」名作を訳し直すには、二〇〇七年に生きている私が半世紀前に書かれた原文を読んで感じたままを、飾らず素直に言葉に置き換えていくのが一番だろうと考えたからだ。

そのようなごく基本的で自然な取り組みかたが可能だったのは、ここに描かれた物語が二十一世紀のいまも少しも色褪せておらず、初版の刊行から五十数年が経過しているという背景をほとんど感じさせないおかげだろう。だからこそ名作として長いあいだ親しまれているのだろうが、もしそうでなかったら、時代の隔たりをより細心に考慮する必要が生じていたかもしれない。

しかし、作品の普遍性と舞台設定の変更が、現代の感覚で自由に訳すことを許し、奨励してくれた——一九五〇年代の最先端ＳＦが想像した未来のディテールが、果たして現実のものになっているかを検証するという、ちょっぴり意地の悪いお楽しみつきで。

そう、さすがに古さを感じさせるところが一つもないというわけにはいかない。いまとなってはごく近い過去、あるいはごく近い未来となった〝未来〟のテクノロジーに関する描写は、歳月を経て愛されるＳＦ小説すべてに共通する宿命とも言えるだろう、時代にいくぶん取り残されてしまった感がある。

その最たる例が、作中で使われている通信テクノロジー。オーヴァーロードの宇宙船との交信にはテレタイプという古めかしい装置が使われているし、現在よりかなり未来を描いているはずの章でも、新聞が各家庭にファクスで配られたりしている。携帯電話やパソコンやインターネットは影も形もない。

とはいえ、ちょっぴり時代遅れの描写が書き直されずそのまま残されているからといって、本来の感動を邪魔するようなことはまったくない。クラークがここで描こうとしたのは、五〇年代前半の、また第1章を改めた八〇年代後半の科学知識に基づく未来予想図ではないからだ。それよりも――そして異星人による地球支配や人類の進化の行く末、未来の記憶といったSF的しかけよりも――世界平和を切に願う著者の思いがこの作品の出発点にあるように思う。

新しい第1章を含め、この名作を新鮮に堪能していただけたら、訳者としてそれ以上の喜びはない。

二〇〇七年一〇月

kobunsha classics
光文社古典新訳文庫

幼年期《ようねんき》の終《お》わり

著者　クラーク
訳者　池田真紀子《いけだまきこ》

2007年11月20日　初版第1刷発行
2025年3月5日　第13刷発行

発行者　三宅貴久
印刷　萩原印刷
製本　ナショナル製本

発行所　株式会社光文社
〒112-8011東京都文京区音羽1-16-6
電話　03（5395）8162（編集部）
03（5395）8116（書籍販売部）
03（5395）8125（制作部）
www.kobunsha.com


ISBN978-4-334-75144-9 Printed in Japan

## いま、息をしている言葉で、もういちど古典を

長い年月をかけて世界中で読み継がれてきたのが古典です。奥の深い味わいある作品ばかりがそろっており、この「古典の森」に分け入ることは人生のもっとも大きな喜びであることに異論のある人はいないはずです。しかしながら、こんなに豊饒で魅力に満ちた古典を、なぜわたしたちはこれほどまで疎んじてきたのでしょうか。

ひとつには古臭い教養主義からの逃走だったのかもしれません。真面目に文学や思想を論じることは、ある種の権威化であるという思いから、その呪縛から逃れるために、教養そのものを否定しすぎてしまったのではないでしょうか。

いま、時代は大きな転換期を迎えています。まれに見るスピードで歴史が動いていくのを多くの人々が実感していると思います。

こんな時わたしたちを支え、導いてくれるものが古典なのです。「いま、息をしている言葉で」――光文社の古典新訳文庫は、さまよえる現代人の心の奥底まで届くような言葉で、古典を現代に蘇らせることを意図して創刊されました。気取らず、自由に、心の赴くままに、気軽に手に取って楽しめる古典作品を、新訳という光のもとに読者に届けていくこと。それがこの文庫の使命だとわたしたちは考えています。

このシリーズについてのご意見、ご感想、ご要望をハガキ、手紙、メール等で翻訳編集部までお寄せください。今後の企画の参考にさせていただきます。

メール　info@kotensinyaku.jp

## リア王

シェイクスピア／安西《あんざい》徹雄《てつお》●訳

引退を宣言したリア王は、王位継承にふさわしい娘たちをテストする。結果はすべて、王の希望を打ち砕いたものだった。愛情と憎悪、忠誠と離反、気品と下品が渦巻く名作。

## ジュリアス・シーザー

シェイクスピア／安西《あんざい》徹雄《てつお》●訳

ローマに凱旋したシーザーを、ローマ市民は歓呼の声で迎える。だが、彼の強大な力に不満をもつキャシアスは、暗殺計画を進め、担ぎ出されたのは、誉れ高きブルータス！

## マクベス

シェイクスピア／安西《あんざい》徹雄《てつお》●訳

三人の魔女にそそのかされ、予言どおり王の座を手中に収めたマクベスの勝利はゆるがぬはずだった。バーナムの森が動かないかぎりは…。（エッセイ・橋爪 功／解題・小林章夫）

## ヴェニスの商人

シェイクスピア／安西《あんざい》徹雄《てつお》●訳

恋に悩む友人のため、貿易商のアントニオはユダヤ人の高利貸しから借金をしてしまう。担保は自身の肉一ポンド。しかし商船が難破し全財産を失ってしまう!!

## 十二夜

シェイクスピア／安西《あんざい》徹雄《てつお》●訳

ある国の領主に魅せられたヴァイオラだが、領主は、伯爵家の令嬢のオリヴィアに恋焦がれている。そのオリヴィアが男装のヴァイオラにひと目惚れ、大混乱が。

## ハムレット Q1

シェイクスピア／安西《あんざい》徹雄《てつお》●訳

これが『ハムレット』の原形だ！　シェイクスピア当時の上演を反映した伝説のテキスト「QⅠ」。謎の多い濃密な復讐物語の全貌が、ついに明らかになった！　（解題・小林章夫）

# 光文社古典新訳文庫　好評既刊

## オリエント急行殺人事件

**アガサ・クリスティー／安原《やすはら》和見《かずみ》◉訳**

大雪で立ち往生した豪華列車の客室で、富豪の刺殺体が発見される。国籍も階層も異なる乗客たちにはみなアリバイが…。名探偵ポアロによる迫真の推理が幕を開ける！（解説・斎藤兆史）

## 盗まれた細菌／初めての飛行機

**ウェルズ／南條《なんじょう》竹則《たけのり》◉訳**

「SFの父」ウェルズの新たな魅力を発見！飛び抜けたユーモア感覚で、文明批判から最新技術、世紀末のデカダンスまで「笑い」で包み込む、傑作ユーモア小説11篇！

## 不思議屋／ダイヤモンドのレンズ

**オブライエン／南條《なんじょう》竹則《たけのり》◉訳**

独創的な才能を発揮し、ポーの後継者と呼ばれるオブライエン。奇抜な想像力と変幻自在のストーリーテリング、溢れる情感と絵画的な魅力に富む、幻想、神秘の傑作短篇集。

## タイムマシン

**ウェルズ／池《いけ》央耿《ひろあき》◉訳**

時空を超える〈タイムマシン〉を発明したタイム・トラヴェラーは、八十万年後の世界に飛ぶが、そこで見たものは…。SFの不朽の名作を格調ある決定訳で。（解説・巽 孝之）

## 木曜日だった男　一つの悪夢

**チェスタトン／南條《なんじょう》竹則《たけのり》◉訳**

十九世紀ロンドンの一画サフラン・パークに、ある晩、一人の詩人が姿をあらわした。それは幾重にも張りめぐらされた陰謀、壮大な冒険活劇の始まりだった。

## 消えた心臓／マグヌス伯爵

**M・R・ジェイムズ／南條《なんじょう》竹則《たけのり》◉訳**

異教信仰の研究者が計画のため歳の離れた従兄弟の少年を引き取る「消えた心臓」。スウェーデンの古文書に記された〝黒の巡礼〟から戻った人物の来歴を探る「マグヌス伯爵」など9篇。

# 光文社古典新訳文庫　好評既刊

**モーリス**

フォースター／加《か》賀《が》山《やま》卓《たく》朗《ろう》◉訳

同性愛が犯罪だった頃の英国で、社会規範と自らの性との狭間に生きる青年たちの、苦悩と選択を描く。著者の死後に発表されて話題となった禁断の恋愛小説。（解説・松本　朗）

**人間和声**

ブラックウッド／南條《なんじょう》竹則《たけのり》◉訳

いかにもいわくつきの求人に応募した主人公が訪れたのは、人里離れた屋敷だった。荘厳な神秘主義とお化け屋敷を訪れるような怪奇趣味が混ざり合ったブラックウッドの傑作長篇！

**秘書綺譚**　ブラックウッド幻想怪奇傑作集

ブラックウッド／南條《なんじょう》竹則《たけのり》◉訳

芥川龍之介、江戸川乱歩が絶賛した怪奇小説の巨匠の傑作短篇集。表題作に古典的幽霊譚や妖精話、詩的幻想作など、主人公ジム・ショートハウスものすべてを収める。全十一篇。

**宝　島**

スティーヴンスン／村《むら》上《かみ》博《ひろ》基《き》◉訳

「ベンボウ提督亭」を手助けしていたジム少年は、大地主のトリローニ、医者のリヴジーたちと宝の眠る島へ。だが、コックのシルヴァーは、悪名高き海賊だった…。（解説・小林章夫）

**ジーキル博士とハイド氏**

スティーヴンスン／村《むら》上《かみ》博《ひろ》基《き》◉訳

高潔温厚な紳士ジーキル博士と、邪悪な冷血漢ハイド氏。善と悪に分離する人間の二面性を追究した怪奇小説の傑作が、名手による香り高い訳文で甦った。（解説・東　雅夫）

**ご遺体**

イーヴリン・ウォー／小《こ》林《ばやし》章《あき》夫《お》◉訳

ペット葬儀社勤務のデニスは、ハリウッドで評判の葬儀社〈囁きの園〉を訪れ、コスメ係と恋に落ちるが、腕利き遺体処理師も彼女の気を引いていた。ブラック・ユーモアが光る中篇佳作。

## 光文社古典新訳文庫　好評既刊

### シークレット・エージェント
コンラッド／高《たか》橋《はし》和《かず》久《ひさ》◉訳

ロンドンの片隅で雑貨店を営むヴァーロックは、某国大使館に長年雇われたシークレット・エージェント。彼は、グリニッジ天文台の爆破事件を起こすよう命じられるのだが…。

### ねじの回転
ジェイムズ／土《つち》屋《や》政《まさ》雄《お》◉訳

両親を亡くし、伯父の屋敷に身を寄せる兄妹。奇妙な条件のもと、その家庭教師として雇われた「わたし」は、邪悪な亡霊を目撃する。その正体を探ろうとするが——。（解説・松本 朗）

### ダロウェイ夫人
ウルフ／土《つち》屋《や》政《まさ》雄《お》◉訳

六月のある朝、パーティのために花を買いに出かけたダロウェイ夫人の思いは現在と過去を行き来する。20世紀文学の扉を開いた問題作を流麗にして明晰な新訳で。（解説・松本 朗）

### 説　得
オースティン／廣《ひろ》野《の》由《ゆ》美《み》子《こ》◉訳

周囲から説得され、若き海軍士官ウェントワースとの婚約を破棄したアン。八年後、二人はぎこちない再会を果たすが……。大人の恋愛の心情を細やかに描いた、著者最後の長篇。

### 高慢と偏見（上・下）
オースティン／小《お》尾《び》芙《ふ》佐《さ》◉訳

高慢で鼻持ちならぬと思っていた相手からの屈折した求愛と、やがて変化する彼への感情。恋のすれ違いを笑いと皮肉たっぷりに描く英国文学の傑作。躍動感あふれる明快な決定訳。

### ジェイン・エア（上・下）
C・ブロンテ／小《お》尾《び》芙《ふ》佐《さ》◉訳

両親を亡くしたジェイン・エアは寄宿学校で八年間を過ごした後、自立を決意。家庭教師として出向いた館でロチェスターと出会うのだった。運命の扉が開かれる——。（解説・小林章夫）

# 光文社古典新訳文庫　好評既刊

## 嵐が丘（上・下）

E・ブロンテ／小野寺《おのでら》 健《たけし》◉訳

荒野に建つ屋敷「嵐が丘」の主人に拾われた孤児ヒースクリフ。屋敷の娘キャサリンと愛し合いながらも、身分の違いから結ばれず、ヒースクリフは復讐の念にとりつかれていく。

## 緋文字

ホーソーン／小川《おがわ》 高義《たかよし》◉訳

17世紀ニューイングランド、姦通の罪で刑台に立つ女の胸には赤い「A」の文字。子供の父親の名を明かさない女を若き牧師と謎の医師が見守っていた。アメリカ文学の最高傑作。

## ロビンソン・クルーソー

デフォー／唐戸《からと》 信嘉《のぶよし》◉訳

無人島に漂着したロビンソンは、限られた資源を駆使し、創意工夫と不屈の精神で、二十八年も独りで暮らすことになるが…。「英国初の小説」と呼ばれる傑作。挿絵70点収録。

## キ　ム

キプリング／木村《きむら》 政則《まさのり》◉訳

英国人孤児のキムは、チベットから来た老僧に感化され、聖なる川を探す旅に同道することにしたが…。植民地時代のインドを舞台に描かれる、ノーベル賞作家の代表的長篇。

## 秘密の花園

バーネット／土屋《つちや》 京子《きょうこ》◉訳

両親を亡くしたメアリは叔父に引き取られる。従兄弟のコリンや動物と会話するディコンと出会い、屋敷内の秘密の庭園に出入し、次第に快活さを取りもどす。（解説・松本 朗）

## オリバー・ツイスト

ディケンズ／唐戸《からと》 信嘉《のぶよし》◉訳

救貧院に生まれた孤児オリバーは、苛酷な境遇を逃れロンドンへ。だが、犯罪者集団に目をつけられ、悪事に巻き込まれていく…。そして、驚くべき出生の秘密が明らかに！

## 光文社古典新訳文庫　好評既刊

### あなたと原爆

オーウェル評論集

ジョージ・オーウェル／秋《あき》元《もと》 孝《たか》文《ふみ》◉訳

原爆投下からふた月後、その後の核をめぐる米ソの対立を予見し「冷戦」と名付けた表題作、「象を撃つ」「絞首刑」など16篇を収録。『一九八四年』に繋がる先見性に富む評論集。

### ヒューマン・コメディ

サローヤン／小《お》川《がわ》 敏《とし》子《こ》◉訳

戦時下、マコーリー家では父が死に、長兄も出征し、14歳のホーマーが電報配達をして家計を支えている。少年と町の人々の悲喜交々を笑いと涙で描いた物語。（解説・舌津智之）

### チャタレー夫人の恋人

D・H・ロレンス／木《き》村《むら》 政《まさ》則《のり》◉訳

上流階級の夫人のコニーは戦争で下半身不随となった夫の世話をしながら、森番メラーズと逢瀬を重ねる…。地位や立場を超えた愛に希望を求める男女を描いた至高の恋愛小説。

### 郵便配達は二度ベルを鳴らす

ケイン／池《いけ》田《だ》真《ま》紀《き》子《こ》◉訳

セックス、完全犯罪、衝撃の結末…。20世紀アメリカ犯罪小説の金字塔、待望の新訳。緻密な小説構成のなかに、非情な運命に搦めとられる男女の心情を描く。（解説・諏訪部浩一）

### アルハンブラ物語

W・アーヴィング／齊《さい》藤《とう》 昇《のぼる》◉訳

アルハンブラ宮殿の美しさに魅了された作家アーヴィングが、ムーアの王族の栄光と悲嘆の歴史に彩られた宮殿にまつわる伝承と、スケッチ風の紀行をもとに紡いだ歴史ロマン。

### 勇気の赤い勲章

スティーヴン・クレイン／藤《ふじ》井《い》 光《ひかる》◉訳

英雄的活躍に憧れて北軍に志願したヘンリー。待ちに待った戦闘に奮い立つも、敵軍の猛攻を前に恐慌をきたし…。苛烈な戦場の光景と兵士の心理を緻密に描くアメリカ戦争小説の原点。